uvenation couple 03

回春冤家

趙真

陳國的太上皇后。
曾為女將軍。

✿ 個性：愛恨分明、灑脫不羈、重義氣，偏偏面對陳昭時有點傻。

組成成分

武力值	90%
男友力	100%↑ 破表！∞
賣萌	50%
智力	20%
顏值	70%

陳勍

陳國的現任皇帝。
趙真和陳昭的長子。
年齡22歲。

✿ 個性：性情溫和寬厚，外柔內剛，有些呆萌。

組成成分

武力值	10%
金貴度	90%
蠢萌	100%↑ 破表！∞
智力	70%
顏值	60%

陳昭

陳國的太上皇。

✿ 個性：仙風道骨慈悲溫和，實則腹黑霸道有些毒辣，喜愛挖坑給趙真跳。

組成成分

武力值	0%
男友力	60%
賣　萌	80%
智　力	100%
顏　值	100%↑ 破表！∞

陳啟威

豫寧王世子的兒子。
陳昭的堂姪孫。

年齡16歲。

✿ 個性：真心單純、容易犯蠢的白目美少年。

組成成分

武力值	70%
男友力	80%
蠢　萌	90%
智　力	60%
顏　值	100%↑ 破表！∞

目次

Contents

第一章　皇兒什麼都沒看見！

年關將至，宮中傳來喜事，在眾人都以為新帝要學先帝遺風，做一位專情帝王的時候，卻不想陛下要納新人進宮了，且還未進宮便封其為四品的昭儀，可見對其喜愛之情。

據說這位昭儀是丞相的養女，陛下一見鍾情，沒過多久便要納入宮去。像京城這種地方，哪位大臣家中有幾個嫡女、庶女都是心知肚明的，丞相這種權臣府中突然冒出個養女來，還要嫁入宮中去，眾人便都明白了一些，這位新娘娘怕是不得了啊。

只是陛下孝期未過，喜事不可大操大辦，但陛下抬到丞相府的聘禮卻不少，丞相大人替養女也添了不少的嫁妝，這位新娘娘算是嫁得風風光光，只是眾人難以一睹這位新娘娘的廬山真面目……

嬪妃入宮本來也不需要像皇后那般隆重，有甚者被子一捲扔到皇帝的龍床上便算完事了。趙真此時已坐在自己的景翠宮中，她是被轎子一路抬進了這裡，連個面都沒外露，現下宮中伺候的也都是在國公府裡伺候她的丫鬟，可見兒子對她的小心翼翼。

她起身四處轉轉，這景翠宮中的一草一木都沒有變，除了床鋪上增添了幾分喜色，其他的還是她離開時的樣子，甚至連她平日裡給小孫子存糖用的盒子裡面都換上了新糖，院中還有鞦韆和木馬，都是有了孫子之後添置的。

她不禁摸上自己的小腹，若這個孩子出生了，這些也可以玩……但想想又有些不可思議，小孫子都已經四歲了，她卻懷上了老三，老大和老二差了十二歲，老三要是生下來，就要和老二差二十三歲了……

她正出神，一位老嬤嬤帶著兩個宮女進了她的宮中，走到她的面前恭敬跪拜道：「老奴叩見娘娘。」

趙真識得她，她是陳勍宮中的鍾嬤嬤，是孫嬤嬤的表妹，也是孫嬤嬤培養出來送去陳勍宮中伺候的，趙真對她算熟悉。

趙真伸手扶她，「嬤嬤請起。」

鍾嬤嬤笑著起身，「娘娘，陛下已經同老奴吩咐過了，以後娘娘宮中的瑣事就由老奴來打理。」一說罷，她將左右兩個宮女介紹給趙真：「娘娘，她們兩人一個叫青桔，一個叫采荷，都是調教好的，娘娘可以放心指使她們。」

趙真看了這兩個低眉順目的宮女一眼，自是明白她是什麼意思，「勞嬤嬤費心了。」

鍾嬤嬤謙恭道：「娘娘客氣了，這都是老奴該做的。娘娘，陛下稍後過來，讓奴婢們先伺候娘娘沐浴更衣。」

趙真心頭咯登一下，什麼沐浴更衣？那個臭小子還想做什麼不成！

趙真懷著複雜的心情去沐浴更衣了。她宮裡添置了許多妙齡女子的衣物，鍾嬤嬤為她選了一身顏色豔麗的宮裝換上，又點了幾抹胭脂，倒是添了幾分新嫁娘的模樣。

趙真坐在床鋪上等著兒子過來，摸了摸手下喜慶的被褥，有種荒唐之感，這算是她懷著皇帝他爹的孩子嫁給了皇帝嗎？她怎麼就被這對父子倆折騰到這種地步了？

「吱呀」一聲，外間的門被推開了，有人走了過來，趙真一聽腳步聲便知道是兒子，這小子的腳步聲還有些猶豫不決，想必他此時心緒也是複雜的，他可知道屋裡等他的是他的親娘。

「咳咳咳……」人將要近了，先傳來他的咳嗽聲，下一刻陳勍才出現在趙真的視野內，他對她笑盈盈道：「瑾兒，讓妳久等了，咳咳咳……」說罷捂住嘴，咳得有些上氣不接下氣的。

趙真抬眸，見他面色有些異常的紅暈，不禁站起身來關心他道：「陛下怎麼了？」

陳勍趕緊伸手攔住要走過來的她，「瑾兒別過來，朕染了風寒，怕傳上妳。」說罷坐到了她對面的榻上，和她保持著距離，「序兒知道妳進宮，本來想過來的，只是今日不合適，朕讓他明日再過來找妳，咳咳咳……」

怎麼好巧不巧這一天染了風寒？可趙真看兒子紅得異常的臉又感覺不像是裝的，雖然心裡擔心他，若是平日早就過去了，但她現下畢竟懷著身孕，是兩個人的身子，為了腹中的孩子便只能遠離眼前這個病著的兒子了。她重新走回去坐下，關心道：「陛下怎麼染了風寒了？可有吃過藥？」

陳勍見她沒有過來，暗暗鬆了口氣，點點頭道：「吃過了。」而後又嘆了口氣，可憐巴巴的說道：「唉，別看旁人都覺得九五之尊風光無限，真當了九五之尊那可是苦不堪言，朕這幾日事務繁忙，夜夜都熬到很晚才能睡，昨個被夜風一吹這不就著涼了嗎？若不是沾妳進宮的光得以休沐，朕明日還要拖著病體上朝。」說罷有些懨懨的靠在榻上，偷瞄著趙真。

其實這病是陳勍裝的，這種日子就算他承諾了不越禮，但作為兩情相悅的一對也要做點親密的事情才合理，不然此時不知情的母后肯定會懷疑。可關鍵是他不敢啊！先不說如今有父皇在暗中盯著他，如果將來母后和父皇提及今日的事情，他敢對母后動手動腳，到時候少不了一頓好打！

父皇不可怕，頂多打打手心，對於被打得皮糙肉厚了的他毫無壓力。但母后就不一樣了，母后是習武之人，一定會換花樣揍他，打他一百下能下下都不重樣兒，直接上演全武行，最終他的下場一定是慘不忍睹的。

所以他出此下策——裝病，既可以有藉口不和母后親近，還能在母后面前裝裝可憐，等他日母后回想起來，思及他今日的淒苦，一定會勒令父皇為他減輕重負的！陳劭覺得自己簡直不能更機智！果然是掌握了天下的男人！

還別說，趙真看著兒子這個憔悴的樣子真心疼了，她畢竟是做娘的，年紀大了心思也柔軟了許多，如今肚子裡還懷著一個，自是母愛氾濫，看著兒子眼下的烏青可心疼了，站起身替他斟了杯熱水喝，「陛下傷了風寒，該多喝些熱水，發發汗。」

陳劭雙手接過她遞來的熱水，身子還往旁邊挪了挪，體貼道：「朕自己來，瑾兒快坐回去吧，別讓朕把病氣過給妳。」

兒子病了，趙真怎麼能讓他在冷榻上坐著，便道：「陛下去床上躺著吧，床鋪裡已經被湯婆子燻熱了，陛下把外袍脫了躺進去發發汗。」

陳劭聞言心頭一熱，不禁回想起小時候，有一次他傷寒很嚴重，燒得厲害，整個人糊里糊塗的，是母后抱著他在被子悶了一整夜，汗溼了三床被子，才好轉起來的，後來母后也病了半個月，卻不忘日日關心他的病情。

果然世間只有母后好！

陳劭一在她面前心裡便委屈的像個孩子，想要母后安慰，想要母后抱抱，但現下卻不能，還要裝著一國之君的威嚴模樣道：「無妨，朕是男人，沒那麼嬌氣，瑾兒去睡吧，朕在榻上就和一夜。雖然朕沒讓記載彤史的女官過來，但也不好不在妳這裡過夜便離開，妳安心睡吧，朕守著妳。」

這不是胡鬧嗎？趙真怎麼能讓病了的兒子在冷榻上睡一夜呢？

她搖搖頭道：「陛下無須擔心民女，民女是習武之人，底子硬，在榻上睡一夜也無妨，陛下趕緊去床上躺著，若是病情嚴重，讓民女如何心安啊？」說罷抓住他的胳膊，將他拖到床上去，直接按倒在床，脫了他的鞋襪，扯了被子蓋好。

「陛下躺好不要亂動，發一夜的汗便好了。」

母后果然是母后，力氣大到讓人無法反抗，看著母后關懷的模樣，陳勍心裡暖暖的，整個人一下子就鬆懈了，躺在暖和的被窩裡幸福感席捲而來，真好……

因此，當趙真把手放在他額頭上的時候，陳勍都來不及阻止她。

趙真是真放心不下兒子，還是要探探他的體溫才能放心，這麼一探便發現兒子的體溫並沒有什麼異常，反而因為吹了夜風過來還沒回暖，有些涼。

她不禁就有些疑惑了，收回了手，發現掌心裡有些發紅，彷彿染上了胭脂。

陳勍頓時石化：好尷尬啊，裝病被發現了……

趙真看到目光躲閃的兒子，便明白了過來，這小子裝病！不過她倒是能理解兒子裝病的行為，這個時候不就只有裝病才能讓彼此之間顯得不疏遠，也可以不用親近嗎？簡直是絕妙的主意，值得誇獎，果然是她兒子，聰明！

於是趙真裝作沒發現的樣子說道：「想來是陛下吹了夜風過來的，額頭涼得厲害，趕緊暖一暖，免得病又加重了。」說罷又使勁壓了壓被角，演得可逼真了，因為知道他是裝病，她更是沒顧慮的湊過去，將被角壓得特別嚴實。

陳勍聞言略略一愣，耿直如母后，居然沒有懷疑他！但母后把被子掖的密不透風，方才的暖和便成了熱烘烘，像火爐一般烤著他，沒病的陳勍都開始出汗了，一會兒若是臉上也出了汗，胭脂被汗水一沖，滿臉的紅湯水，那畫面一定特別好看。

正當陳勍擔憂之際，外面突然傳來敲門聲，王忠的聲音有些急切道：「請陛下贖罪，奴才有要事稟報！」

陳勍一下子就坐了起來，趁機出了被窩，一副帝王的模樣憂慮道：「許是朝中出了事情，朕出去一趟，瑾兒先休息。」說罷逃似的穿鞋跑了。

兒子的心思趙真心知肚明，跑了就跑了，她又不是真的後宮嬪妃，並不在意皇帝在不在她這裡過夜，不在這裡過夜她反而更自在。

陳勍走到門邊停下，整理好袍子才打開門，沉著臉問：「出了什麼事？如此大驚小怪！」

王忠打擾了陛下的喜事，自是惶恐萬分，跪下道：「請陛下贖罪，中宮那邊傳來消息，皇后娘娘暈了過去，怕是病情嚴重了，奴才左思右想，還是要過來稟告陛下一聲……」

皇后暈過去了？其實陳勍這個裝病的靈感來自於皇后，自那日皇后回去之後便病了，拖拖拉拉已有近半個月的時間沒有痊癒，他沒去看過她，但太醫署那邊傳來的消息一直不太好，現在居然更嚴重了？太醫署那幫太醫都是吃閒飯的嗎？

陳勍邁出房門，惱怒道：「病了就去找太醫啊！找朕做什麼？朕能看病不成？一群沒用的東西！」

王忠跪地不起，張張嘴有些欲言又止。

雖不知道皇后到底是真暈還是假暈，但陳勍心裡有些控制不住的不放心，恐怕不去看看，他一夜也無法安穩了。

最終他嘆氣道：「算了，朕過去看看她，總不能讓人說朕薄情寡義，有了新人便不顧皇后死活了。」說罷要回身進屋和母后說一聲。

這時趙真已經走到他身後了，他們的話她都聽到了，她道：「陛下去吧，皇后娘娘鳳體重要，一日夫妻百日恩，何況皇后娘娘是一國之母，陛下理應以此為重。」

陳勍聞言，略略鬆了口氣，母后怎麼這般通情達理呢？以前若是父皇的話，母后該早就和父皇幹架了吧？是不是還不算喜歡他？

因為記掛著皇后，陳勍也沒再多猜母后的心思，道：「瑾兒早些休息吧，明日朕帶著序兒來看妳。」

趙真點點頭，欠身道：「恭送陛下。」

陳勍這才邁開步子走出母后的宮殿。

兒子這一走，趙真大大的鬆了口氣，但也有些懷疑兒媳怎麼這個時候出了岔子，是湊巧還是意外？也不知道病得到底嚴不嚴重。

多想無益，明日就知道了。

趙真轉身回了屋，脫了衣服鑽進被窩裡休息，肚子裡多了個小娃娃，她要多多休息，睡飽了才行。

剛有些昏昏欲睡，外面傳來敲門聲，趙真道了聲：「進吧。」外面的人才開門進來。

趙真揉了揉睡意朦朧的眼睛坐起身，看向來人，那嫵媚動人的女裝模樣，不是她肚子裡娃娃的爹是誰？陳昭居然又扮成丫鬟混進來了！他是不是上癮了？

趙真是從丞相府入宮的，丞相給她添了幾個陪嫁丫鬟，因為知道丞相是陳昭的人，這些丫鬟許是有用，因而她便也沒管，只是不知道這裡面居然混進了陳昭！他既然在丞相府，為何昨晚不來找她？非要現在入了宮扮成女人來見她，他是不是覺得穿女裝過癮啊！

瞧瞧她眼前的男人，許是有了之前的經驗，他怕被人輕易認出來，這次則化了很濃重的妝容，本就清麗的面容變得嫵媚勾人，胸前也不知道塞了什麼，波濤洶湧的，腰肢被緊緊束著，盈盈一握，這身段簡直無可挑剔！這虧得是她男人，也虧得她不是進宮爭寵的，不然她非把這砸場子的「狐狸精」趕出去！

身為貨真價實的女人，趙真有點不開心，她是喜歡美人，但是女人味太重了她就有點無法接受了。

趙真按住自己的肚子：兒啊，快閉眼，你父皇這樣是不對的，你以後可不能學他啊！

別看趙真言行毛糙，她對自己孩子的教育還是挺上心的，懷女兒的時候她就找人打聽要注意什麼。聽說女人在懷孕時喜歡做什麼，將來孩子就喜歡什麼，那時候她和陳昭嘔氣，為了生個會讀書的孩子，硬是天天逼著自己看書，女兒生下來之後果然聰明，雖然讀書還是被她父皇逼著，但好歹能讀進去。而懷兒子的時候，她和陳昭徹底翻臉了，便破罐子破摔，每天混吃等生，果然兒子生出來就傻，每天最喜歡的事情就是吃和睡，老三可不能學了他父皇這副樣子去啊！要是女兒還行，萬一是兒子可怎麼辦？

陳昭自是注意到了趙真的神色，她這次見到他女裝，沒有往日的不正經，而是明顯的驚訝和牴觸，他心裡猛地一墜，不得不懷疑她是不是又聽信了誰的讒言，對他有了新的誤會。

陳昭走過去，語氣中有幾分委屈：「趙真……」

趙真趕緊抬腳抵在他的胸膛上阻止他過來，腳下柔軟一片，不知道塞了什麼，她捂住自己的眼，躺倒在床上，「把你的臉洗乾淨再過來！還有你胸前那玩意，也摘了去！」

陳昭對她這樣有些不解，但還是順從的出去讓邵欣宜打盆水過來洗乾淨了臉，再把胸前的棉花包拿出來。打扮成這樣他也不想的，但是尊嚴和媳婦相比，還是媳婦重要，便也沒那麼排斥了，況且趙真又喜歡，誰知現下卻被她嫌棄了……

陳昭打理清爽回去，趙真已經披好了外衣坐在床邊，看著他的目光倒是沒有憤恨或是不悅的情緒，反而是鬆了口氣的樣子，他就有點不理解了：她這是在鬆什麼氣？

陳昭不急不緩的走過去，見趙真沒有再一次阻止他的靠近，便試探著坐在她身邊。

兩人並排坐著，各懷心思，氣氛進入了前所未有的尷尬。

陳昭是在想：要如何妥當詢問趙真這幾日不理我的理由，才能顯得不像是我在質問她？

而趙真在想：要如何告訴他我懷了身孕的事，陳昭知道了會不會覺得現在不合時宜？

兩人猶猶豫豫好一會兒，同時開口了。

陳昭：「是我做錯了什麼，讓妳這幾日不願見我了？」

趙真：「我忘記吃藥了，一不小心懷孕了。」

兩人面面相覷。

趙真納悶：「我什麼時候不願意見你了？」

陳昭登時愣住：她剛說什麼？懷孕了？

陳昭這是第三次當爹了，趙真第一次懷孕的時候，是足足懷了四個月才知道的，她粗心大意，又每日舞刀弄槍，差點沒把孩子弄掉，嚇得陳昭都沒有心思感受當爹的喜悅了，每日就忙著翻醫術學著如何替她保胎、如何照顧孕婦，忙得是焦頭爛額，直到女兒生下來，將小小的人兒抱在懷裡，他才感受到一些當爹的喜悅。

但少年夫妻什麼都不懂，趙真又是個不可靠的娘，看孩子和換尿布全是陳昭的事，趙真出了月子連奶都不餵了，想起了就把女兒抱過去拋幾下逗弄逗弄，跟玩具一樣，陳昭每天都要擔心女兒被她玩死了，是操心受累，身心俱疲，當爹的喜悅便淡了。

趙真第二次懷孕，是他算計來的，因而他每次去看趙真，趙真都大發雷霆把他趕出去，陳昭怕她動了胎氣便不敢再去看她。兒子一出生，趙真就送到他這裡，對這個兒子的不喜歡表現得十分直接，因而陳昭看著這個兒子也難有歡喜的心情，加之他又已經是皇帝，沒法像從前一樣照顧自己的孩子，便將兒子交給了宮人去照顧，會說話了才偶爾接到自己身邊教導。

而現下這個孩子對他和趙真的意義便不同了，這是他們兩廂情願的情況下有的，又算是老來得子，難能可貴。

陳昭看著趙真此時還平坦一片的小腹，有些不可思議的摸上去，「真有了嗎？」他以為還有一段時間呢，卻沒想到這個孩子來得這麼突然。

趙真點點頭，「我騙你要做什麼啊？」說著，她猶猶豫豫看著他問道：「你說這孩子是要還是不要啊……」

陳昭一聽她問這話立刻抬起頭來，神色慌張又嚴肅道：「要！當然要！怎麼能不要呢？這不是妳一直期盼的嗎？我都答應了他生下來姓趙，妳怎麼能還不要他呢？」

趙真被他這連珠炮說得一愣，她什麼時候說不要了？他幹嘛突然這麼激動啊……

趙真的手覆在他的手上，低頭道：「我沒說不要他啊，我是怕現在不合時宜，你……」

趙真沒說完，陳昭便打斷道：「這是我們的骨肉，哪裡有不合時宜一說？他能來，便是最好的時候！」說罷他坐近了一些，輕輕摸著她的小腹，彷彿能摸到裡面還沒成型的孩子，「他多大了？妳什麼時候發現的？」

趙真抬眸看他，他眉宇間都是喜悅的神色，他還真是喜歡小孩子，之前兒子和女兒都是他照顧，她也應該想到他不會不要這個孩子的。

趙真被他的喜悅感染到了，有點沒心沒肺道：「十幾天前吧，那天我喝酒，胃裡不舒服，讓邵欣宜過來看的，這孩子應該快兩個月了。」

陳昭聽完，瞪起眼睛指責她道：「懷孕妳還喝酒？！」

趙真心虛的低下頭，「我那不是不知道懷孕了嗎……我要是知道就不喝了。你放心，我那天沒喝多少！真的！」

就趙真那海量能沒喝多少？陳昭才不信她，蹙眉問道：「那孩子可好？妳喝酒有沒有影響到他？」

趙真搖搖頭，「沒什麼事，我吃過藥了，這些日子也一直在吃安胎藥。」

這懷孕可不是小事，加之趙真這沒心沒肺的性子，不好好照顧著可不行，看來要和兒子明說了，兒子知道了，趙真才能平平安安的在宮裡養胎，而且事情也要儘快解決，孩子生下來才能有個正當的名分。

陳昭看向她，道：「趙真，咱們和兒子明說吧，妳要在宮裡養胎，還是要讓兒子知道，他知道了才能照顧妳。而且，兒子已經知道我是他父皇了。」

趙真聞言瞪大眼睛，「兒子知道了？！」

陳昭點點頭，把之前進宮來見兒子的事情和她說了一遍。

趙真聽完表情一垮，道：「兒子肯定要埋怨我騙他了……」

陳昭安慰她道：「他敢！他的性子妳又不是不知道，膽小得很，妳瞪他一眼，他就不敢怨妳了。再者說，我們不也是為了大局為重才隱瞞他的嗎？這不叫騙。」

瞎扯，陳昭這就是欺負兒子脾氣好，要是陳昭和兒子女兒聯合起來騙她，她一定把他們挨個揍一遍，揍到跪地求饒為止。

趙真點點頭，「行吧，那就和他說吧。」

解決完這事，陳昭才想起自己之前想問的，看趙真這樣子不像是對他有什麼誤會，那為何就突然不見他了？

「妳之前為何不見我啊？」

趙真聽他問，才想起來之前他提過這事，回道：「沈桀沒遞些密函什麼的給你嗎？」

陳昭聽過了自然是一頭霧水，又問：「什麼密函？難道之前送來公主府的那張名單是沈桀送來的？怎麼回事啊？」

趙真一聽便知道沈桀沒把事辦好，於是她將自己和沈桀之間的事情，還有從沈桀那裡知道的事情盡數告訴了陳昭，末了還氣道：「這個死小子！讓他替我告訴你，他居然就送了個名單過去！」

陳昭聞言神色凝重，將來龍去脈整理清楚，替沈桀說了句公道話：「沈桀這麼做是對的，現在暗裡的人都在盯著齊國公府和公主府，那張名單若是不慎被人截去，只寫了和豫寧王府來往的那些人的名字，便不好查出這份名單來自何人；但若是寫上關於妳的隻言片語，一看便知是這名單與沈桀有關係，而且還會暴露妳我的關係。沈桀若想裡應外合，就應該這樣小心。」

趙真聞言，氣焰便消了，「哦，這樣啊……行吧，算他這次做事有頭腦。」然後瞥了眼陳昭，「你也是，瞎想什麼啊？我是那種不辨是非的人嗎？怎麼可能輕易就誤會了你呢！」

陳昭聞言無奈一笑，握住她的手道：「我這是一朝被蛇咬，十年怕井繩，好不容易把妳哄回來，總是要小心一些。」說罷，那雙漂亮通透的眸子便含情脈脈的看著她，語氣裡有幾分委屈道：「妳身邊鶯鶯燕燕那麼多，我這舊人不是怕失了寵嗎？要抓著妳的心，可要勤奮用心，半日都不可懈怠呢。」聽說她前幾日還見了陳啟威，也不知道是為公還是為私……

這話中聽，趙真湊上去吻了他一下，手不安分的摸進他的衣服裡，「你不知道，這些日子我也可想你了，想你誘人的臉蛋、柔軟的脣、纖細的腰，還有床上勾人的樣子，最想你的……大寶貝～」說罷已經摸到他那裡了。

陳昭面色一紅，攔住她的手，「混女人！懷了孕都不安分！頭三個月危險不能同房！」

趙真把他撲倒在床上，吻他細白的脖頸，「我不管，讓我好好摸摸你……」

陳昭不敢和她鬧，怕會傷到她腹中的孩子，便哄她道：「妳躺好，我用別的法子讓妳舒服行不行？」

趙真一聽果然停下了，眨眨眼睛，頗有興致的盯著他道：「什麼法子啊？」那眼裡的綠光都要冒出來了。

陳昭被她盯得臉熱，揶揄道：「妳先躺好……」

趙真這時候特別乖的躺好了，還積極的解了自己的衣帶，充滿期待的看著他，像個等糖吃的小孩子。

陳昭嘆了口氣，為了拴住自己女人的心，他也是煞費苦心，早早便知道和趙真在一起，房事上就不能省心和敷衍，閒暇的時候只好看些這方面的書籍，多多少少學了點新花樣，卻沒想到這麼快就能用上了……

鴛鴦暖帳翻紅浪，趙真是被兒子接進了宮，結果伺候她的還是陳昭……

兩人正忘乎所以，連趙真都有些沉淪陳昭的新把戲而失了敏銳，直到有人快走到寢室這邊趙真才發覺，趕緊按住陳昭的手，壓低聲音道：「有人來了！」

陳昭被嚇了一跳，忙翻身起來穿衣服，「誰？」

趙真聽了聽，黑著臉道：「好像是兒子……」這臭小子怎麼又回來了？

※◎※　※◎※　※◎※

陳勍到中宮的時候，皇后已經醒過來了。據太醫說，是皇后病中過度操勞，沒有好好養病才會暈倒，要臥床好好休息幾日才可。

操勞？陳勍是真不知道她有什麼好操勞的，如今陳序在他那，母后才剛進宮，後宮冷清，她身邊又奴僕如雲，她操勞什麼？她娘家的事情嗎？

知道皇后沒事，陳勍便沒有久留的心思了，都沒進到內室去看皇后一眼，心裡滿是對母后的愧疚。母后現下那麼喜歡他，委曲求全隱瞞身分進宮，他卻在這麼重要的日子捨了她，到皇后這裡來，母后嘴上大方，心裡肯定很失落，他要馬上回去！

皇后身邊伺候的宮女見他要走，大著膽子上前道：「陛下不去看看娘娘嗎？」

陳勍冷淡的說了一聲：「讓皇后好好休息吧，朕就不打擾她了。」說罷大步流星就走了。

一路上陳勍還想母后睡了沒有，若母后睡了他便先回去，明日一早再帶著陳序過來陪她。

陳勍到母后宮門前的時候特意阻攔了太監通報，怕擾了母后安眠，所以當他看到母后寢殿裡的燈依然亮著時有些意外，心裡更是湧上了無盡的愧疚。只是想一想他走後，母后便一個人守著孤燈傷心難過，他覺得自己不是個人，簡直太過分了！怎可為了一個背信棄義的妻子如此冷落生他養他的母后呢？虧得母后如此愛護他！

陳勍懷著滿滿的愧疚之情推開母后的房門，心裡還想著要好好安慰母后，逗母后笑，再也不讓母后傷心難過，可他接近母后寢室的時候竟聽見了異樣的聲音。他也不是不經事的孩子，一聽便知是男女貪歡的聲響，不禁心中大駭，頓時怒從心來——皇后故意支他走，竟是要對母后下手！

——母后父皇！皇兒對不起你們！竟讓歹人有可乘之機對母后下手！皇兒該死！

雖說這個時候他或許該保全母后的顏面裝作不知，在暗地裡把玷汙母后的歹人處死，可他卻無法忍受有人繼續玷汙他的母后，快步走上前去掀了床帳：「大膽狂徒！朕要殺了你！」

趙真發現得太晚，陳勍又走得太快，床帳被掀開的時候，陳昭只是披上了褻衣，連褻褲都還沒找到，被子蓋在趙真身上，他光著兩條腿，別提多尷尬了，但還是要裝作威嚴的樣子瞪眼道：「你想殺了誰？」

本來一臉震怒的陳勍看到父皇的臉和大白腿，再看看縮在被子裡面頰紅暈的母后，頓時如遭雷擊傻掉了，恨不得時間倒流，他沒來過這裡。

天啊，他到底看到了什麼？他是不是在做夢？

陳昭看兒子傻在那裡還不知道迴避，怒氣衝衝道：「還站在那裡看什麼？好看嗎？」

陳勍趕緊回了神，背過身去退了幾步，「父父父父皇，皇兒什麼都沒沒沒看見……」

這話鬼信嗎？

陳昭沒搭理他，好不容易找到自己的褻褲要穿上，趙真伸手拉住他，對著陳勍說道：「續華啊，你先出去，一會兒母后叫你，你再進來。」

陳勍聽完立刻飛奔而去，到了門外才深吸了口氣，冷風一吹終於回了魂：咦？母后不是失憶了嗎？母后不是不記得他和父皇了嗎？那她還和父皇……他是不是被騙了……

屋中，趙真摟住陳昭的腰耍賴皮，「我這還半釣著呢，弄完再叫他進來。」

這母子倆就沒一個省心的！陳昭推開她的手，「兒子就在外面呢，快起來吧，還要和他解釋呢。」被兒子瞧見這種事情，他簡直要沒臉見人了。

趙真才不管這個，也沒半點被兒子抓到的羞恥感，纏著他道：「我不管，就讓他等著，我不出聲還不行？」說罷就親上他的臉和脖子。

陳昭是真的怕了她，只得先把這個姑奶奶伺候舒服了，再幫她擦洗乾淨換上衣服，才將外面吹了起碼有一炷香冷風的陳勍叫了進來。

幸好陳勍早早就讓宮女和太監迴避了，否則讓他們瞧見皇帝在嬪妃門口站了一炷香該怎麼說？他沒病都快凍成病了，抖了抖身上的雞皮疙瘩進屋。

雖然陳勍醒悟過來父皇和母后在騙他，可他站在父皇母后面前就是沒出息的像個犯錯的孩子，一進屋就向父皇母后跪了個大禮，「父皇，母后。」之前不知情的時候，母后是對他行過跪禮的，父皇似乎沒有，但也向他行過禮，如今他知曉了，自是不能安心受下。

陳昭正忙著幫趙真弄溫爐子上一直熱著的水，姑奶奶累了口渴了，還不是他伺候著，「妳嚐嚐，溫和一些了沒？」

趙真接過陳昭把手指頭燙紅才變溫的水小抿了一口，「還行吧，不算太熱了。」

陳昭見她眉心皺了一下，攔道：「若是熱就別喝了，我再給妳弄弄。」

趙真搖搖頭，頗為善解人意道：「不用了，沒那麼嬌氣。」

陳勍：……父皇母后！我很嬌氣！你們兒子我還跪著呢！秀恩愛能不能等一會兒？

陳昭把媳婦伺候妥當了，似乎才想起跪著的兒子，「跪著做什麼？起來吧。」

陳勍暗暗揉了揉自己的膝蓋，自從他當了皇帝後已經很久沒這麼跪過了，膝蓋都嬌氣了。

趙真見兒子揉膝蓋，沒心疼他，反倒托著腮慵懶道：「續華啊，跪這麼一會兒就不行了？母后不在，是不是懈怠了？沒好好練武啊？」

陳勍聞言，身子一抖。想起母后曾經鞭策他練武強體的灰暗時光，他盡量裝得可憐巴巴的說道：「自從父皇與母后離宮以後，朝中諸事繁重，皇兒便懈怠了練武，以後一定強加鍛鍊，不負母后的教導。」

趙真搖搖頭，不滿道：「你這不行啊，你父皇當皇帝的時候，就算再忙也有工夫去禮佛，你怎麼就沒工夫練武呢？」

——那是因為父皇沒好好禮佛啊！要不然現在怎麼還會六根不淨，剛才還和母后……哼！

陳勍屈辱道：「母后說得有理，皇兒日後一定勤勉。」

——所以父皇母后你們到底賜不賜座？你們兒子現在是皇帝啊！是皇帝了！

陳昭覺得趙真威懾兒子威懾的差不多了，便開始說正事：「續華，如你所見，你母后沒有失憶，起初我們瞞著你，是知道你有心維護皇后，怕你知道了以後繼續對我們陽奉陰違；後來雖然說清楚了，但父皇也怕你一時糊塗，又著了皇后的道，覺得你母后繼續裝作不知，你才能對你母后更盡心盡力。你能明白父皇的苦心嗎？」

反正從小到大，父皇和母后怎麼矇騙他都是為他好，陳勍都習慣了，知道氣了沒用，氣過了也就消了，便點頭道：「皇兒知道，之前是皇兒荒唐無狀，讓父皇母后操心了，父皇母后用心良苦，皇兒能理解。」所以父皇你還不賜座？

陳昭滿意的點點頭，隨手指了張椅子道：「你怎麼還站著呢，坐下說吧。」

陳勍這才終於有地方坐了。果然無理由的服從，就是最好的結果。

趙真見兒子沒有生氣指責她，悄悄鬆了口氣，衝陳昭使了個眼神，摸了摸自己的肚子。

雖然皇帝這個年紀有了孩子不是什麼稀罕事，但剛剛才被兒子撞見，現下便讓他承認他母后有了，終歸讓人難為情。

陳昭輕咳一聲：「續華啊……」

陳勍見父皇神色嚴肅，立刻正襟危坐，「父皇請說。」

陳昭又咳了一聲，在趙真的瞪眼下說道：「你母后……有身孕了，以後在宮裡你要好好照顧她，好好照顧你的弟弟妹妹，讓你母后能在宮中安心的養胎。」

父皇猛地一來這麼沉重一擊，陳勍差點從椅子上滑下去！

——我的天爺爺啊！這一切也來得太突然了！我才剛知道父皇母后還健在，父皇母后就給我弄出個弟弟妹妹來！在我傷心欲絕、日日思念父皇母后的時候，父皇母后都做了什麼？快快樂樂的給我造了個弟弟妹妹？簡直禽獸！

——父皇太禽獸了，母后有了身孕，他還跟母后……禽獸！大禽獸！

就算在心裡把父皇罵了千百遍，表面上還是要裝作欣喜的樣子，他道：「恭喜父皇，賀喜母后，我終於當兄長了……」雖然這個弟弟妹妹比他小了二十多歲。

趙真看著兒子，擺手道：「快別笑了，太勉強，無論你喜不喜歡，這個孩子我和你父皇都會生的。」

陳勍也不知道自己笑的有那麼勉強，趕忙道：「母后不要誤會，皇兒不是不喜歡，只是有些突然罷了，皇兒一時有些接受不了……」誰兒子都四歲了，突然多出個弟弟妹妹也會覺得接受不了的。

陳昭冷著臉道：「我們要你接受了嗎？我們生孩子還要你同意不成？你若是不想好好照顧你母后，我現在便將你母后接回去，你以後願意怎麼樣就怎麼樣吧，反正這江山是你的了！」

——這是要撒手不管的節奏啊？

陳勍一聽，趕緊撲過去抱父皇大腿，「父皇您不能不管皇兒啊！皇兒真的沒有不樂意，皇兒一直是家裡最小的，突然多了個弟弟妹妹、要當哥哥了，總要過渡一段時間啊！皇兒真的不敢不樂意，就算父皇將來把皇位給弟弟，皇兒都不會有半分怨言的！」

瞧這孩子嚇的，趙真上前扶起兒子，「行了，你父皇就是嚇嚇你，我們怎麼可能有了小的就不管大的了？你要學學你皇姐，她不也是十二歲了還要從獨苗接受你這個多出來的弟弟？以後弟弟妹妹出生，你要如同你皇姐對你一般，好好對弟弟妹妹。」

多出來的弟弟……多出來的……陳勍感覺更傷心了。

陳勍垂頭道：「皇兒會的。」

照父皇母后現在的年紀，他以後會有更多的弟弟妹妹……所以說，這才第一個，算什麼？該說的都差不多了，趙真早就犯了瞌睡，如何睡覺就成了一個大問題。

整個寢殿就一張床和一張榻，陳勍總不能插到父母中間去吧，他小時候都沒這種待遇，長大了更不可能。但是睡榻，人家夫妻倆萬一夜裡親熱一下，他這個大兒子睡在榻上也尷尬啊！

陳勍捲捲被子，默不作聲的要走出去，打算去外間的躺椅上湊合一夜。

趙真瞧見了兒子鬼鬼祟祟要走，支起身子道：「兒啊，去哪啊？」

陳勍聞言頓住腳步，低眉順目道：「皇兒到外間去睡，母后和父皇早些安歇吧。」

趙真猜想兒子不睡在這八成是怕夜裡打擾了她和陳昭，但她和陳昭夜裡不可能再做些什麼了，便搖頭道：「去外面睡？外面哪有地方啊，你說你現在好歹是個皇帝，讓你睡榻都是委屈了，哪能再到外面去？在榻上睡吧。」

陳勍一聽，惶恐道：「母后別打趣皇兒了，於父皇母后而言，皇兒先是兒子才是皇帝，哪有委屈之說啊？」

這話倒是說得中聽，陳昭瞥了他一眼，「你母后讓你睡這就睡這吧。」說罷陳昭上了床，將床帳放下來，吩咐道：「臨睡前把燈吹了。」說完才將床帳攏得嚴絲合縫。

被隔絕在外的陳勍一臉委屈，自己將小桌搬到地上，將冷榻上的墊子鋪平，吹了燈燭，可憐巴巴的縮進被子裡去，然後想到一個問題：父皇到底是怎麼混進來的？母后宮殿裡連個太監都沒有啊。

雖然好奇，但是陳勍不敢問，就只能自己躺著納悶，許久睡不著。

深夜裡格外的靜，有點聲音便聽得一清二楚。

陳勍聽到母后小聲道：「你摸什麼呢？」

父皇也小聲道：「我記得妳懷魚兒的時候肚子會動，我摸摸。」

陳勍：哼，父皇就記得母后懷皇姐的時候，我也是從母后肚子裡出來的啊！
母后繼續道：「你傻了吧，這孩子兩個月不到哪會動？魚兒是八、九個月了才會動的。」
父皇：「是嗎？可能隔得太久我忘了，要八、九個月才能摸到啊？」
母后：「是啊，白當兩次爹了，這都不知道。」
父皇：「兒子那時候妳也不讓我摸啊。」
母后：「懷兒子的時候讓你摸也沒用，他老實很少動，起初我還以為死在裡面了呢。」
陳勍：母后，您能不能顧忌一下躺在榻上平安生下來的我的感受？
父皇：「瞎胡說，十幾個太醫圍著妳，妳肚子裡的孩子還能有事？快睡吧。」
母后：「那你別摟我，床那麼大你靠我這麼近做什麼？」
父皇：「我沒摟妳，我是抱抱我兒子。」
母后：「萬一是閨女呢？」
父皇：「妳不是想要兒子嗎？我這不是隨著妳說的嘛。」
母后：「這倒也是，那就當他是兒子吧……哎呀，你鬆點，我熱。」
陳勍：母后，什麼叫您想要兒子？我不是您的兒子嗎？您不是已經有一個兒子了嗎！
陳勍氣憤的翻了個身。
床帳靜了好一會兒，陳勍才聽到母后偷偷摸摸道：「兒子還沒睡呢，快別折騰了。」
父皇哼了一聲道：「聽到就聽到吧，還怕他不成？」
而後床帳裡傳來窸窸窣窣的聲音，也不知道父皇和母后在折騰什麼，最後不知道誰親了誰一下，便沒有動靜了。

陳勍躺在榻上，更是孤單寂寞冷，抓起個墊子堵住頭頂漏風的窗縫，真是冷死了！

夜越來越深，外面的月光灑進來，一點也不暖，反而更冷了。

陳勍睡不著，方才聽著父皇和母后的對話，他不禁想起了秦如嫣還懷著身孕的時候，那是他做太子的最後一年，還有工夫陪在秦如嫣身邊，看著她的肚子一點點變大，沉浸在為人父的喜悅之中。

他也會像父皇那樣摸她的肚子，感受那裡面屬於他們兩個的孩子。他那時候就會想，他一定不會像父皇母后一樣冷待自己的孩子，他會和秦如嫣相親相愛，兩人一起教養孩子，做一對最平常的夫妻，有一個溫暖和睦的家。

誰知後來也是事與願違，他和秦如嫣之間甚至不如父皇和母后，父皇母后至少曾經真誠相待過，母后對父皇的抗拒和反感都寫在臉上，所以父皇能義無反顧的向母后靠近，因為最糟也就是這樣了，再怎麼樣也不會比現在更糟。

但他不一樣，他一直在猜秦如嫣的心思，做什麼事情之前都要顧慮很多，怕他們的關係會連現在都不如。世人都羨慕帝王擁有了天下，可事實上他連一個和睦的家都沒有……

陳勍望了眼對面的床帳，雖說父皇和母后回來了，也變得恩恩愛愛，可那種和睦與溫暖就如此刻一般，已經將他隔絕在外，以後也只屬於他那個未出生的弟弟妹妹了吧……

——哎，算了，還是睡覺吧。

陳勍嘆了口氣，漸漸的進入了夢鄉。迷迷糊糊中，他感覺有人在他身上多蓋了一床被子，但是眼皮太沉他睜不開，只能感覺到有隻溫熱的手輕撫了一下他的額髮，讓他覺得很溫暖。

站在榻邊的趙真嘆了氣，端水回來的陳昭哄她回床上去：「這麼冷快上床，別凍著了。」

趙真接過他手中的水杯，喝了一口後，坐到床上道：「你說這孩子小時候我們是不是過於苛待他了？」

陳昭幫兒子添了個軟枕，回來道：「那算什麼苛待？那樣就苛待了，我幼時算什麼？若不是妳和岳父，我怕是早死在普善寺了。」

要是比慘，還真沒人能比過陳昭，幼時被父皇嫌惡、母妃早逝、繼母虐待，婚後又被媳婦嫌棄，他是年過半百了才苦盡甘來，媳婦這才給他又多添了個孩子。歷史上的帝王，加起來只有兩個子嗣的也就他一個了。

趙真想想也是，陳昭才是真的爹不疼、娘不愛，她和陳昭對陳勍雖然冷淡了些，但從沒虧待過他，更不會不關心他，只是嘴上不說罷了。

「這孩子多愁善感的，也不知道隨誰。」說完，她看了陳昭一眼。

陳昭嘴上沒反駁她，但心裡是覺得都怪趙真，趙真懷陳勍時的脾氣，簡直不能惹。

第二章
太上皇成了倒插門？

陳勍翌日起來的時候陽光灑了滿身，暖洋洋的讓人犯懶，他習慣了天不亮就起來上朝，乍一睡到這個時候嚇了一跳，蹭的就坐了起來，這才發覺四周的景象不對勁。

「起來了？過來吃早膳吧。」

陳勍循聲看去，便見母后正探頭衝他招手。褪去了老態，現下的母后年輕可愛，但臉上的慈愛還是一成不變的。

陳勍不禁對她一笑，親熱的叫了聲：「母后。」

趙真也對他笑了笑，「嗯」了一聲就縮回去了，喊他道：「快點穿衣服，臉盆裡的水給你換過了。」

「馬上來！」陳勍應了一聲，拿起母后疊好放在榻邊的衣服換上，用溫了的水洗完臉再走出去，父皇和母后都已經端坐在桌前等他了。

陳勍心頭一暖：這感覺真好。

等他坐下之後，父皇夾了菜到母后碗中，他才開始動筷，以前才沒有這種和睦的時候呢，一家人坐在一起吃飯總是有種凝重的感覺，後來有了陳序才好一些。

趙真夾了一筷子肉菜到兒子碗中，「兒啊，多吃點，母后看你最近都瘦了。」

陳勍心口一熱，也為母后夾了一筷子肉菜，「母后也吃，母后現下是兩個人的身子，要多吃一些，吃得多些小弟弟才能長大。」

趙真欣慰點頭正要吃，被陳昭嫌棄的把兒子夾的都挑了出去，「別用你的筷子夾，若是你有什麼病，會染上你母后的。」

陳勍：「……」

一頓早膳算是和睦吃完了，陳勍叫人把陳序抱過來，陳序也是剛被宮裡的嬤嬤餵飽，正是精神十足的時候，一見到皇祖母就立刻飛奔過來，撲到皇祖母懷裡，小白牙一齜，甜甜的叫了聲：「皇祖母！」

趙真抱起寶貝孫子親了一口，「皇祖母的小心肝～最近有沒有聽父皇的話好好吃飯、好好讀書啊？」

陳序重重的點點頭，「序兒可乖了！」說罷倚在皇祖母肩頭看父皇，「父皇說是不是？」

陳勍此刻真覺得自己不如兒子，兒子早就認出了皇祖母和皇祖父，他卻最後才知道，這算聰明反被聰明誤嗎？

「對對對，你可乖了。」

待把陳序送來的宮人退下去，陳昭從裡面走了出來，看到小孫子在媳婦身上撲騰，忙過去把人抱過來，「快別讓你皇祖母抱著了。」

陳序看了看父皇，又看了看皇祖父，張張小嘴小聲道：「皇祖父。」

趙真摸摸小孫子，「遊戲結束了，可以讓你父皇知道了。」

陳序這才放心，抱著皇祖父的脖子響亮的叫了聲：「皇祖父！」

陳勍伸手彈了小傢伙的額頭，「你這小騙子，和皇祖父、皇祖母玩遊戲便瞞著父皇！」

陳序摸著被打疼的額頭，噘著小嘴委委屈屈道：「明明是父皇笨！」說罷可憐巴巴的看著抱著自己的皇祖父，抽泣道：「序兒疼……」

畢竟是隔代親，陳昭對孫子和兒子是兩種態度，看小傢伙淚眼矇矓的，心疼的替他吹了吹額頭，對兒子瞪眼道：「把手伸出來。」

陳勍心頭一抖：完了，一時忘了父皇母后都是這臭小子的後盾了，臭小子夠賊的，這就搬救兵了。

陳勍討好道：「父皇……」在孫子面前給兒子點面子嘛……

父皇仍然瞪著他，陳勍只得看向母后，母后配合的抽出頭上的簪子抵到父皇手裡。

——行了，這頓打是免不了了。

陳勍老實巴交把手伸出去，看著父皇把簪子高高舉起，突然就覺得手心疼了，落下的一瞬他閉上眼睛縮了一下，但預想的疼痛卻沒有傳來。

陳序抓住了父皇的手，「皇祖父，還是不要打父皇了，是序兒不好，騙了父皇，而且父皇打得一點也不疼……」

陳昭和趙真一聽，更是愛極了這個小孫子了，時時刻刻都不忘維護他父皇。

趙真親了小孫子一下，「序兒，這不是你的錯，是皇祖父和皇祖母跟你父皇玩遊戲呢，不怪你。」

雖然陳序這孩子他們也教導過，但他更多的還是跟他母后相處著，趙真是真不信能教出這麼懂事的孩子的兒媳會有二心，若是兒媳有二心，多多少少都會影響到陳序，可陳序無論對她和陳昭還是陳勍，都親暱無間，乖巧聽話，半點沒長歪，實在是招人疼。

陳勍看著兒子這麼維護自己，心頭一暖，摸了摸小傢伙的腦袋道：「父皇逗你呢！父皇沒怪你，咱們這是玩遊戲，你沒騙父皇。」

陳序這才露出笑容，對父皇伸伸手，「那父皇抱抱。」

陳勍把他抱過去，小傢伙親了他一口，露著小白牙笑得天真無邪。陳勍眼眶微熱，若是這個時候他的母后也能在就好了，一家人能和和睦睦，便是他心之所向。

※◎※　※◎※　※◎※

相比景翠宮的熱鬧，中宮便冷清非常了。

秦如嫣還在病中，殿中燃了兩個爐子供暖，但躺在榻上看書的她仍披了厚厚一床棉被，臉上有些病態的蒼白，像個易碎的白瓷美人。

她身邊的管事嬤嬤徐嬤嬤進屋，屏退了伺候的宮女，低聲道：「娘娘，陛下將太子召去景翠宮了。」

秦如嫣聞言頭都沒抬，淡淡道：「太子喜歡趙瑾，知道她進了宮，自是會過去。」

徐嬤嬤有些著急道：「娘娘，這事情可不是您想得那麼簡單，陛下先是把太子殿下從您這裡接走，現下又讓太子殿下與趙瑾走動，將來若是……」

秦如嫣抬起頭，眸光凌厲的看向她，「太子被陛下帶走，到底為了什麼妳也很清楚吧？」

徐嬤嬤自然清楚，還不是因為秦老爺不聽皇后娘娘勸阻，對趙瑾下手，讓陛下懷疑到了娘娘身上。先前陛下對娘娘一直十分信賴，這種事情是絕對不會聯想到皇后娘娘身上，自那位趙家小姐出現之後，陛下便對皇后娘娘越來越疏離了，那趙瑾出了事情，陛下查都沒查便都怪到了娘娘身上，待事情清楚後，仍是怪罪娘娘，還把太子接走了，著實一反常態，那個趙瑾到底有什麼本事？無論是陛下還是太子，竟都對她如此著迷……

徐嬤嬤勸道：「娘娘，別人不知，可咱們都知道這位向昭儀是國公府的小姐，又有大將軍做靠山，陛下對她青睞有加，為了讓她風光進宮，更是令她拜了丞相為義父，背後的勢力不容小覷，老爺也是怕她進了宮，您受了委屈啊。」

秦如嫣放下手中的書，冷笑道：「怕本宮受委屈？結果呢？他那點雕蟲小技可是如願了？不過是現下覺得本宮不中用罷了。妳派人告訴秦國丈，他若是信不過本宮，便送本宮的庶妹進宮吧，本宮定會鼎力相助，免得庶妹以身犯險，還要自己想辦法進宮來。」

徐嬤嬤一聽便噤聲了。上次闔歡節，二小姐也隨老爺入宮來了，趁陛下離席的時候跟了出去，但不過多久便回來了，臉色十分難看，也不知道遇到什麼事，只是後來老爺便沒提過讓二小姐入宮。

徐嬤嬤大抵知道二小姐用不了，繼續勸道：「娘娘，庶出的狐媚子哪裡能與您相提並論？老爺也是被那個不要臉的小賤人騙了，本來看她有幾分才華，想趁此機會帶她出來見識見識世面，卻不想把心思動到了陛下身上，回府之後老爺狠狠罰了她呢！」

秦如嫣又不是個能隨意被人矇騙的傻子，聞言，冷笑了一聲，「那真是可惜了秦國丈的苦心栽培。」

徐嬤嬤繼續說著好話，道：「娘娘，您才是老爺苦心栽培的嫡長女，任何人都不能撼動您的位置。」

苦心栽培？

所謂的苦心栽培也不過是為了不擇手段把她送進宮，讓她成為他得力的棋子罷了。這一切都是為了他的大業，父女之情如此薄涼，秦如嫣早就看透了。

及笄之前，秦如嫣也以為父親對她是苦心栽培，當她是秦家的掌上明珠愛護，視她為秦家的驕傲，也造就了她與旁的女子不同的清高和傲然。她曾天真的以為自己會不同於一般女子，不必嫁入深宅之中相夫教子碌碌無為，她也許會入朝為官，成為一代女傑，為天下百姓造福，為世間不平奔波。

可當她被她敬愛的父親逼迫嫁給陳勍，又被下藥陷害與陳勍成事之後，她便知道她的夢碎了，她從始至終只是一枚棋子罷了，為成就秦家大業的棋子。她不知道父親的野心為何如此之大，她只知道這是她一生無法逃離的宿命，是身為女子的悲涼。

秦如嫣起初其實並不討厭陳勍，陳勍更算是她接觸過為數不多的男人中最好的一個。他雖身為太子，卻有顆溫和而善良的心，有時看著很膽小，但在某些事情上卻比任何人都堅韌，她是很欣賞這個小師弟的，但也不過是對師弟的欣賞。

當她被父親逼迫要嫁給他的時候，秦如嫣卻對陳勍生出了一種強烈的反感，她知道那是她對命運被安排的反感，陳勍只是無辜受連累罷了。當父親下藥設計她的時候，是對她最後的通牒，如果她不和陳勍成事，她將是秦家一枚棄子，被囚禁在深宅之中永世不得翻身，所以當陳勍問她願不願意的時候，她還是說了「願意」。

後來的事情很順利，陳勍擔起毀了她清白的責任娶她入宮，她很快有了身孕。她孕期的反應很大，幾乎每天都在吐，她甚至覺得自己會因此而死去，她以為本就不喜歡她的陳勍，會十分的嫌棄她，卻不想他對她很好，一點也不嫌棄她吐出來的穢物，每日都親力親為照顧她，對她像個真正盡職盡責的丈夫。

後來她孕期反應漸漸好了，肚子越來越大，裡面的小傢伙還會動了，陳勍便總像個天真的孩子一般伏在她的肚子上聽，聽到點動靜便驚喜的和她說大寶會動了，還教肚子裡的孩子叫爹娘，親吻她圓滾滾的肚皮，沉浸在為人父的喜悅之中。

秦如嫣對著這樣的陳勍曾經動搖過，可是她的心卻告訴她不能妥協，她和陳勍注定沒有結果，他們走的是兩條路，不是你死便是我活……

即便她不願，但她與秦家命運相連，是無法割斷，而陳勍未來又是個皇帝，他不會窮其一生只有她一人，他將會有後宮佳麗三千，會有更多讓他喜愛的女子，而她一旦動了心，便會走投無路，失了所有。

她想要她的心起碼是自由的，不會被旁人左右。

之後的事情出乎她的意料，她一生下皇長孫，太上皇便禪位了，陳勍繼位為帝，她一下子成為了皇后。她開始想為陳勍選秀女，卻被陳勍否決了，她去問太上皇后，太上皇后卻讓她和皇帝自己做主。

這樣的皇室讓她有些不解，有些迷茫。

她嘗試著送美人進陳勍的殿中，可是陳勍都將人趕走了，父親讓她安插的人也一個都未能進去。

漸漸的，她明白了陳勍的決心，覺得不可思議。

她知道太上皇專情，一生只娶太上皇后這一個妻子，再無旁的女人，她曾想也許是太上皇后這般巾幗女傑無人可以匹敵，才會讓太上皇專情至此，卻不想陳勍也仿效其父的專情，只對妻子一人情有獨鍾，絕不廣納後宮。

她一直都是難以相信的，她想不通她除了有一個正妻的位置，還有什麼值得一個皇帝能如此專情的地方？他們曾經互相厭惡，如何能與同生共死的太上皇和太上皇后相提並論？也許陳勍不過是一時的意氣，等他知道了她的不好，終究還是會棄她而去，天下還有許多更值得他專情的女子。

但秦如嫣並不是鐵石心腸的女子。韶光荏苒，歲月如梭，四年過去了，陳勍始終如一，而太上皇與太上皇后這對公公婆婆也對她疼愛有加。她開始想，也許她的命運可以有別的選擇，可以背棄那個讓她痛不欲生的秦家，轉而有一個新的開始。

只是這樣太冒險了，秦家畢竟是她的母家，謀逆之罪株連九族，真心疼愛她的母親、維護她的外公外婆和舅舅外甥都要牽連其中，她不想她自己一個人的幸福背上這麼多人的性命，所以她想從中周旋，一面破壞父親的計謀，一面幫助和提醒陳勍，最終讓秦家收手，而陳勍也能夠無憂。

令人沒想到的是，太上皇和太上皇后在這個時候出事了，陳勍從那之後明顯變了一個人，對她的感情也冷淡了許多。或許他也有所察覺，察覺到了她身上的不對勁，也許在懷疑她和太上皇與太上皇后的事情有牽連，而父親那邊也開始大肆行動起來。

這一切都亂了她的陣腳，讓她無所適從，可她卻不能眼睜睜的看著陳勍步入危險之中，她只能重新開始布局，但是接踵而來的異變讓她力不從心。

她真的累了。

秦如嫣重新拾起書本翻了幾頁，道：「去和秦國丈說，若是他還信得過本宮，便不要再輕舉妄動了，本宮自有主張。」

徐嬤嬤連忙點頭，而後又遲疑道：「那麼太子殿下那裡呢？您就放任太子殿下與向昭儀愈加親近嗎？」

秦如嫣淡淡道：「此事不必憂心，趙瑾畢竟是陛下的嬪妃，太子與她成了名義上的母子，卻並無血緣，再大一些按著規矩也不能經常到她那裡去了，若他們仍舊過分親暱，連陛下自己也會覺得不妥的，但這個時候管得太多，只能令陛下和太子生厭，百害無一利。」

徐嬤嬤躬身道：「還是娘娘想得周到。娘娘要早些將病養好，太子殿下畢竟是您的孩子，還要您親自教導才好啊。」

秦如嫣點點頭，「本宮倦了，要小憩一會兒，妳先退下去吧。」說罷放下書本閉上眼睛。

徐嬤嬤欲言又止，最終還是恭敬退了下去。

殿中變得安靜無聲，秦如嫣重新睜開了眼睛，美目裡含著悲傷。其實哪個母親不希望自己懷胎十月的孩子能和自己親暱？可她卻不能……

她知道父親有心利用陳序，她便一直教導陳序要維護他的父皇、親近他的父皇，甚至連她這個母后都不能比父皇重要。

陳序是個聰明的孩子，他能察覺到她的冷淡和嚴厲，知道父皇、皇祖母和皇祖父對他全心全意的好，所以陳序小小年紀便知道在她面前偏幫父皇，有事情要替父皇瞞著她這個母后，導致她那時候欣慰又痛心，內心的折磨無以言表。

可她能怪誰呢？

只能怪命運的不公吧。

※◎※　※◎※　※◎※

歷來沒有皇帝陪昭儀回門的，若是特許嬪妃娘家能入宮來看一眼都是難得，可趙真畢竟不一樣，陳勍為了把母后和父皇平安送出宮去，便陪著「向昭儀」回門，回的自然是丞相府。

馬車裡，陳勍望了眼外面混在侍衛裡的父皇。為配合父皇，他的近衛都戴上了半張鐵面，遮住了半張臉，父皇的身姿罩在鎧甲裡面倒是不顯得單薄，也有種威風八面的感覺，和以往的父皇很不同。

陳勍往母后那裡挪了挪，壓低聲音道：「母后，父皇到底是怎麼混進宮去的？」

趙真瞄了他一眼，「不該打聽的不要亂打聽。」若告訴了你，你父皇的威嚴何存？

為了使自己顯得不是那麼好奇，陳勍正襟危坐道：「母后，您就告訴皇兒嘛！這宮中的侍衛裡三層外三層，嚴防死守，父皇這麼大的活人竟還能混進來，便知宮中的布防有疏漏啊！皇兒知道了才能填補疏漏，預防萬一。」

就陳勍這點段數，連他父皇一根頭髮都比不上，趙真瞥了他一眼，「問你父皇去。」

問父皇？輕則一頓罵，重則一頓打！陳勍一聽便知道問不出什麼來了，癟癟嘴老實坐著，但不說話又覺得和母后之間太安靜，繼續湊過去道：「母后啊，那皇弟生下來以後，算我的還是算父皇的？」

趙真聽完，一巴掌拍在他腦袋上，「你說呢？」你這臭小子還想和你父皇搶兒子啊！

陳勍委委屈屈道：「母后，我這麼問是為皇弟著想啊！父皇現下的樣子也沒法重回太上皇的身分，皇弟若是算我的，無論皇兒封皇弟為太子，或是封王什麼的都方便啊，等到皇弟長大了，皇兒也能學父皇禪位給皇弟……」陳勍也不是不知道父皇和母后都嫌他不夠聰慧，難成大業，若是再有個兒子，皇位就不是他來坐了……

趙真哼了一聲，摸摸自己肚子，說道：「這就不用你操心了，好好當你的皇帝吧。序兒的太子之位也不能動。你皇弟隨我的姓，將來是我趙家的兒郎。」

陳勍聞言大驚：「父皇要倒插門啊！」不得了喲，父皇這是豁出老本去了！

趙真挑挑眉頭，「倒插門？」這詞她怎麼好像沒聽過。

陳勍點點頭，「是啊，就是上門女婿啊，那樣的話生的孩子不都隨母姓嗎？」

之前趙真還真沒想過重來一次讓陳昭當上門女婿，現在想想倒是可以，反正他現下無家可歸，總不能以後就住在女兒家吧？那不如就到她趙家來，反正人少地方大。

趙真有點心動，向兒子湊了湊，瞄了眼外面的陳昭，小聲問道：「那你說，你父皇會答應嗎？」那模樣是真的有幾分期待。

陳勍聞言瞭然，原來父皇不是要倒插門啊……

他把母后的問題拋了回去，「您問父皇啊，我哪知道啊。」

趙真瞧著他這事不關己高高掛起的態度，伸手掐了他一把，「母后這不是和你分析嗎！你說，母后要是去問你父皇，你父皇會不會和我翻臉？」其實她也滿怕陳昭翻臉的，她做事很多時候是挺得寸進尺。

陳勍揉了揉被母后掐疼的地方，伏低做小道：「之前可能會翻臉，但現在應該不會……」說罷，他瞟了眼她的肚子，「您可以挾皇子以令天子嘛……」

趙真聽完搖搖頭，這不好吧，這孩子都姓趙了，她再去威脅陳昭，也有點太過分了。她瞪了陳勍一眼，往旁邊坐了坐，「別和我說話了，就知道問你問不出點好來。」

陳勍：「……」

馬車晃晃悠悠停在了丞相府門口，丞相攜兒孫接駕，門口站了一水的大小夥子，可真是令人豔羨。

拜過之後進了丞相府，說了幾句話，向儒便把兒孫們都趕出院子，方便自己和他們一家三口說話。

向儒首先對趙真恭敬拜道：「娘娘，前幾日您在府中待嫁，微臣未能拜見娘娘，請娘娘贖罪。」嫁給兒子，太上皇夫婦真會玩。

趙真和向儒也是很熟了，陳昭的難兄難弟，兩人的關係好得像親兄弟，有時候趙真在他們倆之間都顯得多餘，所以特別喜歡找向儒的碴。

向儒調侃她，她也沒生氣，便呵了聲道：「喲，我哪敢怪你啊？」說罷四下看了看，「向丞相，你這府裡不得了啊，金碧輝煌的。」

向儒也不慌，笑盈盈道：「那是因為娘娘您和兩位陛下大駕光臨，才顯得蓬蓽生輝。」說罷便請三位上座。兩代皇帝一代皇后，可不蓬蓽生輝嗎？

「嘖嘖嘖，這文官啊，嘴皮子就是靈活，奉承話張口就來。」趙真說著自顧自的坐下，調侃他道：「向儒，還沒生出孫女來呢？我看你這輩子就別指望了，你和我們家聯不了姻。」

向儒聽這，臉色才變得有幾分不好起來。

這可是向儒的一塊心病了，他向家也不知道是著了什麼邪，夫人一連給他生了四個兒子，沒有一個女兒，四個兒子成了家，又生了九個孫子，還是一個孫女都沒有。起初他還和太上皇約好了，他有了女兒便嫁給彼時的太子陳勍，結果陳勍結婚生子，他這女兒也沒生出來；那就孫女吧，生個孫女嫁給小太子，但這孫女也一直生不出來，可把他愁壞了。

陳勍早年也聽說過，聽說向丞相生了女兒會嫁給他當媳婦的，若是向丞相的女兒嫁給他，他也不用擔心媳婦娘家會造反了，但有一點讓他有些不解。

「母后，你們不是有皇姐嗎？向丞相沒有閨女，你們有啊。」

趙真晃晃手指頭說道：「這就是你不知道了，別看向丞相現下位高權重，當初就是個一窮二白的臭小子，打光棍打到二十六歲才有人肯嫁給他，你皇姐那時候都多大了？再者說了，你皇姐也看不上他那幾個兒子啊。」一個比一個還狡猾，和他們的爹一樣，她女兒才看不上呢，四個都打包給她女兒，他們都不要——也不會要。

不過，向丞相和向夫人是真的貧賤夫妻到白頭。向夫人是個頂好的女人，教出來的女兒也一定可人，若非他們沒能生出女兒，趙真還是願意與向丞相成親家的，只是可惜啦，這家人生不出女兒。

陳勍默默的癟癟嘴：那您怎麼就覺得我一定能看上向丞相的閨女啊？果然對父皇和母后來說，只有閨女是親生的！

陳昭皺皺眉頭，打斷他們道：「行了，還有沒有點正事了？一見面便吵嘴。」

陳昭是特別不願意趙真見向儒的，趙真一見向儒便喜歡調侃向儒，向儒也是個不服輸的，兩人若是鬥嘴還真能鬥上一天，全程視他為無物，要不是知道向儒與他夫人伉儷情深，他都該吃味了。

趙真「嘖」了一聲：又心疼你的小儒儒了。

在趙真眼裡，陳昭對向儒是特別的維護，早已數不清為了向儒和她吵了多少次，不知道的還以為向儒是他養在宮外的小白臉呢！只不過向儒是個只能靠本事、沒法靠臉的小白臉……
風暴中心的白鬍子老向儒：「……」
待眾人皆落坐，向儒呈上這幾日的要事給陳昭過目，說了目前陳昭手下各方勢力的動態。
陳勍這才知道父皇的深謀遠慮，以及這京中的水到底有多深，他身為一個帝王所做到的還遠遠不夠……
陳昭看向一旁的陳勍，說道：「之前為父走得匆忙，這些都未交代給你，以後這些事情該由你來處理了，為父以後也要慢慢的不管事了。這天下，未來是你的，你要對得起這天下的黎民百姓，孰輕孰重，以後萬不可感情用事了。」
陳勍忙道：「父皇教訓的是，皇兒還有許多要學，離不開父皇您的教導……」所以父皇您先別交給我啊！
陳昭擺擺手，倒是很想得開，「為父累了，等你母后生了之後，為父只想與你母后四海雲遊，不想再插手朝中的事情了。」
——父皇！您不能有了新兒子便忘了舊兒子啊！兒子是不能喜新厭舊的！
這時，向儒插進來道：「呀，娘娘這麼快就有喜了，微臣還以為要等上一段時日呢，恭喜太上皇，賀喜太上皇！」當初不還嘴硬，現在這麼快便被太上皇拿下了！
趙真知道向儒想的是什麼，瞇眼道：「你還是恭喜我吧，這孩子以後是我趙家的兒郎。」
向儒一驚，「什麼意思？」
趙真摸摸肚子，昂頭道：「姓趙啊。」
向儒刷的看向陳昭：老友啊，你也太沒出息了，為了哄回媳婦，皇子皇孫都不要了！

陳昭低頭蹙眉看情報，當作沒看到他的表情，就是耳根有點熱。

※◎※　※◎※　※◎※

從丞相府離開，陳勍回了宮，趙真和陳昭回了齊國公府。

齊國公知道女兒和女兒肚子裡的金孫今兒個回來，早早就在翹首期盼了，一見女兒進了院子，立刻健步如飛迎過去，「爹的寶啊，妳可算回來了。」

趙真伸出手在他眼前晃了晃，換來父親的注意力，才指著自己的臉道：「爹，您寶的臉在這呢，不在肚子上。」

齊國公睨了她一眼道：「哎喲，妳肚子裡的不也是爹的寶嗎？快進吧！」說罷才看到後面跟上來的陳昭，笑容一僵，恭敬道：「太上皇……」

陳昭很客氣道：「岳丈不必多禮，以後稱我女婿便可。」

齊國公動動嘴，這九五之尊的女婿，他可不敢叫。

這時，沈桀也走了過來，先叫了聲長姐，又看向陳昭，躊躇片刻道：「姐夫。」

陳昭聞言驚了一下，但很快坦然的收下他這聲「姐夫」，想必是真的被趙真教好了。

「義弟。」

趙真對他們兩人的你來我往很滿意，手一揮，「進屋吧，馬車坐累了，還不如騎馬呢。」說罷揉了揉後腰。

齊國公立刻跟上女兒，囑咐道：「兒啊，妳可別再折騰了，這胎定要好好養，可不能磕著碰著了。妳娘懷妳的時候瞞著我上戰場，把妳生在荒郊野外裡，幸好是沒事，不然爹要後悔一輩子呢……」

許是年紀大了話就多了，總怕有生之年說不完，齊國公一直絮絮叨叨進了屋，進屋後繼續和他們絮叨了好一會兒才說累了，繼而回屋休息去了，終於只剩下趙真他們三人。

趙真伸伸懶腰，頂著一張二八年華的臉道：「坐一會兒就有點累了，果然是年紀大了。」

陳昭起身去扶她，「那就回屋歇歇吧，今天一天妳也是奔波來奔波去，馬車又顛，腰該疼了。」說完還體貼的在她腰側揉揉。

沈桀見他們要走，猶豫再三上前道：「長姐，義弟有一事不得不向妳稟明，妳走了之後，出了點事情……」

趙真聞言眉頭微挑，看向他，「何事啊？」

沈桀道：「勞煩長姐和姐夫跟我走一趟，見了人便知道了。」

沈桀帶他們去的是東邊一間小院子，門口有重兵把守，看架式是沈桀的親兵。

沈桀領著他們進了屋，一進去便能聞到一股濃重的藥味，其中還夾雜著血腥味和淡淡的腐臭味，著實有些古怪。

趙真皺了皺眉鼻子，有些犯嘔，這懷了孕很多東西她都聞不得了，一聞就難受。

旁邊挽著她的陳昭見此連忙替她拍了拍背，有些憂心道：「要不妳先出去等著，我一會兒出去轉述給妳聽。」

趙真擺擺手，「沒事，一會兒就習慣了。」說著摸了摸肚子，不悅道：「這小崽子毛病還挺多，這也吃不得、那也吃不得，現在聞點味都要鬧騰，估計生出來和老二沒什麼差別。」

其實以趙真現在的身體懷孕生子還偏小，不適應也是正常的，哪裡能怪肚子裡的孩子。

陳昭搖搖頭，「行了，他懂什麼啊？妳還是出去吧。」

沈桀看著長姐臉色不好，也擔憂道：「長姐還是出去吧，一會兒也怕妳看了不適應。」

趙真聽著更有些好奇了，這屋裡到底有什麼人，看了還能讓她不適應？

趙真拍了拍胸口、壓去喉頭的翻湧，說道：「我都說了沒事就沒事，快走吧。」說罷自顧自的走在前面。

兩個男人也拿她沒辦法，便與她一起進了裡屋。

屋裡有兩個大夫忙碌著，床上躺了個人，身體許多部位都被滲著血的白布包裹著。

趙真瞧見一個大夫拿了些蠕動的白色蟲子放在那人深可見骨的傷口裡，蟲子觸到帶血的傷口，數十隻蟲子瘋狂蠕動啃咬起來，那場面趙真還真看得吐了出來。要說她以前見過的噁心事多了，這麼多年不見血腥，承受能力都差了，加之肚子裡的小崽子作怪，可真讓她丟人。

陳昭替她拿著痰盂讓她吐，跟她解釋道：「那是蛀蟲療法，可以吃腐肉，醫治傷口。」

趙真吐乾淨了，揉了揉胸口道：「行行行，你見多識廣，我孤陋寡聞……」

沈桀令大夫迅速包好傷口，其餘的一會兒再處理，走到趙真身邊問道：「長姐可還好？」

趙真點點頭，向床上張望一眼，那人的臉也被包紮起來，看不出來是誰，「那是誰啊？」

沈桀神色有些微妙，片刻後回道：「路鳴。」

路鳴？！

趙真忙走過去，看著床上已無人樣的路鳴瞪大眼睛，「路鳴？他怎麼會這樣！」

之前在軍營裡出了與蘭花那事，路鳴便被送回國公府療養，後來他好些了要回路家，趙真也沒攔著，就讓他回去了，怎麼幾日不見人就變成這樣了？

本來以為昏迷不醒的人，聽到她的聲音卻虛弱道：「小姐……」

趙真走到他面前，依稀可見他包裹在白布縫隙中的眼睛在尋她，趙真湊近一些問道：「路鳴，你怎麼變成這樣了？」

路鳴此時身體虛弱，又用了麻沸散，見了她也只能繼續呢喃著：「小姐……」卻說不出更長的話。

沈桀走到趙真身側解釋道：「長姐，路鳴實則是豫寧王世子的人，因辦事不利被豫寧王世子殺了滅口，前幾日被我的人及時察覺了，便偽造死亡救了回來，暫時安置在府中，等長姐妳回來定奪。」

路鳴被救回來的前幾日昏迷著，前天才醒過來，和沈桀說的話也不多，只說了他實則是豫寧王世子的手下，被安排到齊國公府當內應，替豫寧王世子辦事。他此時神志不清，沈桀在他面前倒不用避諱叫趙真長姐。

沈桀繼續道：「長姐，路鳴還在妳日常的吃食中下了藥，無毒，但是會對一種香氣有癮，若是有人使用這種香氣，恐怕會對妳有蠱惑的作用，這香現在應該被用在了陳啟威身上。」

趙真聞言有些不可思議，看著那麼單純耿直的路鳴竟是豫寧王世子安插進來的內應，他還在她吃食裡下了藥？怪不得她一見到陳啟威便有奇怪的感覺。

趙真承認自己是有些好色，但她都已經有了陳昭，也不至於飢不擇食到一個小輩身上，可她每次見到陳啟威都覺得怪得很，原來是他身上有種香氣會蠱惑她。可是她也沒聞到陳啟威身上有什麼香氣啊！

趙真很誠實的說道：「我靠近陳啟威的時候是覺得有些怪，但是並沒有聞到過他身上有什麼香氣啊？」

陳昭在旁邊冷哼一聲，「我看豫寧王世子也是多此一舉，那般容貌出眾的兒子，還用得著什麼香來迷惑妳？」

趙真輕咳一聲，嚴肅道：「這話就是你不對了，難道你堂堂太上皇，魅力還大不過一個毛頭小子嗎？有你在，我哪裡看得上別人？我這都是被蠱惑了！」

話誰不會說，陳昭只是懶得揭穿她，加之現在也不是和趙真計較這種事的時候，便轉頭問沈桀道：「這藥除此之外可還有其他害處？能解嗎？」

沈桀面對陳昭還是有些不大自在，移開目光道：「路鳴說並無其他害處，因為長姐身邊換了人伺候飲食，他下的藥也不多，能解，但不知道解藥會不會危害到長姐腹中的胎兒。路鳴現在的樣子，很多事情都說不清楚。」

沒想到還是陳昭謹慎一些，之前就派了邵欣宜過來，間接起了這等作用。趙真看了眼床上的路鳴，他大抵是昏睡了過去，沒了動靜，這個樣子確實沒辦法把事情說清楚，只能等人好一些再說了。

雖然被人下了藥是挺不爽的，趙真也不想被什麼香氣控制神志，但肚子裡多了這孩子她便不能冒險，謹慎道：「那等路鳴好一些再說吧，若是對孩子無害再解，有害就只能等到生下來之後再說了。」

人已經見過了，話就可以到別的房間去說。

待丫鬟把溫水斟好後退下，趙真喝了口水壓下胃中的不適，問道：「路鳴這樣可有性命之憂？」她是有些顧念與路興源的舊情，但更多的是路鳴身上還有許多事情不清楚，保下他的命於他們來說應該能省不少的力氣。

沈桀倒是明白趙真心中所想，道：「路鳴不會武功，殺手下手也不重，他身上傷口雖多，但醫治及時並無性命之憂，只是他被潑了化屍水，容貌算是毀了，傷口恢復起來也有些慢，但再過個七、八日，說話應該沒問題了。」

豫寧王世子的手段也是狠厲，人沒用了，連個屍首都不打算留下。

趙真沉吟片刻道：「路家的人怎麼樣？可有波及？」

沈桀搖搖頭，「沒有，路家人對此不知情，因為路家被庇佑在長姐麾下，豫寧王世子便不敢輕舉妄動打草驚蛇。」

趙真想想也是，路興源不可能放任子孫背叛她，他對路鳴的事一定是不知情的，只是路鳴現在這樣……

她嘆了口氣道：「派人暗中保護路家等人。路鳴清醒後，若是願意將他所知道的事情盡數說出來，便饒他一命，安置到廖縣的莊子裡去，算是看在他父親的面子上，給他條活路了。」

沈桀點頭應下，看了眼陳昭，有些猶猶豫豫。

趙真見此，蹙眉道：「有什麼話直說便是。」難不成他現在還防備著陳昭？

沈桀察覺到了長姐的不悅，立刻道：「如今神龍衛中有了三個人的空缺，豫寧王世子央我將陳啟威安排進去，不知長姐是否還要回到神龍衛中去？」

趙真還以為是什麼事呢，點頭道：「自然是回去，只是我不會再以尋常士兵的身分回去，我要當教頭。而陳啟威，你就安排他進去吧，你現在與豫寧王世子是同盟，怎好駁他面子。」

陳昭聞言看向趙真，那眼神裡是：妳要當教頭，我怎麼不知道？

趙真有理有據道：「你們想啊，我若是當了教頭，便不用堅持日常的操練，遵守三日一歇的規矩，有工夫回宮裡養胎，也能避免與陳啟威多次碰面，這不是方便很多嗎？」

陳昭想了想，這倒也不失為一個好主意，趙真若是用之前的身分回去，免不了背後會被人說三道四；若是說成她因禍得福，得了陛下的賞識，封了她個小官，不僅能免於她被人背後說道，還能迅速增長她在神龍衛之中的權威。

於是陳昭點頭，同意道：「那便這樣吧。一會兒我派人進宮傳話，讓續華寫道聖旨，給妳封個小官，回神龍衛也能回的風光一些。」

自家男人同意了，趙真鬆了口氣，她還怕陳昭因為她懷孕而不讓她再回神龍衛呢，那她就白白廢了這條為自己鋪的路了。

趙真不禁對陳昭討好一笑，陳昭回她個眼神：妳自重。

兩人正在眉來眼去，沈桀突地跪到兩人的面前，擲地有聲道：「長姐、姐夫，之前是我糊塗，輕信旁人讒言，害得長姐遭人算計。從今往後子澄再也不敢生出二心，死心塌地為長姐、姐夫效忠。」

之前一直在他面前趾高氣昂的沈桀突然一口一個姐夫，陳昭還挺不適應的，但沈桀現下在他長姐面前這麼上趕著表忠心，就是逼他不計前嫌應下這聲姐夫，從此就是同一條船上的人，他若是不大度一些應下，趙真就要和他翻臉了——這傢伙倒是比從前聰明了一些。

於是陳昭笑盈盈的教導他：「都是一家人，談什麼效忠不效忠的。你長姐只希望你能明白誰才是你的親人，誰才是真的為你好，以後不再犯同樣的錯，我們便一直是一家人。」

趙真聽完陳昭的話覺得很滿意，不愧是她男人，說話就是得她心意，點頭道：「你姐夫說得對，這便是我想讓你明白的，你不是我的手下，我不需要你效忠，但你要明白是非對錯、孰近孰遠，我和你姐夫都不會害你的。」

要讓沈桀現下對陳昭一點隔閡都沒有，那是不可能的，但聽了陳昭的話，他便明白自己窮其一生也無法勝過他，不是因為才智，而是因為陳昭比他更瞭解趙真，知道趙真到底想要的是什麼……

沈桀的歸順，使得他們這邊的一切都明朗了起來，秦家與豫寧王是這整件事中最大的兩股勢力，但到底是秦家被豫寧王拉攏，還是秦家想利用豫寧王奪位，便不得而知了。

但無論是哪一種，現在都是他們這邊占據了優勢，豫寧王府和秦家就算想破腦袋也不會想到現在的陳清塵和趙瑾的真實身分，更不會猜到沈桀和趙瑾的真實關係，所以他們才會以為現在的齊國公府是沈桀當家，敢冒險設計拉攏沈桀，挑撥齊國公府與公主府的關係。

有陳昭和趙真在，齊國公府與公主府的關係堅不可摧。

趙真不禁感嘆：「幸好我們是重生回來了，因為我和你的不睦，這是留下了多少的隱患，齊國公府和公主府之間，都讓人有機可乘了。」

沈桀眸光微顫，低落道：「長姐還是怪我嗎？我知道這事我辦得糊塗，但我不會害長姐和長姐兩個孩子的，若是我知道他們的目的，定會第一個除去他們！」

趙真也不是怪沈桀，只是想到她和陳昭曾經若是恩恩愛愛的，很多事情也許會好很多，起碼沈桀不會對陳昭有芥蒂。

趙真搖搖頭，「我沒怪你，我只是有些感嘆，怪不得文官都說我們武官的腦子不好使，身邊總要有個軍師出謀劃策，而文官卻不需要仰仗會武的人，頂多是有個看家的護院。說起來啊，還是讀書好，能堪大用。」書讀得好，就能騙他們這些武官出去賣命征地，他們在京中爭權奪位，欣欣向榮，嘖。

趙真突然承認自己的腦子不好，陳昭還挺驚訝的，但是機智的他沒有順著桿爬，而是捧她道：「妳這話說得不對，誰說武官就難堪大用了？當初我被封為太子時，多少文官脣槍舌戰，妄想將我從太子之位拉下來，還不是因為有妳提刀坐鎮，他們才沒得逞嗎？坊間都說我是靠著女人才登上皇位，我倒是覺得此話一點也不假，當初我的王妃如果不是妳，我恐怕在回京的路上就不知道身葬何處了。妳看，這皇位由誰來做最後還是妳決定的，妳還能說只有文官才能堪大用嗎？」

要不說聰明人會說話就是討人喜歡呢，趙真看自己男人更順眼了。不過，她也不好意思被他這麼誇，實誠道：「哎呀，你也別這麼說，你當初登基我其實也不看好你，但因為你是我男人嘛，一榮俱榮、一損俱損的道理我還是懂的，我也只能幫著你。你若不是我男人，估計我就跟著別人反了也說不定。」

陳昭這傢伙太會裝，順利登基後才露出爪牙，那些膽敢和他唱反的權臣，最後沒一個有好下場的，趙真要是早知道陳昭這麼賊，也不會後來既反感又畏懼他。

陳昭聽完沒生氣，也沒避諱沈桀在，笑道：「這機率不大，以父皇王多疑的心性，他絕不會讓掌握重權的趙家與旁人聯姻，而我父皇的兒子當中，唯我樣貌最為出眾，以妳挑剔的眼光選多少次都會選我的。」說罷，那神色還有種被她選了的小驕傲。

趙真樂不可支，哈哈笑道：「選你選你，肯定選你！你兄弟長得都什麼玩意啊，連你一根腿毛都比不上，我都不記得他們是什麼樣了！」她和陳昭的緣分可能是天注定的，換個人並不能如此相配。

沈桀在旁邊聽著，是越加明白了自己和陳昭的差距，即便他對長姐情深似海，也不會敢在長姐面前這麼說話，更不可能逗得她大笑——在他心裡對長姐更多的感情可能還是敬愛，而不是這種情人間肆無忌憚的寵愛。

陳昭見她開心了，今晚應該不會胡思亂想了，便道：「好了，我在妳這畢竟不能久留，與沈桀還有正事要議，妳若是累了便先回去休息，我與沈桀議好，明日讓他轉達給妳。」

本來趙真是個很難精神不濟的人，但懷了這個孩子之後，乏力的時候便多了，今日奔波一天是有些累，但此時一別，就不知道什麼時候才能再見陳昭了，還是有點捨不得他，明明在宮裡已經朝夕相伴了三日。

趙真自己走到軟榻躺下，「你們說吧，我在這躺會兒就好。」

陳昭見她是真不想走，拿來棉被替她蓋上，「別著涼了。」

趙真「嗯」了聲，半張臉縮進被子裡，此時此刻乖巧的像個孩子。

陳昭覺得趙真肚子裡的這個孩子生下來脾氣肯定會很好，因為趙真近來明顯是脾氣越來越好，溫順的像隻羔羊，少了從前的猛虎模樣。

陳昭和沈桀坐下後，也不算商議，先是核對手中現有的名單，然後陳昭吩咐了一下沈桀接下來該怎麼做，他們以後如何接頭。沈桀對他難得也溫順起來，他說什麼便聽什麼，模樣認真並無敷衍，收起了曾經的爭鋒相對。

陳昭對沈桀其實是有那麼幾分佩服的，即便遠在邊關，對趙真的感情卻二十多年來不變，也未娶親納妾，這份深情是很多人都比不了的，他該慶幸自己先一步娶了趙真；而趙真雖然性子荒唐，卻也不是濫情之人，他們才能有如今。

※◎※　※◎※　※◎※

等陳昭和沈桀將諸事安排好，趙真已經睡熟了，頰上泛著健康的紅暈，全然是個無憂無慮的少女模樣。

陳昭讓人抬了軟轎來，將她裹著被子抱回了屋裡。他剛把人放在床上，趙真便睜開眼睛，伸手環住他的脖子，「我早就醒了。」

陳昭早就發現她顫動的睫毛了，只是沒揭穿她罷了，「小心著涼。」他替她裹了裹被子，靠坐在床上，讓趙真的上半身壓著他，免得沾了床上的涼氣，「我讓人去熱了湯婆子，等被窩焐暖了妳再換被子，免得沾了涼。」

趙真不以為然道：「我沒那麼嬌氣，我隨我娘。我娘懷我的時候，都八、九個月了，為了救我爹突出重圍，還騎馬帶兵誘敵入了深山，在山洞裡風餐露宿了一個月把我生下來的，我仍然好得很，沒凍壞也沒餓壞。」

陳昭聽過這個傳聞，不禁好奇岳母真有那麼神勇嗎？

「聽說岳母懷胎九個月還上陣殺敵，真是勇猛無敵啊……」

趙真哈哈笑道：「你傻呀，怎麼可能呢？都是瞎吹的。肚子大的時候鎧甲都套不進去，怎麼殺敵啊？我娘是因為我爹被敵軍困住了，她逼不得已帶人過去救我爹，引開一部分敵軍，最後因為寡不敵眾，躲進了深山的洞穴裡，幸好我娘養老虎，靠著老虎出去覓食扛了過去，被我爹找回去後就自己到處吹噓，然後就被人傳得神乎其神了。」

原來是這麼回事啊，但是趙真母女會養老虎也是件了不起的事，他一直很好奇，她們到底是怎麼養的。

「那岳母會馴老虎是祖傳的本事嗎？」

趙真搖搖頭，「不是啊，你也隨軍過嘛，行軍路上軍餉不多的時候，饑一頓飽一頓的，都要養出個習慣，路上碰見點活物，成年的就燉了吃了，幼崽養大一點再吃。我娘撿了隻虎崽子，打算養大點宰了吃，但是老虎有靈性，我娘養出感情來了，那老虎大點的時候還學會出去替她獵食回來，我娘就更捨不得宰了，慢慢就養大了，試著教牠點本事，那老虎就能懂她一些命令了，漸漸自己摸出了一套馴虎的方式。我那隻老虎是子承母業，但因為是雄虎，生不了崽，絕後了。」

陳昭聽完後有點愣，把老虎當儲備糧，他這個岳母也是不得了……哎，所有神乎其技的傳言被真相以後，褪去了傳奇的色彩，讓人覺得有些啼笑皆非。

陳昭替她理了理頭髮，有點可惜道：「怎麼會絕後呢，找隻雌虎不就好了？」

趙真回道：「雌虎不好找，雌虎不像雄虎那樣領地意識強，喜歡擴充疆土，一般就在小範圍活動，有了幼崽的雌虎更是凶得厲害，找到了也不好抓，就不冒險了。」

原來如此啊。

陳昭問她道：「那我和妳回去以後，怎麼沒見到妳那隻老虎了？」

趙真有點無奈道：「放虎歸山了，雄虎發情起來太煩人了，找不到媳婦給牠，就讓牠滾回山裡去了。」

陳昭噗哧一笑，回想起了那隻叫威風的小老虎，原來牠最後長大歸山了，牠還算是他和趙真緣分的牽頭虎呢，沒有牠就沒有幼時他和趙真的緣分，也許他都不會活到現在。希望那隻小老虎後來找到了心儀的雌虎，生了一窩小老虎綿延子孫後代。

這時，下人送了湯婆子來，陳昭下床開門去拿，回來後堅持替她暖好被窩，才讓趙真鑽進去，半點沒讓她凍著，一連串動作可是小心翼翼的。而後他又拿了熱水給她擦手擦臉，自己洗漱乾淨後才躺到她身邊。

趙真蹭進他懷裡，「我還沒和你說我方才為何裝睡呢。」

陳昭順手擁住了她，手放在了她的腹部，那裡還是平坦的，感覺不到有個小生命在裡面。他順著問道：「為何？」

趙真仰頭看他，「我突然想起來你沒抱過我……你知道我是什麼感覺嗎？」

趙真這樣強勢的人，之前怎麼會有機會讓他那麼抱，倒是他被她那麼抱過不知多少次了。

「什麼感覺啊？」

趙真伸手纏過他一縷髮絲，絞著道：「我突然感覺……自己很嬌弱，像個小姑娘似的，覺得被你這麼抱著挺好的……」

她這一生好像從未覺得自己嬌弱過，更不覺得要依靠任何人，可方才被陳昭那麼抱進來，她卻覺得自己像個柔弱的小姑娘，被喜歡的男人保護在懷中，不丟臉，反而挺幸福的，這麼柔弱一輩子也挺好。

陳昭瞧著她眉眼嬌媚的模樣，心頭一動，輕吻她的眉心，柔聲道：「那我以後每天這麼抱妳上床可好？」

趙真聞言捏了下他的臉，調侃道：「就抱上床啊？沒個正經，無恥！」

陳昭對上她狡黠的眸子，心緒微蕩，吻上她的唇瓣，「抱上榻也行，妳挑地方。」

趙真被他逗得一樂，推他道：「下作！」

陳昭抱著她壓到自己的身上，緊緊摟著她的身子，輕啄她的臉蛋，眸光似火，「還不是跟妳學的。」

這麼一壓，趙真察覺到自己男人動情了，咬了他的唇瓣一下，罵道：「小狐狸精！今日就讓你領略一下本將軍的真本事！」

※◎※　※◎※　※◎※

等趙真一早起來的時候，陳昭已經不見了蹤影，她看著旁邊空無一人的床榻突然有些惶恐起來，她竟有這麼一天！一覺睡到天亮，連身邊人什麼時候離開的都不知道！一向警覺的她已全然喪失了警覺性……這對於趙真來說簡直太可怕了。

早膳趙真是和齊國公一起吃的，齊國公見女兒神情有些恍惚，蹙眉道：「兒啊，妳這是怎麼了？爹跟妳說，妳有了身孕，就不能和太上皇同房了，這要是傷到孩子可怎麼辦？」

齊國公有時候不把女兒當女兒，尤其現在年紀大了，說話也不會忌諱了，有什麼說什麼。他昨晚一聽太上皇宿在女兒房裡就覺得不好，他女兒那種脾性，一個大美人躺在旁邊怎麼把持得住？

趙真看來有點沮喪，「爹啊，我感覺自己要成廢人了，這孩子……我有點不想要了……」

齊國公一聽把筷子拍在桌上，「混帳！妳動我孫子試試！妳也不是第一次懷孕了，之前不都好好的嗎？這次怎麼還成廢人了？妳哪廢了？」

趙真癟了癟嘴，「爹啊，我最近有些乏力，今早居然連陳昭什麼時候走的都不知道，我以前從來沒這樣過……」

齊國公坐正了身子，一臉嚴肅道：「妳看著我，妳說，妳昨晚和太上皇折騰什麼了？」

這問題可真嗆，趙真昨日做了點以前沒做過的事情，雖然傷不到孩子，但很耗費體力，完事後她就睡過去了，累得厲害。

趙真低下頭小聲道：「沒折騰什麼……」

齊國公呸了一聲：「放屁！看妳這偷了腥沒抹嘴的樣就知道沒幹好事！不是爹說妳，能不能克制點？妳都當娘了，又不是毛頭小子！」

趙真嘀咕一聲，「我本來也不是小子嘛。」說罷夾了口肉吃，剛嚥下去便有種作嘔的感覺湧了上來，她放下筷子，氣道：「這日子還能不能過了！」

齊國公被她嚇了一跳，替她拍背道：「好閨女，這女人懷孕本來就是要受些罪的，爹也心疼妳，但這也沒辦法啊？別急，再忍八個月不就過去了？」

說罷，他語重心長又道：「爹和妳說啊，爹也有一覺睡到天亮什麼都不知道的時候，就是跟妳娘剛成親那會兒，不懂克制，累過力了，這不是什麼大事，休息休息又能緩過來，妳可別被嚇著，這跟孩子沒什麼關係。」

趙真聽完氣樂了，「爹您不要臉！」

齊國公哼了一聲，「爹要是要臉，還能有妳這隻小崽子啊？行了，妳可別動我大孫子，再吃幾口菜，少吃油膩的。」說罷夾了幾筷子青菜過去。

趙真雖然被噁心飽了，但也怕餓著肚子裡的孩子，勉強夾了根青菜入口，這一入口還覺得挺爽口的，青菜就粥，吃了一碗下去。

趙真摸摸肚子：難道這小崽子喜歡吃素？隨他爹啊。

「爹，陳昭早上怎麼走的？」

「哦……他跟著一早出去採買的下人混出去了。妳放心好了，他的身邊有高手跟著，出不了事。」

趙真點點頭，平安出去就行，本來還想送送他呢。

這時候沈桀下朝回來了，往常他都是下了朝就去軍中，今日是特意回來接趙真，「長姐，妳今日隨我回軍中嗎？還是歇息一日再去？」

趙真拿起手邊的帕子抹了抹嘴，「今日就去，不耽誤了，我還要早些回宮呢，續華那裡我不放心。」說著她站起身，「對了，他聖旨寫了嗎？」

沈桀從懷中拿出聖旨給她過目，「寫了。陛下說，以後若是長姐有需求，不用過問他，讓太上皇代筆就行了。」

趙真接過聖旨看了一眼，哼道：「臉大了他啊，誰要過問他了？要不是玉璽在他那裡，早就讓他爹寫了。」

沈桀遞了盒子給她，「長姐，裡面都是蓋好玉璽的，陛下給你們準備了。」

盒子上有封條，趙真撕開封條，打開盒子看了一眼，略略一數有五個呢，這孩子終於細心了啊，連這都準備好了，「行了，你找機會送到陳昭那去。」

沈桀聽完，緊繃的心弦終於鬆了一些。他一直怕長姐不再信任他了，如今長姐能把這麼重要的事交給他做，便證明長姐還是信任他的，他這次再也不會辜負長姐的信任了。

第三章 夫妻同心，其利斷金

趙真到神龍衛的時候，大夥都在操練，她歸隊的事便要等到吃午飯集結的時候再說。

趙真四處轉了轉，卻沒找到陳昭，「他人呢？沒回來嗎？」

沈桀自然知道這個他是誰，回道：「姐夫沒和妳說嗎？他不打算回神龍衛了，他之前到神龍衛來本就是為了長姐妳，如今你們情義已定，他要花更多的精力去處理別的事情了。」

他不來了？趙真突然覺得神龍衛對她的吸引力沒那麼大了……不行！她怎可慾令智昏，因為陳昭耽誤正事呢，不來就不來吧！

待到中午，人都集結完畢，沈桀親自宣讀了聖旨，大意為：陛下賞識趙瑾才能，封為尚武校尉，官居六品，特派到神龍衛當教頭。

趙真這樣因禍得福一步登天，下面的人神色各異，本來許多人都以為趙真是回不來了，一個未出嫁的千金小姐，攤上這事別說前途，連閨譽都沒了，嫁人都難，可她卻偏偏峰迴路轉，得了陛下賞識還封了官，榮歸神龍衛，成了他們的教頭！這不是天上掉餡餅嗎？

但正因如此，趙真曾經在神龍衛的排名大家都知道，她是有些能耐，但神龍衛比她優秀的人卻也不少，上面起碼壓著七、八個，當然會有人不服氣，但礙於趙真強大的後臺，也只是敢氣不敢言。

趙真又不是第一次帶兵，自是明白其中道理，揚聲：「我此番回來，全因幸得陛下賞識，不敢自滿，我知神龍衛中人才輩出，我若技不如人便難當此大任，所以我願接受你們任何一人的挑戰。輸了，我哪來的回哪去；贏了，以後便是你們名正言順的教頭。可有人願意應戰？」

這其實是個千載難逢的機會，趙真剛得了陛下賞識，若是勝了她，必能得到陛下注意。陛下若是明君，贏的人或許也會一步登天；但陛下若是昏庸一些，贏的人便是駁了陛下的面子，說不定會被降罪，所以一時間人人面面相覷，誰也不敢第一個站出去試水。

這時，有一人出列道：「大人若是想證明自己的實力，其實只要與第一名的魏雲軒比試即可，勝了他自是勝了整個神龍衛。」

趙真看向自己那個未來的外孫女婿，突然被點名，魏雲軒是一臉的雲裡霧裡，似乎他剛才一直是事不關己的態度，並沒有想到會突然牽連到自己。

趙真看著他道：「也好。魏雲軒，你可願意應戰？」

魏雲軒思琢了片刻，站出來道：「我願意，只是我應戰，並非是質疑陛下的決策，陛下派趙校尉到神龍衛當教頭，自是因為趙校尉能當此大任，我等定要服從，但我之所以出來應戰，是因為趙校尉欠我一次公平的比試，兩次比試趙校尉都在敷衍我，這次請務必全力以赴。」

也許旁人會以為魏雲軒是在拍趙真的馬屁，但趙真卻知道他是實話實說，魏雲軒是個耿直的孩子，耿直到連她外孫女明顯的示好都發現不了，真是讓人著急，不知道打他一頓能不能打醒他。

趙真點頭，「自是全力以赴。」

——放心，能把你打趴下，絕不讓你站著，外祖母我要立威啊。

因為現下是午飯時間，比試定在了下午的操練結束後，魏雲軒下午可以不參與神龍衛的操練，回軍帳去養精蓄銳，但魏雲軒這個孩子很耿直，仍然堅持去操練，比平時半點不少。

趙真為了顯得自己不欺負小孩，也在旁邊跟著一起練，就當熱身了。

付凝萱很焦躁，別人不知道，但她可知道外祖母的本領，外祖母那可是征戰數年積攢下來的本事，認真起來的話魏雲軒哪裡打得過，一定要掛彩！

付凝萱湊到外祖母身邊，小聲求道：「外祖母，您能不能看在萱萱的面子上，不要對他下重手啊？」

趙真對她笑道：「不行啊，我的乖外孫女，妳外祖母我要在軍中立威啊，哪能打得像小孩子玩遊戲一樣呢？妳也不要著急，若是魏雲軒草包到需要妳求情，外祖母第一個不看好他，妳也別想嫁給他。」

付凝萱聞言不敢說了，真怕外祖母阻攔她嫁給雲軒哥哥，但還是猶猶豫豫小心道：「那外祖母可不可以不打臉？」

趙真點頭，「當然不打臉，外祖母這麼憐香惜玉的人，怎麼捨得打美人的臉，放心吧！」

付凝萱這才稍稍鬆口氣，又道：「也不能斷胳膊斷腿什麼的……」

趙真哈哈一笑，「萱萱，妳若是再說下去，外祖母就包不准要傷他哪裡了。」

付凝萱趕緊閉了嘴，眨巴眨巴眼睛，可憐巴巴的看著她。

趙真捂胸口，真是受不了，自從看過陳昭假扮外孫女，她對外孫女都狠不下心了，「行了行了，會還妳個完整無缺的雲軒哥哥，外祖母又不是去殺人，瞧妳擔心的。」

付凝萱這才親親熱熱的挽上她，「外祖母最好了！」

到了下午比試的時候，宮中傳來消息，陳勍要帶著太子過來觀戰，所以要等陛下聖駕到了之後再開始。

而這期間沈桀將陳啟威帶了過來，正好先由陳啟威來接受入營的試煉。

陳啟威瞧見趙真，仍是一臉的人畜無害，笑著衝她打招呼，「瑾兒！」

趙真看向他，瞇起了眼睛：喲，小狐狸精。

陳啟威今日參軍，穿了一身戎裝前來，絕色容顏配上英姿颯爽的打扮，著實讓人驚豔。

付凝萱不免驚訝道：「小表姨，這是誰啊？」

陳啟威聞聲看向站在趙真一旁的美人，傾國傾城之色讓人過目難忘，他一眼便認出來此人是長公主之女寧樂縣主，他們已經不是第一次見了，他之前去長公主府賀壽時，故意藏拙，認不出來情有可原，可闔歡節的時候卻打過照面，這位縣主怎麼好像半點不記得他的樣子？

他的目光在付凝萱的身上來回一掃，「寧樂縣主不記得我了嗎？我是陳啟威，縣主的腳可好了？」

趙真一聽警鈴大作，之前是陳昭頂替外孫女進宮，外孫女這是第一次見到陳啟威的本來面目，她上前一步扯開話題道：「你怎麼到神龍衛來了？」

陳啟威將目光轉回趙真身上，對她一笑，「來找妳啊，我進了神龍衛便可以日日見妳，和妳一同操練了。」說罷走近她幾步，將一個油紙包遞給她，他眉眼彎彎說道：「紅果黏子，是我在京中找到的最好吃的一家買的，我之前去妳府上妳都不見我，所以一直沒能給妳。」說罷癟著嘴，那模樣別提多可憐了。

若非知道他的真面目，趙真真以為眼前這個小狐狸精人畜無害了，他一靠近，她雖未聞到什麼香氣，卻難掩心中似是悸動的感覺，對他生不出什麼厭惡之情，反而有種親近之意，這藥真是古怪，竟然可以控制人心。

趙真搖搖頭，「不吃，近來胖了，不吃甜的。」誰知道那個紅果黏子是用什麼做的，她嫌棄道：「你做什麼到神龍衛來？就你那點三腳貓的功夫，還要當陛下親衛啊。」

陳啟威聞言，表情更是可憐了，將油紙包收回去，自己剝開吃了一個，嚼吧嚼吧道：「我爹嫌我日日遊手好閒，我想著到神龍衛來能見到妳，便求著我爹來了。」他又將糖果黏子遞給她，「瑾兒，妳真不吃嗎？我特意買來給妳吃的，可好吃了。」說罷又自己吃了一個，一副人間美味的模樣。

旁邊的付凝萱瞧著兩人你來我往有點不對勁，湊上來直言不諱道：「喂，你是不是喜歡我小表姨？」

陳啟威聞言，眼睛眨了一下，靦腆的抿了下唇，模樣瞧著有些羞澀的說道：「是啊，我和瑾兒都……」

趙真怕他當著她外孫女的面說出驚世駭俗的話來，斥道：「你閉嘴！」

陳啟威被嚇了一跳，但很聽話的閉上了嘴，小媳婦似的看著趙真，那神情明顯是和趙真有些什麼不可告人之事。

付凝萱一瞧這種狀況，替她外祖父急了，說道：「你不許喜歡我小表姨！我小表姨有心上人的！」

付凝萱其實是什麼事情都不知道的，甚至還以為趙真和陳昭已經決裂了，外祖父還囑咐她要替他在外祖母面前說好話，讓他們早日和好呢，哪裡能讓人挖了外祖父的牆角？

趙真也知道外孫女什麼都不曉得，轉頭瞪向她，裝著怒氣衝衝的樣子道：「我沒有什麼心上人！不許胡說！」

付凝萱見外祖母生氣了，有些畏懼，但還是堅持替外祖父說好話：「小表姨，也許他是有什麼苦衷呢，你能不能別生他氣了……」

陳啟威一聽好奇道：「他是誰啊？瑾兒，妳是有心上人才不喜歡我嗎？」

趙真狠瞪了付凝萱一眼，像是生付凝萱的氣了，奪過陳啟威手中的油紙包，拿出幾個紅果黏子扔進嘴裡，嚼著道：「是挺好吃的。」說完，她朝陳啟威勾勾手指頭，「跟我過來，一會兒試煉，我告訴你怎麼好過。」說罷，她理都不理付凝萱，帶著陳啟威去了別處。

付凝萱站在後面急得跺腳，外祖母真的生外祖父的氣了！若是外祖母一時氣憤，給她找個繼外祖父可怎麼辦！想想就可怕！

兩人走到僻靜的地方，趙真有些氣呼呼的吐出嘴裡的紅果核，看向陳啟威道：「你別聽她瞎說，我才沒什麼心上人呢！」

陳啟威表面上迷迷糊糊的，心裡卻對趙真的事情一清二楚，她與長公主府的那個參軍有私情，之前已經被他們攪和散了，雖不至於為了個舊情人便與長公主府決裂，但有沈桀在，以後越走越遠也是說不定的，現在不就和她外甥女翻臉了嗎？

現下她又因太子喜歡她，陛下也對她極為青睞，替她捏造身分接進宮中陪伴太子。據父親說，陛下是有意把她納為真的妃子，只是趙真無意，陛下便沒強求。

而他也不需要將來真的娶趙真過門，只要暫時拉攏住齊國公府便可以了，沈桀此人到底能不能堪大用，還待商榷。

他走近她一些，試探著牽上她的手，見她沒甩開，輕聲道：「我不問，妳只要知道我會對妳好就行了。」他說著一頓，有些認真道：「或許妳覺得我固執，可妳救了我的命，這樣的恩德便值得我用一生還妳。而且我心裡對妳是很欽佩的，妳這樣的女子萬中無一，得之幸也。」

趙真抬眸看向他，似乎有些動搖，「我之前把你打了一頓，你還覺得我好？」

陳啟威憨厚一笑，「妳這麼厲害，以後可以罩著我啊！誰欺負我，我就有媳婦護著了。」

趙真甩開他的手，似是有些羞赧道：「誰是你媳婦啊！你再胡說我不理你了！」說罷背過身去，默默的嘔了一下。

陳啟威見此便知道是有機會了，也沒多懷疑，因為他心裡還是有幾分把握的，他們事先就做了準備，對趙真下了藥，有藥物作用趙真會更容易對他動心，加之她現下被人傷了心，正是需要安慰又容易動搖的時候。

陳啟威繞到她身前，露出一個討好的笑容，「若是有人欺負妳，我也替妳報仇！妳指誰，我打誰！」

——我指你，你打不打你自己一巴掌？

趙真實在是受不了裝著小丫頭的樣子和他談情說愛，她會把自己嘔死的，便裝著正經樣說道：「好了，你一會兒便要去試煉了，我告訴你要試什麼，你好做點準備。神龍衛都進不來，你還想打誰？」

趙真這話是明顯開始偏向他了，陳啟威忙點頭，露出一個燦爛的笑容，清澈明媚的模樣真是蠱惑人，但被陳昭騙出抵抗力的趙真還是能自持的。

陳啟威之前和趙真過招本來就是藏拙了，神龍衛的試煉對他來說並不難，整套試煉下來，他中規中矩，不算太優秀也不算太弱，倒是能排上中等。

趙真瞥他一眼道：「你還不錯嘛。」之前過招的時候趙真就懷疑這小子藏拙了，今日一見果然如此，他射箭的時候都能自如控住自己的環數，豫寧王的後代果然不差。

陳啟威搔頭道：「輸給妳之後，我回去用功了，雖然比不上妳，卻總不能落妳太遠啊。」

那憨厚的樣子可謂演技精湛。

趙真點了下頭，瞥了眼不遠處的外孫女，正和她哥嘰嘰喳喳說著什麼呢，八成是在說她。這倒楣孩子，嫌她外祖母後院不著火啊！肯定又要到她外祖父面前危言聳聽去了！幸好他們早打好了招呼，不然非要被這沒心眼的外孫女攪和到吵一架不可。

這時，一大堆人馬湧入校場，是陳勍到了，他被眾人擁簇，身邊還牽著蹦蹦跳跳的陳序。陳序看到皇祖母，興高采烈的飛奔過來，舉著手裡三朵小黃花給她，「給！」

趙真看向那三朵不知名的小黃花，忍不住一樂，把小孫子抱起來，「送給小表姑的？」

陳序一聽「小表姑」便知道皇祖母又要和他玩遊戲了，配合的點點頭，「序兒摘的！送給最漂亮的小表姑！」

趙真親了口小孫子，「乖寶！」

之前陳啟威就見識過太子對趙瑾的親暱，據說是因為趙瑾長得像仙逝的皇太后，不然也不會被尋回齊國公府；而齊國公對這個尋回來的孫女也是寵愛有加，十分看重，現下她又得陛下和太子的看重，想巴結齊國公府的人簡直多如牛毛。

陳啟威湊上前道：「太子殿下。」

陳序聞聲看向他，黑亮的大眼睛眨了眨，甜甜一笑道：「漂亮姐姐！」

陳啟威一愣，皺巴著臉道：「殿下，我是你的堂兄，不是堂姐。」

陳序聞言似乎有些不解，仰頭看向皇祖母。

趙真對他點點頭，「是殿下的堂兄。」所以說閒著沒事長那麼狐狸精，被人當女子了吧？不過這小子就現下的身分都和她差了一輩，竟還敢冒險湊合她，也是勇氣可嘉。

這時，陳勍已走到近前，眾人跪拜，他扶住自己的母后，免得母后再對他下跪。他目光溫柔的落在母后臉上，朗笑道：「瑾兒，序兒一看到花便非要下去摘給妳，攔都攔不住，朕也摘了幾朵，妳瞧瞧，妳喜歡誰摘的？」說罷從一旁的侍衛手中拿過一整枝花遞給她。

趙真看向兒子手裡，他竟折了整枝下來，上面差不多有七、八朵，他怎麼不乾脆砍了樹直接揹來？

趙真嫌棄的瞥了一眼，看向小孫子，「自是太子殿下的了，娟秀可愛，還能做頭花呢。」說罷，她對小孫子笑道：「殿下給我戴上吧。」

陳序一聽皇祖母更喜歡他，笑得可開心了，舉著小手小心翼翼的替皇祖母戴好，然後還拍掌高興道：「好看！」

陳勍不甘示弱，從枝上摘了一朵為母后戴上，「朕的也好看。」

陳啟威在旁邊看著，心裡有些打鼓，自己此刻是不是有些太冒險了？

陳勍聽說母后要比武的時候立刻就坐不住了，母后現下可是帶孕的身子，若是出了事情，父皇不敢責怪她，卻會責怪他這個做兒子的沒有照顧好母后！當然，父皇不怪他，他也不能讓母后有任何閃失，便立刻過來為母后坐鎮了，他倒是要看看誰膽子這麼大，竟敢質疑他，質疑他母后的實力？看他們敢不敢在他眼前傷他母后一根寒毛！反了他們了！

當著這麼多人的面對她親暱，趙真自是明白兒子的心思，但她這個蠢兒子也不好好想想，若是敗壞了她的名聲，給她貼上「皇帝的女人」這五個大字，以後她要怎麼娶他父皇過門啊！怎麼給他弟弟一個名正言順的身分啊！簡直氣死娘！

趙真將他戴上的花摘下來，別在小孫子頭上，「皇表哥又帶太子殿下出來玩了，一定是太子殿下吵著過來的吧？」

陳勍聽到母后這個稱呼，心中冒汗，順著她道：「是啊，聽說表妹要比武，太子吵著要過來給妳鼓勁，朕也正好想出來散散心，便來了。」

這稱呼一出，旁人便都想起來了，趙瑾不僅是齊國公府的小姐，還是當今聖上的親表妹，陛下的兄弟姐妹甚少，只有一個親姐姐，這尋回來的親表妹便可見珍貴了。

趙真見兒子開了竅，滿意的點點頭，「表妹定當全力以赴，不讓皇表哥和太子殿下失望。」

陳序懵懵懂懂的看著兩人，心中有不解，但什麼都沒說，仰著小腦袋親了趙真一口，「小表姑必勝！」

趙真也不禁親了聰明可愛的小孫子一口，眉眼間都是慈愛。有小孫子在，她自然更不能懈怠了，一定要讓小孫子瞧瞧她皇祖母的厲害。

趙真將小傢伙交給了陳勍，豪情萬丈道：「等我凱旋歸來。」說罷便轉身去準備了。

陳勍瞧著母后豪情萬丈的樣子，就差拿出條小手帕抹淚了：母后，您可悠著點，別忘了您肚子裡的我弟弟啊！

趙真沒有用陳昭為她煉的那把刀，而是用陪了她將近三十多年的鳴威寶刀，刀在手如獲神力，這刀早已在歲月的歷練中與她成了一體，有了它，她便能功力大增。

此時的趙真站在場上，換上一身男裝，墨髮高束英姿颯爽，手中握著大刀，一雙黑眸凌厲非常，所迸發出的氣場，只要看了便讓人覺得膽顫心驚，沒有人會在意到她實則只是個不過二八的女子。

魏雲軒是第三次和她交手，但她之前都顯得漫不經心，而這次明顯能感覺到她的認真——只是站在這裡，他都有些被她的氣場所震懾，感覺自己遠不是她的對手，也不知這種感覺從何而來……

魏雲軒抱劍道：「請多指教。」

趙真手腕一甩將刀扛起，便捲起一陣強風，她脣邊帶著戲謔，「指教就算了，頂多讓你輸得好看一些。」說罷衝他眨了下眼，下一刻神色一凜，高喝一聲揮刀而去。沉重的大刀在手，她的身形卻半點也不累贅，速度非常之快。

凌厲之氣撲面而來，魏雲軒竟然不敢與她正面攻上，下意識的側身一躲，閃到了一邊，顯得有些狼狽。可是誰知趙真回身出乎意料的快，半點不受慣性影響，沒給他片刻喘息的工夫，狠厲的一招便又襲了過來，他只得提劍正面接招，「噹啷」一聲，魏雲軒竟覺得自己的劍要被震碎了。

但魏雲軒也不是花架子，是有真才實學的，起碼是趙真對上的這些後輩裡最出色的一個，兩人的招式一對上，便是電光石火，讓人看得眼花繚亂。

趙真對魏雲軒的能力早就摸得一清二楚，很容易就可以看破他的招式，繼而輕易化解。但魏雲軒卻一直沒能摸透趙真的本事，現在還處於試探的階段，因此於他而言，眼下的境況是十分吃力的，若非他勤學苦練、底子扎實，恐怕早就撐不住了。

趙真這邊也不急於取勝，她很想知道這個後生的潛力到底如何，便給他時間摸清楚她的套路，然後再過真招。

魏雲軒不負她所望，確實潛力無限，很快便摸清了她的大半招式，攻勢漸猛，似乎想速戰速決，他知道長時間消耗體力會對他十分不利，趙瑾的力氣是超乎常人的可怕，他必須以快打快才能有致勝的機會。

場外的人大都是習武之人，此時臉上皆是驚嘆，似乎沒想到之前並不出眾的趙瑾竟有這種驚人的實力，現在在場上的人虧了是魏雲軒，若是換作他們恐怕早就被打出重傷了，那柱子的刀痕可都深深的擺在那呢！

陳勍看著母后上竄下跳，心都要跳出來了，心中默默祈禱他弟弟能像母后那般強悍，千萬要堅強一些不能出事啊……

——母后啊！您到底還記不記得您現下懷有身孕啊！

更著急的還有付凝萱，可她現下卻不敢去攔了，場上那兩人都是認真的，招式快到連看清楚都難，更別提攪進其中了，恐怕還沒進去，就要被兩人的劍氣所傷。

魏雲軒的優勢在於快，劍本身也較刀更為輕便，剎那間可有數種變化，趙真應對起來也稍稍有些吃力，她對這個未來的外孫女婿十分滿意，但也是時候結束了……

她目光一凜，橫刀攻上他招式間的空檔，魏雲軒迅速變換招式去擋，竟被她強大的氣力震裂了虎口！虎口乃是薄弱之處，虎口傷了，他的劍便握不穩了，很快出現了敗勢。

趙真如約沒讓他敗得很慘，收了刀，踢了下一旁高聳的圍柱助力，飛身而起，一個漂亮的飛踢將他手中握著的劍踢了出去，這時場外的人才瞧見魏雲軒手心裡怵目驚心的血紅，可見魏雲軒是早就傷了手，卻堅持了很久。

付凝萱瞧見了驚叫一聲跑了過來，握住魏雲軒的手腕，焦急道：「雲軒哥哥！」說罷又恨瞪了外祖母一眼，怒道：「小表姨！」

趙真不以為然道：「皮外傷而已，上了藥，養幾天就好了。」和她動真格，卻沒傷筋動骨這已經是很大的優待了，還想怎樣？

魏雲軒抽回自己的手，對趙真抱拳道：「雲軒甘拜下風，趙校尉的實力遠在我之上，還望趙校尉以後能多多指教！雲軒感激不盡！」態度是真真誠懇和渴望。

魏雲軒還真是個求知若渴的晚輩，趙真很滿意，笑道：「我以後便是你們教頭，自會全心全意的教導你們，放心吧。」她看向神龍衛等人，高聲道：「你們都是有志之士，潛力過人，將來會是國之棟梁，要為陛下分憂的，現下便要戒驕戒躁，刻苦勤勉，方能有一番成就。」

喲呵，終於輪到她為人師，教訓這幫人了。

現在自然沒人再敢質疑趙真了，皆是用對待教頭的態度恭敬應下。趙真這才鬆了口氣，要是連這都不服，她以後只能每個人都打一頓了；現在服了，省得她挨個打一頓。

比武過後人便都散了，陳勍派了宮女過來邀趙真去用晚膳，趙真應下後先回帳中換衣服。她現下成了教頭，是有自己的軍帳了。

趙真正要掀門簾進去，後面陳啟威跟了過來，「瑾兒！」

趙真聽見他的聲音有點煩了，但還是要態度溫和的回身看他，「何事？」

陳啟威此時滿臉毫不掩飾的愛慕，「瑾兒，原來妳上次和我比試是有所保留的，真正的實力竟如此強大，我更喜歡妳了！妳以後也教我好不好？」

趙真呵呵一笑，沒說好，也沒說不好，中規中矩道：「你現今也是神龍衛的一員，我自然會教你。」

陳啟威握上她的手，有些撒嬌道：「我要妳不一樣的教我～」

趙真雞皮疙瘩起了一身，沈桀之前到底是怎麼描述她喜歡的男人類型的？她承認她以前是喜歡那種乖巧一點、討人喜歡的，但也不過是玩樂罷了，就當個愛好，看一看、瞧一瞧，真要對這種男人動心是絕不可能的。

趙真整理了下心緒，臉上掛上一抹不正經的笑意，調侃他道：「如何不一樣的教你啊？」陳啟威對上她壞笑的模樣，心口突突一跳。趙瑾和他從前見過的女人很不一樣，若是將來能成，其實感覺也不算太壞……

他面色微紅，有些羞赧道：「明日閒了我到妳帳中找妳。」說罷轉身跑了。

趙真抖了抖雞皮疙瘩：嘖，好好的一個小夥子，學什麼狐媚子！我其實還是最喜歡那種隨時都能仙上天的類型啊……

那個仙上天的類型正等著趙真過來興師問罪。

陳勍在旁邊添油加醋的描述母后如何如何不知輕重，跟父皇好好告了一狀。他這也沒辦法啊，母后也就只有父皇能管一管了，他可不想總替母后揹鍋。

「父皇，您可要管管母后啊，再不管我弟弟就生不出來了！母后她……」

這時，外面太監道：「陛下，趙小姐到了。」

陳勍趕緊閉了嘴，生怕母后聽到，輕咳一聲道：「進來吧。」

趙真進來後看見自己男人，一點也不意外，兒子把吃飯的地方定在酒樓，她就知道陳昭一定會來，喲了一聲道：「忙完了？你不是有很多事要忙嗎？怎麼還有工夫過來吃飯？」

陳昭一聽就知道趙真生氣了，在為他沒告訴她不來神龍衛的事鬧脾氣，他道：「再忙如何能比妳重要？我之前是想告訴妳，可妳給我機會說了嗎？我見妳早上睡得熟，便沒叫醒妳，妳勞累了一夜，我難道不該體恤妳一下嗎？」

陳勍看看父皇，再看看母后，母后怎麼臉紅了，這是什麼暗語啊？

昨夜的事，是趙真胡鬧，眼下又有兒孫在，臉上就有點掛不住了，「行行行，是我的錯行了吧？飯呢？餓死了！」說罷抱過小孫子逗弄，將話題轉移開。

陳勍一聽趕緊傳膳，可不敢餓著母后和弟弟。

吃飯的時候陳昭一句話沒說，等趙真吃飽了就開始數落她了：「趙真，現下孩子在妳肚子裡，妳能不能為他多想想？有些事情不是只有靠武力才能解決的，辦法都可以商量。」

方才比武的時候，趙真真的有一瞬間把肚子裡的小崽子忘了，現下想想也後怕，她自知理虧，遂道：「行行行，我知道了，我以後改。」

陳昭嫌她態度敷衍，繼續苦口婆心的說她。

陳勍在旁邊討人嫌的附和著：「父皇說得對，母后您要聽父皇的！」

陳序有些懵懂，左看看右看看，覺得皇祖母要生氣了，默默的縮了縮小腦袋。

果然，趙真終於被他們父子倆說煩了，怒道：「我告訴你們，都別得寸進尺啊！不然別怪我用武力讓你們兩個閉嘴！」

趙真這氣勢洶洶的話才落下，腹中突然一絞，臉色馬上就變了。

陳昭立刻看出了不對勁，忙站起身過去，急急問道：「怎麼了？」

趙真捂著肚子難受道：「肚子疼……」

陳勍也慌了：我弟弟要出事！

「快快快！回宮！宣太醫！」

陳昭培養的親信裡有會醫術的，立刻將人叫來替趙真診治。趙真此時臉色煞白，看著十分嚇人，陳昭也是怕得厲害，握著她的手都冰涼了，但還是要鎮定的安慰她：「沒事，別怕。」

趙真懷老大和老二時都沒脆弱成這個樣子，可現下這個老三明顯的難養活，她自己都沒想到會造成這樣的後果，摸著肚子愧疚不已，若是這孩子保不住了，可怎麼辦啊……

陳勍在旁邊也是急得團團轉，雖然一開始他難以接受有一個比自己小這麼多的弟弟，可叫了這麼多天的弟弟也是有感情了，若是弟弟沒了，父皇和母后該有多難過。

大夫診過之後，見眼前三人如喪考妣的樣子，輕咳了一聲，小心翼翼道：「回稟主上，小姐動了些胎氣，不過腹中的胎兒並無大恙，之所以腹痛難忍……多是因為腸胃不適，屬下去煎藥，喝了藥後便能緩解了，近日切記少吃辛辣和油膩，屬下再開幾副安胎藥，記得每日煎服即可。」

陳昭聞言鬆了口氣，但看趙真臉色煞白，還是不放心道：「真的沒事嗎？可她為何臉色如此難看？」

大夫看了趙真一眼，有些為難道：「小姐這可能是嚇的，與身體沒有關係……」

氣氛一下子就尷尬了。

趙真以為自己把孩子折騰沒了，嚇得臉色煞白，現在知道自己沒事，臉色有幾分不自然的哼哼一聲道：「快去煎藥吧，肚子要疼死了！」說罷很痛似的揉了揉。

陳昭趕忙抓住她的手腕，「別亂揉，裡面還有小的呢。」

趙真聞言趕緊收了手，又把小崽子忘了，她心有餘悸道：「幸好沒事，可是嚇死我了。」

大夫一說她腸胃不適，趙真便想起肚子裡這個小崽子喜歡吃素的，她為了這個小崽子已經少葷多素很多天了，剛才乍一看到肉就多吃了幾口，沒想到這小崽子居然還耍脾氣了！

想到未來還有八個月要少葷多素，趙真一臉生無可戀的癱在床上，「我猜這個小崽子生下來，十之八九像你。」

陳昭斟了杯溫水遞給她，「什麼小崽子的，這是妳兒子。」等她喝了水，臉色減緩之後，他又問道：「妳此話怎麼講，為何像我？」

陳勍在旁邊也豎耳聽：像父皇？那就可怕了……不過像母后也可怕，能跟長姐差不多，或是跟我差不多，我就很知足了。

趙真嘆了口氣，沒說為何，捂著肚子道：「我現在累，不想說，以後再說。」說罷看了眼陳昭背後豎耳朵的陳勍，道：「兒啊，你帶著序兒回宮去吧，天色不早了，別在這耽誤了。」

陳勍一聽母后要他走，上前擔憂道：「母后不隨兒子回宮去嗎？」

趙真搖搖頭，「我這才回神龍衛，怎麼能馬上離開呢？而且陳啟威明日還來找我，說不定能套點話出來，我過幾天再回宮。」

陳勍不太希望母后留在神龍衛，母后這般沒輕沒重，若是再出點事情該如何是好？可這話他又不敢說。

正在這時，陳昭冷不丁道：「妳回宮吧，休養幾日再回神龍衛，陳啟威那裡也用不著妳去探聽消息，妳眼下要做的就是保重自己的身體，也保護好兒子和孫子，他們才是需要妳的。」一個陳啟威微不足道，哪裡需要犧牲趙真去探聽消息，趙真能好好的就是他最大的心願了。

陳勍忙道：「我們倒不用的，母后主要還是保護好自……咳。」

陳勍本來想說「母后主要還是保護好自己最重要」，但是被父皇瞪了一眼便閉嘴了，默默走了出去，不留下來礙眼了。

趙真皺皺眉頭，道：「陳啟威肯在我身上下工夫，便是以後有用到我的地方，我若是配合一些，早晚能知道些內幕，事情不就簡單些了嗎？」說罷，她坐正看向他，「你不信我？怕我和陳啟威有什麼事情？你說我現在大著肚子，能有什麼事啊！」

陳昭搖搖頭，握著她的手認真道：「我不是這個意思，我是不想妳委屈自己，妳為了我、為了陳國已經付出的夠多了，我不想妳再為此操勞。重生一次，我不想利用妳半分，只想妳能平安喜樂便足夠了。」

趙真聞言微怔，她倒是沒想到什麼利用不利用的，現在他們夫妻一心，皇位上又是他們的兒子，哪有利用一說？

「夫妻同心，其利斷金嘛，談不上利用，我也是想為你分擔一些。」

陳昭坐到床上擁她入懷，輕聲細語道：「妳能平平安安便是為我分擔了。回宮去吧，宮中好歹只有一個皇后，有兒子護著妳，我才能放心。」

趙真有點動搖了，可現下回去，她為了回神龍衛費那麼大的勁是為了什麼啊？

「可……」

趙真話未說完，陳昭低頭吻住她，輕柔輾轉，像是在對待一件稀世珍寶，溫柔而專注。

安靜的房中只有兩人交織的呼吸聲和曖昧的親吻聲，趙真翻身坐在他腿上，輕咬了口他的唇瓣，氣惱道：「混蛋！明知我吃不了，還勾引我！」

陳昭痴痴一笑，抱住她，吻住她敏感的耳側，「那妳聽話一些，先回宮，好好養胎，我會讓外孫替妳安排每兩日授一次課，後天我便親自來接妳。妳休養好了，到時候我補償妳。」

趙真聽到補償，心裡就癢癢了，蹭著他道：「那你說話算話。」

陳昭按住她亂動的身子，有些難耐道：「這是自然。妳才剛動了胎氣，現下不能胡來，所以回宮要好好養，知道嗎？」

趙真想到肚子裡脆弱的小崽子，只能妥協道：「那好吧……」

「吱呀。」

門突然開了，陳勍滿面堆笑的牽著陳序走進來，一見父皇和母后抱在一起，趕緊捂住兒子眼睛背過身去，結結巴巴道：「父父父皇……母母母后……序兒有話說！」

趙真趕緊從陳昭身上下來，狠瞪了一眼兒子的背影：這臭小子！真會攪和事！

陳昭也是悶啊，本來還想和媳婦親暱一會兒，卻被兒子和孫子打斷了，只得理了理袍子站起身，「你母后和你們回宮，有事回去再說吧。」

陳勍心裡是叫苦不迭，他帶陳序進來是想讓陳序勸母后的，誰知父皇已經用美色搞定母后了，還讓他們瞧了個滿眼，早知道他絕對不進來！

※◎※　※◎※　※◎※

趙真暫且回宮養胎，有了這個孩子後，她連日常的練武都擱置了，每日在宮殿裡就剩看個話本、下個棋，等孫子來了便逗逗小孫子，實在是無趣。

晚膳時，陳勍牽著陳序過來，見母后無精打采，不禁有點擔心，「母后可是身體不適？」

趙真搖搖頭，摸摸自己仍然沒鼓起來的小腹道：「我越來越感覺你這個弟弟像你父皇，一點也不像我趙家兒郎的做派，這可怎麼辦啊……」若是跟陳昭一樣肩不能扛、手不能提，哪能練武啊？這不愁死人了嗎……

陳勍聽了，安慰母后道：「沒關係的，就算如此，勤能補拙嘛！若是像父皇那般智慧，學什麼不快啊？」

趙真沒有受到安慰，嘆了口氣道：「快別提了，你父皇學個騎馬都費死勁了……他當年也勤啊，可就是學不會，上個馬都學了十天半個月，一個多月才能騎馬，快一點還要摔下來，可把我愁死了。」

陳勍一聽眼睛亮了，原來父皇也有不擅長的，他這個兒子學騎馬才學了三天就騎得很溜了呢，怪不得父皇一直不喜歡狩獵，原來是騎藝不精！

「也不至於吧……我和長姐騎射還都可以啊，也沒遺傳到父皇，弟弟肯定也不會的。」

趙真又嘆了口氣：但願吧。

陳序懵懵懂懂知道皇祖母肚子裡有了個比他還小的小寶寶，也許小寶寶誕生後皇祖母會更喜歡小寶寶了，他有點不開心，湊到皇祖母跟前，嘛著小嘴撒嬌道：「皇祖母，序兒可以騎大馬！序兒以後會像皇祖母一樣厲害！」

陳序倒還真有匹小短腿馬，雖然需要有人牽著才能騎，但也騎得像模像樣的，以後肯定是個有天賦的孩子，只是她更希望小孫子能多像他皇祖父一些，不過眼下看來，這孩子應是綜合了兩人的優點，將來文武雙全，那可是好得不能再好了。

趙真抱著小孫子親了一口，「那是，我們序兒將來是最厲害的！」

陳序這才咯咯笑了，抱著皇祖母撒嬌：「那有了小弟弟，皇祖母也要更喜歡序兒哦！」

喲，原來小傢伙是爭寵呢。趙真拍著小孫子的背，「皇祖母肚子裡的是你的小皇叔，小皇叔以後也會喜歡序兒的。」

小皇叔？可是小弟弟明明比他小啊！陳序皺著小臉，有點不能理解。

趙真笑了笑，「小心肝，以後你就明白了。」

※◎※　※◎※　※◎※

晚膳，秦如嫣照舊沒吃太多，喝了半碗粥便讓人撤下去了。

宮女有些憂心道：「娘娘，您要保重身體啊，好歹再吃一點。」自向昭儀進宮後，陛下一直沒來過，太子殿下也只是偶爾才過來陪陪娘娘，娘娘雖然不說，心裡肯定是很難過的。

秦如嫣擺擺手，「沒胃口，撤下去吧。」

宮女見勸不動，只得下去了，正巧徐嬤嬤從外面回來，她趕緊說道：「嬤嬤，您快勸勸娘娘吧，娘娘晚膳又只吃了半碗粥。」

徐嬤嬤聞言眉心一皺，擺了擺手道：「知道了，妳帶著人先退下吧。」

宮女應了一聲，帶著人都下去了。

徐嬤嬤走到秦如嫣跟前，道：「娘娘，您猜，奴婢打聽到了什麼大事！」

秦如嫣漠不關心的擦擦嘴，道：「何事？」

徐嬤嬤壓低聲音湊到她耳邊道：「景翠宮那位，在偷偷喝安胎藥！」

秦如嫣聞言一愣，安胎藥？趙瑾入宮一月未到，怎麼會有了身孕？難道陳勍在宮外已經寵幸過了？但也沒道理啊，寵幸過了為何還要遮遮掩掩的接進宮？有了龍子更是應該給趙瑾名分才是，那只能是……趙瑾懷的孩子不是陳勍的……

徐嬤嬤接下來的話，肯定了秦如嫣的猜想。

「娘娘，這孩子肯定不是陛下的，向昭儀從未召過太醫，她身邊的宮女做事也很謹慎，藥渣子都埋了起來，若非我的人機靈，實在很難發現。您說這孩子會是誰的？」

秦如嫣沒有回答，腦中一團亂：趙瑾進宮前就有了身孕，竟然還要冒險入宮，她到底有什麼目的，那孩子又是誰的……

能讓父親知難而退，又能保住秦氏一族的性命，秦如嫣也不是沒有萬全之策，那便是犧牲她一人即可——只要她這個皇后不端，被廢除后位，秦氏一族便也會牽連被貶，難當大用，父親若想東山再起便很難了。

可她一直無法下定決心，她貪戀陳勍的深情，貪戀陳勍對她的好，也不忍心傷透他的心，可太上皇和太上皇后的突然離世，讓她的處境更加艱難，父親那邊明顯按捺不住了，他不能等陳勍坐穩了江山，現在是他伺機而動的好時候。

所以秦如嫣強迫自己往陳勍身邊添人，若是陳勍能移情別戀，他的深情不移便不復存在，她也沒什麼可留戀的了，而陳勍以後也不會太恨她，能沒有牽掛的投入到下一份感情之中，這後宮將會有個身家清白的新主人。

趙瑾的出現是如此的及時，她有著天然的優勢——和太上皇后相近的容貌，又是陳勍的表妹，陳序格外的親近她。她對陳序也是真心實意的好，更重要的是陳勍喜歡她……

陳勍為了她細心謀劃，慢慢與她培養感情，願意耐心的等她自己願意的時候，這足以證明陳勍的真心。

她都已經下定了決心，等陳勍正式冊封趙瑾，後宮有了新主子，便是她可以實施計畫的時候了，可現在卻告訴她這個趙瑾不可信！

趙瑾明知陳勍的心思，卻懷著孩子冒險進宮，背後的目的可想而知，若是陳勍入了套，豈不是從一個陷阱跳進另一個陷阱中去了！這個趙瑾也是本事大，那麼多人查她的身世，卻沒有一個查清楚的，足以見得她背後之人的厲害，那麼陳勍就危險了……

秦如嫣知道秦家和豫寧王結成了同盟，但豫寧王也不是傻子，他會乖乖當秦家的踏腳石？不過是互相利用罷了，早晚會翻船。那麼，趙瑾是豫寧王瞞著他們埋下的棋子嗎？

徐嬤嬤見娘娘臉色煞白，擔憂道：「娘娘，此事可要知會老爺？」自上次的事情之後，徐嬤嬤不敢再擅作主張向秦國丈傳話了，免得又讓娘娘處境為難。

秦如嫣立刻起身道：「不可！在沒弄清楚趙瑾是誰的人之前，不可打草驚蛇。趙瑾現下在宮中，如何處置她是我的事情，不能讓他插手，免得又壞了事。」事出突然，她必須想好新的對策，再讓父親知道。

徐嬤嬤點頭應下，看著秦如嫣的模樣，甚是擔憂，「娘娘，您要保重身體啊，奴婢知道您心裡苦，但也不能毀了自己的身子啊……」

秦如嫣搖搖頭，「我沒事，大抵是病沒好全，近日胃口有些不好。」她說著，身子有些搖晃的坐下，卻突覺眼前一片花白，栽倒在榻上。

徐嬤嬤驚叫一聲：「娘娘！」她上前搖了搖秦如嫣，見她已昏迷不醒，連忙跑出殿外，大喊道：「快傳太醫！傳太醫！皇后娘娘暈倒了！」

※◎※　※◎※　※◎※

景翠宮裡，趙真抱著小孫子跟兒子下棋。她下棋早年是跟軍師學的，也是為了哄陳昭才學的，跟陳昭鬧翻之後自是不下了，所以棋下得並不是很好，下一個子要想很久。

陳勍下棋是跟父皇學的，雖不及父皇精湛，但也鮮有敵手，現下就是陪著母后解悶，自己也放鬆一下，所以並不著急，便耐心等著母后慢慢下子。

趙真落下一子，她懷裡的陳序伸出小手，道：「皇祖母不能下這裡，下那！下那！」

陳序對這種益智的遊戲都很喜歡，以前還會和皇祖父一起下棋，別看人小，學的卻不少。

趙真瞅瞅孫子指的地方，倒是精妙，於是她理所當然的悔棋了。

陳勍無奈一笑，對陳序道：「序兒，觀棋不語！」而後又看向母后，「母后，您都悔了十九次棋了，差不多就行了吧？」

趙真白他一眼，「瞧你這斤斤計較的勁兒，這麼認真做什麼？不就是玩嗎！」

他認真？悔棋加上讓步，他都不知道縱容母后多少次了，他若是真的認真起來，不讓著母后、不讓母后悔棋，母后早就輸到跳腳，直接上手揍他了。

「行行行。」陳勍隨便落下一子，反正怎麼下最後也是輸，就隨母后開心吧。

他下著棋閒聊道：「母后，弟弟取名字了嗎？」

趙真邊思索著下一步，邊回道：「沒呢，讓你父皇想去吧，反正我也不會取名字，你父皇讀書多，讓他取。」

這種費腦子的活，她才不幹呢。

陳勍道：「這不該吧，弟弟不是姓趙嗎？名字該您取啊。」

趙真聞言，落子的手一頓，這一想還真是，老三是她趙家的，名字該她取啊。

趙真坐直了身子，「兒啊，你說得對，這名該母后取，但是名字怎麼取啊？有沒有什麼取名的書能看看？」

陳勍想了想回道：「沒有吧，不過我聽說很多人都喜歡用什麼名詩名詞取名字，母后可以參考一下詩詞。」

趙真一聽搖搖頭，還是算了吧，那種拗口的東西她一看就打瞌睡。她摸摸下巴道：「我趙家的兒郎都不是很好養活，我聽鄉下人說，取個賤名孩子好養，比如什麼狗蛋啊、二傻啊、牛子啊，都好養活。」

陳勍被母后的話雷得外焦裡嫩，心裡流淚：朕的皇弟趙狗蛋？母后，您取這名字也太好養活了，父皇要是聽見了，非要被您氣出病來。

陳勍委婉道：「母后，兒子覺得，取名這種費勁的事情還是交給父皇吧，讓他想幾個，然後您定，皆大歡喜。」

趙真一聽，拍手樂道：「這主意好！就讓你父皇取個十個八個的讓我來挑，省事！」

陳序摻和道：「序兒也要挑！」

趙真摸摸小孫子的腦袋，縱容道：「行！序兒也一起挑，給你小皇叔挑個好名字。」

於是這事就這麼愉快的定下了。

這時，外面突然傳來一陣雜亂的腳步聲，片刻後被外面的侍衛攔住了，緊接著便傳來喊叫聲：「陛下！陛下！皇后娘娘暈倒了！」

陳勍聞聲，心口一揪，從榻上下去穿上鞋走了出去，對來人怒斥道：「皇后暈倒了找朕做什麼？朕會治病嗎？還不去傳太醫！」

來的是中宮管事的太監，他慌忙跪下，磕頭道：「陛下，太醫已經有人去傳了，奴才是來請陛下的，請陛下去看看皇后娘娘吧！娘娘近日來憂思過度，茶飯不思，消瘦得不成樣子，求您去看看她吧……」

陳勍聞言眉心一皺：憂思過度，茶飯不思？還消瘦得不成樣子？當初趕他的人是她，現在叫他過去的人也是她，她到底想做什麼？非要把他玩弄於鼓掌之中才高興？

陳勍擺手道：「朕還有事，過不去，你回去好好看著你的主子吧！」

管事太監跪行幾步，冒死求道：「陛下，娘娘真的是熬得受不住了，您就去看看她吧……陛下……」

趙真牽著小孫子走到陳勍身邊，眉頭蹙了蹙，兒媳這是怎麼了？陳勍在她這，她便暈倒，這樣的計謀用一次就夠了吧？難道這次是真的暈倒了？

她不禁勸兒子道：「陛下，您過去看看皇后娘娘吧，娘娘的病才好些，可別又嚴重了。」到底怎麼回事，總要親眼去看看，畢竟那是皇后。

母后都這麼說了，陳勍猶豫片刻後對母后道：「那朕過去看一眼，讓太子陪著妳玩。」

陳序聽說母后暈倒了，揪了揪皇祖母的衣襬，「序兒也想去看看母后。」

趙真看向滿臉擔心的小孫子，兒子去看母親天經地義，便點點頭，「殿下去吧。」

陳勍卻攔道：「序兒不許去，在這裡陪你小表姑！」說罷，他不給陳序撒嬌的機會，大步流星就走了。

一看父皇走了，陳序噘噘嘴，看向皇祖母，「序兒想去看母后……」

趙真嘆了口氣，將小孫子抱進屋中哄道：「序兒乖，讓你父皇先去看看，明日皇祖母再帶你過去看你母后。」

陳序是個懂事的孩子，皇祖母這麼一說，他乖巧的點頭，「那序兒明日再去看母后……」

趙真看著他，是真心疼這個懂事的小孫子。

第四章
妳偷吃，我都不會偷吃

陳勍踏入秦如嫣的殿中，已經有三位太醫在了，三人忙來忙去一副焦頭爛額的樣子。

他走過去蹙眉道：「皇后到底怎麼樣了？怎麼又暈倒了！你們都是飯桶嗎！」

三個太醫見他來了慌忙跪下，身子顫顫巍巍抖個不停，聲音也有些顫抖道：「回稟陛下，皇后娘娘……她……有喜了……但是胎兒十分的虛弱，想必是受了皇后娘娘之前風寒的影響，難保了……」

皇后有孕，他們之前竟都沒診出來，還讓皇后娘娘服用了孕婦不能服用的藥，皇子龍孫受損，這可是掉腦袋的事啊！

陳勍聞言瞪大眼睛，「什麼？有喜了？之前你們怎麼都沒診出來！」

「皇后娘娘腹中胎兒月份還小，且脈象微弱，因而之前並未診出……臣等罪該萬死！」說罷三人皆重重磕在地上，半點不敢抬頭。

陳勍走到床邊，看著床上面色蒼白、瘦了許多的秦如嫣，心口像是被人攥住了一般的疼，他沉聲道：「無論如何都要給朕保住這個孩子！皇后也不得有半分損傷！」

三個太醫趕忙磕頭道：「臣等遵旨！」

陳勍氣罵道：「還不趕緊診治！」

三個太醫各司其職，立刻忙了起來。

秦如嫣走在一片濃霧之中，她不知自己身在何處，就這樣漫無邊際的走著。

眼前突然出現一座宮殿，她認得這裡，這裡是景翠宮，太上皇后在的時候，她總是牽著陳序過來，彷彿裡面還有曾經的歡聲笑語，但現在是趙瑾住在裡面……

她的腳不自覺的向裡面走，身邊的宮人像是看不見她一般各自忙碌著，沒人對她行禮，也沒人和她說話，任由她自己往深處走。

走著走著，她看到了大腹便便的趙瑾，身邊擁著她的人自然是陳勍，陳勍臉上帶著喜悅的笑容，溫柔的扶著她，在這院中漫步，兩人有說有笑，已然一副濃情密意的樣子。

此情此景，秦如嫣的心彷彿被烈火焦灼著，疼痛難忍，她想轉身離開，突地想到趙瑾腹中的那個孩子不是陳勍的，趙瑾不是個值得陳勍真心相對的人！

她狂奔過去，對著陳勍叫喊著，告訴他那個孩子不是他的。

但陳勍聽不到，也看不到她，他扶著趙瑾坐在花團錦簇的籐椅上，俯身貼在她的腹部，臉上帶著幸福的笑意聆聽著，聽著那個不屬於他的孩子的動靜。

而趙瑾溫和的模樣突地一變，從頭上取下髮簪，衝著陳勍的脖頸刺了下去！

鮮紅的血從陳勍的脖頸處噴濺出來，頃刻間她滿身滿眼都是陳勍的血，以及他倒在血泊裡的樣子。

「陳勍！」秦如嫣尖叫著醒來，臉上一片濡溼，她茫然四顧，看到了床邊的陳勍，他神色複雜的看著她，將她的手攥在他的手心裡。

陳勍道：「做了什麼夢？」

秦如嫣還是有些搞不清楚自己在夢裡還是在現實了，她抽了下手，卻被陳勍攥得緊緊的。他的雙眸緊盯著她，又道：「做了什麼夢？為何要叫我的名字？」

秦如嫣這才知道自己不是在夢裡，她之前似乎暈倒了，所以陳勍終於來看她了嗎？

她掙扎著想起身，卻覺得身體乏得厲害，這時一方柔軟的錦帕觸到她的面頰，陳勍坐在床沿上，替她擦拭臉上的淚痕，目光裡夾雜著辨不清的情，「做了什麼夢要哭成這個樣子，我在妳的夢中都令妳如此厭惡嗎？」

他眼中的失落，她看清楚了，幾乎是下意識的搖頭，「不，不是的，不是這樣的夢……」

陳勍收回了帕子，目光定定的望著她，「那是什麼夢？讓妳叫著我的名字醒過來，是我傷害妳了嗎？」

秦如嫣搖了搖頭，想到夢中的情景，她怕得身體都在顫抖……

陳勍的血噴濺到她臉上，灼熱著她的臉，眼前都是大片的血紅，太可怕，那樣的情境真的太可怕了……她無法眼睜睜看著陳勍步入這樣的危險之中，那一刻她恨不得自己擋上去，可當時的她不行，所有人都看不到她、聽不到她，她無力去阻攔……那一刻，無助和恐懼充斥著她的心，讓她窒息般的痛，痛到粉身碎骨。

她看著眼前的陳勍，在現實裡她是可以阻攔的，可以阻攔那樣可怕的情景，但是……

陳勍感受到她的顫抖和懼怕，他真的不知道秦如嫣為何還是這麼怕他，他做的還不夠嗎？他到底要怎麼做才能換來她的心？

陳勍鬆開了她的手，「不要怕，我不會對妳怎麼樣的，妳現下懷孕了，胎兒很不好，接下來的日子妳要好好休養才能保住他。」

秦如嫣聞言瞪大了眼睛，撫上自己的腹部，難以置信道：「我懷孕了？」

陳勍見她臉上只是驚沒有喜，心中一沉，「嗯，胎兒脈象微弱，所以太醫之前沒有診治出來，還給妳吃了孕婦禁忌的藥草，因而妳近日來身體才會不好……」

他說著一頓，認真道：「這個孩子朕是一定要保住的。從今日起，朕會派人來照顧妳的起居，妳好好養胎，把身子養好。」說罷他站起身，有片刻的躊躇，最終還是轉身要往外走。

秦如嫣突地抓住他的衣襬，「等等……」

陳勍回過身，低頭看向她，心中升起幾分期待，「何事？」

秦如嫣對上他的眸子，再一次猶豫了，她該怎麼說……要如何說……

陳勍看著她欲言又止的模樣，終於再也忍不住了，大聲怒吼道：「秦如嫣！妳到底想怎麼樣？要我走的人是妳，要我留的人也是妳，我都如妳所願，妳卻把自己弄成現在這副慘兮兮的樣子，妳到底想怎麼樣！難道這就是妳想要的嗎？」

他的臉上除了怒氣，更多的是一種悲涼，如果這是她想要的，她為何要變成現下這副讓人心疼的模樣？她到底要他怎麼樣？

秦如嫣看著他憤怒而悲傷的面容，多日來積累的情緒彷彿在這一刻都宣洩了出來，頃刻間淚流滿面，她搖著頭道：「不……不是的……這不是我想要的……我從來沒想要這樣過……」

陳勍是第一次看到秦如嫣如此失態，在他面前淚流滿面，他心頭一痛，坐下擁住她，「如嫣，為什麼我們要這般彼此折磨呢？」

這個久違的擁抱，讓秦如嫣的防備都鬆懈了下來，她也回抱住他，緊緊抱著，「陳勍……我不想……我也不想的……」

陳勍一怔，也抱緊了她，她對他不是沒感情的，對不對？

陳勍有些激動道：「如嫣，如果我說……我對妳的心從未變過，我們之間從未有過旁人，妳能不能與我真心相待？」

秦如嫣聞言抬起頭，濡溼的雙眸不解的看著他，對上他堅定而深情的眸子，她突然就明白了什麼——難道陳勍是故意對趙瑾好，試探她的？

「趙瑾她……」

陳勍攔著她的話：「我心裡一直都只有妳。」他無法解釋母后的事情，只能告訴她，他的情意自始至終就沒有變過。

秦如嫣怔怔的看著他，既然如此，她更應該告訴陳勍關於趙瑾的事情了。她坐直了身子，神色轉為嚴肅道：「陳勍，你知不知道趙瑾她現下有孕在身？」

陳勍一聽變了臉，擁著秦如嫣的手都鬆開了，戒備一下子就湧了上來。

「妳派人盯著她？」

一提趙瑾，他就變了臉，第一反應不是說趙瑾腹中孩子的事情，而是指責她盯著趙瑾，這樣還要說他心裡只有她嗎？趙瑾腹中的那個孩子，也許就是他的吧？他可能什麼都知道……

本來燃起的希望頃刻間覆滅，無力感一下子占據全身，秦如嫣低下頭道：「陛下，我對您有不忠之心，您將我廢除吧，我無意再在皇后的位置上。」

夠了，這一切都夠了，她一廂情願的想要兩全其美，可她對他們任何一人而言都不過是枚棋子罷了，她無力改變，又何必這般苦苦掙扎。

陳勍的神情又是一變，沉聲道：「秦如嫣，妳知道妳在說什麼嗎？」

秦如嫣點點頭，「陛下也許早就知道了吧，我的母家早有不臣之心，我之所以能與陛下成為夫妻，也是算計來的，起初我雖然並不知情，但已被自己的母家當作棋子送進宮中，便無從選擇了，那畢竟是我的母家，我無法看著他們一步步走入深淵；我也試圖在其中周旋，讓我爹能回頭是岸，但顯然我沒有這樣的能力。事到如今，我與秦家隨陛下處置……」她說著，走下了床，鞋也未穿，便要跪拜下去。

陳勍伸手扶住她，臉上的神色難測，他問道：「所以秦家與我，妳選擇了我，對嗎？」

秦如嫣一怔，似乎確實如此，她的本心裡已經更偏向陳勍，更希望陳勍能夠無恙……

「陛下，臣妾別無他求，只求陛下能看在太子的分上，留臣妾母家一族的性命，陛下要臣妾怎樣，臣妾都願意，要殺要剮無半句怨言。」

陳勍默不作聲的看著她，突地手一用力，把她扯進懷中，道：「妳還不懂嗎？我只想要妳好好的。」

秦如嫣愣愣的看著他，「陛下……」

秦如嫣這副傻乎乎的樣子逗樂了陳勍，他吻住她的雙唇，在這對令他朝思暮想的唇瓣上輾轉啃咬，將她推入柔軟的被褥之中，貪戀的汲取她唇間美好的滋味，傾訴壓制已久的情意。

他的手摸上她的面頰，觸到了一手的溼熱，他睜開眼睛，心疼問道：「妳不願意嗎？為什麼要哭？」

秦如嫣搖搖頭，嗚咽著說不出話來。

陳勍躺到她一旁，將她摟進懷裡，「父皇母后都說妳聰明，我看妳是聰明反被聰明誤，連我對妳的情意都看不出來，妳以為妳這麼多年來與秦家暗中通信，是因為誰才沒被我父皇母后發現的？」

秦如嫣身子一抖，他真的都知道……

陳勍嘆了口氣，「其實我就如父皇所說，並不適合做一個皇帝，不夠生殺果決，過於感情用事……可這就是我，即便成了皇帝也想不顧一切維護自己想維護的人。但其實我父皇也是如此，他無論重來多少次，都依然會守著我母后，他的生殺果決也不過是對於別人而言罷了。」

太上皇和太上皇后的深情，秦如嫣知道，可是她不配與他們比。

「陛下，我不配，太上皇與太上皇后是出生入死得來的感情，我不配和太上皇后比……」

陳勍搖搖頭，「如嫣，感情的事情沒有配不配，我看重妳，妳便配得。」他用手指抹乾淨她的淚痕，道：「如嫣，妳願意相信我嗎？相信我能保護妳，愛護妳一生。」

此刻的秦如嫣還有些難以置信，她把她的不忠不義說出來，陳勍卻還願意維護她，她有些自卑，覺得自己配不上他的深情。

「陛下，如嫣何德何能才能得到陛下的垂青……」

她這樣自卑的神色，讓陳勍心疼，他撫摸著她的臉頰說道：「如嫣，妳不該這樣，這不是妳。我們自小一起長大，妳是我敬仰的師姐，妳的才情、妳的涵養都讓人欽佩不已，整個京城都知道妳的才名，若非我是太子，恐怕此生都無法得到妳的青眼，更配不上妳。」

「陛下……」

陳勍打斷她，「這不怪妳，妳也說了起初這一切都並非妳所願，我也能理解妳的苦衷，只要以後，妳與我能夫妻同心，便足矣，我不追究曾經發生了什麼。」

秦如嫣點點頭，擁緊了他，彷彿還在夢中。

陳勍感受到她的依賴，心中微微的發甜，看父皇母后秀恩愛那麼多天，他終於也有恩愛可秀了！

兩人相依相偎了一會兒，秦如嫣突地問道：「那瑾兒呢？她到底是怎麼回事？」

陳勍聞言一怔：咳……母后啊……

陳勍自己的事情可以做主，但事關父皇和母后的事情，他便無法自己做主了。他可以信任秦如嫣，但父皇母后是不是信任就是另一回事了。

因而陳勍只能如此說道：「瑾兒是我的親人，我知道她現下懷有身孕，也知道她腹中的孩子是誰的，她是自己人，妳無須擔憂。」

陳勍沒有明說，秦如嫣倒能理解，現下這種時候，一步錯步步錯，況且他們之間才坦白，他謹慎一些也是應該的。

秦如嫣沒有埋怨他的隱瞞，點點頭，半句也不多問。

她起身穿好衣裳，陳勍攔她道：「妳身子還沒好，起來做什麼？」

秦如嫣對他笑道：「我拿東西給你，將那東西交給你，我才能安心。」說罷，她推開他的手，慢慢走向梳妝臺，蹲下身，從隱藏在梳妝臺之下的暗格裡取出一個盒子，道：「這裡面是我與秦家多年來積攢的密函，我一張都沒有銷毀，可能我早就知道會有今日吧。」

她將盒子交給他，又取了筆墨紙硯，寫上一個個名字，「這是我這些年替秦家安排在宮中的眼線，應該有一些你已經知道了。」

陳勍將東西接過來，這些密函於他而言可是大有用處，他在名單上掃了一眼，果然有那個下藥的宮女，「知道一些，這個宮女曾在我殿中的香爐中下藥，我後來叫人換了。」

秦如嫣聞言一驚，顯然並不知道此事，待她回神後，臉上露出幾分慘然的神色，「這件事情我不知道，雖然他將我當作棋子，卻對我並非全然的信任，這宮中的人也並非皆聽信於我，許是我多次違背了他的意願，使得他按捺不住，之前便已經想安排我的庶妹進宮代替我了，父女之情已是如此薄涼……」

這事陳勍倒是知道，秦如嫣那個庶妹差點耽誤他偷偷去見母后，被他冷言冷語了幾句趕跑了，他當時還以為是秦如嫣做的呢。

陳勍握住她的手，認真道：「如嫣，今後有我在，誰也不能再傷害到妳了。」

秦如嫣搖搖頭，悵然道：「我曾怨恨過，為何這樣骯髒的事情會落在我身上？這想法使我日日活在隆冬之中，寒冷而孤單。但後來你對我的好，終於讓我尋到了一絲光熱。而我曾躊躇猶豫，怕被你灼傷，又忍不住靠近你……幸運的是我任性了這一次，與你坦白了一切。」她對他笑道：「福禍本是相依，現在我很知足，我只願你與序兒能夠平安喜樂就好了。」

陳勍好像聽懂了，又好像沒聽懂，總之他就覺得自己的媳婦真有文化，說個情話都這麼詩情畫意，母后肯定辦不到！這麼一想，他覺得自己比父皇強。

陳勍興高采烈的抱住她，「還有妳和我們的新麟兒，都要平平安安的。」

秦如嫣這才想到自己又有了一個孩子，這個時候有了這個孩子不知道是好還是壞，她摸上自己的腹部，「這個孩子恐怕來的不是時候……」

陳勍一聽嚴肅道：「既然有了，哪有什麼壞時候、好時候！這是咱們倆的孩子，妳忍心傷害他嗎？」

秦如嫣自然是搖頭，「他是我身上的一塊肉，我怎麼捨得傷害他？你放心好了，我只怕有人會不願意讓他生下來。」這種時候，她爹怎麼會讓她再生一個陳勍的孩子。

陳勍想了想，道：「這幾日我會將妳囚禁起來，將妳身邊的人都換成我的人，可能不會常來看妳，待到孩子穩下來，我再假意與妳和好、解禁妳，妳母家那邊便沒有機會難為妳了。」

想到自己的母家，秦如嫣又是一聲嘆息，「我知我父親犯下的罪，株連九族都不足為過，可我母親是無辜的，她也不知道我父親的野心……我知道不應該，但我還是想求你，能饒過我母親一命……」

陳勍不忍她傷心，點了點頭，「妳放心，我不會對妳母家趕盡殺絕，若是妳父親能收手，我也不會難為他。」

秦如嫣不知道她的父親能不能收手，她道：「我其實不太清楚我父親蓄意奪位，是因為野心所致，還是另有緣由。但依他的態度，他恐怕是對先帝有什麼難以磨滅的恨意，每每提起都是一副憤怒的神色。」

「先帝？我父皇？」

秦如嫣搖搖頭，「不是，是你皇祖父，康平帝。」

這件事陳勍就不清楚了，他要去問問自己的父皇，「好，我去查一查，看看能不能查出什麼。這些日子妳就好好養胎，一定要把我們的孩子養好。」

秦如嫣點點頭，依偎在他的懷中，心中前所未有的輕鬆，「謝謝你，勍郎。」

這聲「勍郎」讓陳勍身子骨都要酥了，他低頭吻在她的眉間，柔情道：「我們夫妻之間何談這些。我不能久留，一會兒把序兒送過來陪妳吧？」

秦如嫣搖搖頭，「不必了，他在瑾兒那裡很好，瑾兒武藝高強，若是能讓序兒和她多學學也是好事。」

媳婦好像一直對兒子不是很親近，陳勍憂心道：「如嫣，妳起初是不是不太喜歡序兒？」

秦如嫣抬頭看他，笑道：「怎麼會呢？他是我懷胎十月生下的，我怎麼會不喜歡他？我只是怕他將來被自己的外祖父利用，所以刻意讓這孩子不與我親近，而更親近你一些，讓他知道誰才是他該維護的親人。」

陳勍聞言點點頭：原來是這樣啊，媳婦果然深謀遠慮。

他心疼道：「辛苦妳了，這些年妳一定很煎熬。」

秦如嫣搖頭道：「有失必有得，值得了。」

陳勍又陪了媳婦一會兒，但終究不能久留，將她交給自己的東西藏進懷中後，他打破了一個花瓶，佯裝憤怒的模樣走了出去，「來人！將中宮看守好，不許皇后走出殿門半步！」而後又差遣自己宮中的人過來照顧秦如嫣，不許秦如嫣原有的宮女或嬤嬤近身。

※◎※　※◎※　※◎※

這麼大的動靜自然驚動了趙真，她剛把小孫子哄睡著，不知道兒子那邊到底怎麼回事，突然對兒媳發了這麼大的火。

她有些擔憂的走出大殿，向外張望一眼，吩咐宮人道：「去請陛下過來。」

宮人有些猶豫，「娘娘，陛下剛在中宮那裡發了怒，恐怕不會到這邊來……」

趙真打發她道：「妳去就是，沒人會為難妳的。」

宮人只得硬著頭皮去了，娘娘如今盛寵在身，誰也不敢不從。只不過她走在半道上，便遇見了怒氣衝衝而來的陛下，忙跪下道：「陛下，娘娘她請您……」

陳勍打斷她支支吾吾的話語，道：「朕去見她！」說罷繞過她，快步進了景翠宮，直接去了趙真的寢殿，一進去就關上了門，把一切都隔絕在外。

外面的宮人有些惶恐不安，陛下該不會和娘娘發火吧？

趙真聽到動靜，迎了上來，見兒子一臉的怒氣，擔憂道：「兒啊，你這是怎麼了？生這麼大的氣？」

陳勍臉上的怒氣突地一變，像個小孩子一般笑了起來，激動的湊上去，把母后抱了起來，興奮的轉了一圈，嬉笑道：「母后！我也當爹了！」這一路上他都強忍著心中的喜悅，見到母后便忍不住了，連挨打都不怕了。

趙真一巴掌呼在他腦門上，「渾小子！把我放下來！找挨揍是不是？當爹？你不早就當爹了！」講真的，這要不是她兒子，她直接一個過肩摔把他摔成殘廢。

陳勍吐吐舌頭，把母后放下，咧著嘴道：「母后，是妳又有孫子了！」

趙真一聽眨眨眼睛，斂了怒氣，驚訝道：「如嫣也有身孕了？」

陳勍重重一點頭，「嗯呢！我也要有老二了！」說罷一臉痴傻的托腮笑道：「希望是個乖巧懂事的女兒，像她母后一樣～」

這就有點讓趙真搞不明白了，她道：「這到底怎麼回事啊？如嫣有了身孕，那你還對她發這麼大的脾氣，又要囚禁她？」

陳勍給自己斟了杯水，喝完之後才向母后將其中緣由一一道來，末了道：「母后，妳說妳和父皇的事情，我要不要告訴她？」

趙真想了想，覺得有點為難，「問你父皇吧，他說行就行。」

陳勍暗暗嘖了一聲：母后現在對父皇真是唯命是從啊，什麼都聽父皇，已然成了爺們迷。

陳勍算算日子道：「父皇明日便該來了吧？」

趙真立刻點頭，神情有些喜悅道：「是呀，你父皇說了他要來接我，你明日問他吧！」說罷站起身來，摸了摸自己有些冒油的頭髮，「為了等你我還沒有沐浴，我去沐浴了，你進屋先陪序兒吧。」

陳勍「哦」了一聲，目送母后美孜孜的走出去，心想：父皇不來的時候，母后連頭髮都懶得梳；父皇一要來了，母后就焚香沐浴，用不用這麼明顯？也不知道父皇明日會以什麼身分入宮……

父皇不在，陳勍便可以躺到床上去了，中間是序兒，對面是青蔥的母后。他以前猜想過母后年輕的時候會是什麼樣，他以為母后年少的時候應該也有著傾國傾城的美貌，將父皇迷得七葷八素獨寵她一人，但現在看來好像是反過來的。

母后的容貌並不是很出眾，不笑不怒的時候就是個普通的小姑娘，但她握刀的時候，卻有種別樣的神勇，那種所向披靡的氣勢讓人忍不住仰望。而父皇呢？那真是美貌，典型的從小美到老，若是扮作女子肯定讓人看不出端倪。

陳勍突然就想到之前那個長得像父皇的丫鬟，他小聲喚了一聲：「母后？」

趙真還沒睡著，對面的兒子輾轉反側吵得要命，「有話快說。」

陳勍見母后還沒睡，向母后那邊湊了湊，好奇問道：「母后，之前那個長得很像父皇的丫鬟呢？我記得那丫鬟妳要走了。」

趙真一聽，霍然睜開眼睛，「怎麼？覺得貌美想納進宮？」自己男人的美貌趙真最清楚不過了，她還記得當初兒子看到女版陳昭的沒出息樣！這麼問是想和他娘搶男人不成？

陳勍忙搖頭，「我就是好奇罷了，怎麼沒再見到那個丫鬟了？」

趙真哪能告訴他實話，翻了個白眼道：「若是政事你也能如此關心，不至於你父皇現在還為你操心了，生了你這麼個蠢兒子，是我最對不起你父皇的事！」

陳勍有點負氣了，能不能別總說他蠢！他蠢都怪母后說的！

對著母后，陳勍半點沒了皇帝的架子，小孩子脾氣道：「那母后生了聰明的弟弟，讓弟弟做皇帝吧，我改姓趙好了！」

誰知趙真猶豫都沒猶豫一下，嫌棄道：「憑什麼把聰明的留給你父皇？我不要你，你繼續當你的皇帝吧！」

陳勍好生氣呀，還能不能愉快的做母子了？詛咒母后生個比他還蠢的弟弟！不！他不蠢！陳勍翻了個身，背對母后，他生氣了！

都這麼大的人了還耍小孩子脾氣，趙真嘖了一聲，對兒子道：「兒啊，你是不是真的想納妃子了？如嫣這孩子我也不是不喜歡，只是她娘家那個樣子，今後東窗事發，后位怕是難保，總要有個能替你掌管後宮的人啊。」

陳勍聞言心頭一跳，轉過身來，有些躊躇道：「母后，我不想廢后，也不想娶別人，若是真有那麼一日，父皇會不會同意我留下秦太師的性命，讓如嫣留在后位上啊？」

趙真倒是知道自己這個傻兒子的痴情，雖然兒媳之前所做的事情有可原，但他們並不是普通的人家，他們家的家事便是天下事，一國之母關係社稷安危，就算他們容得了，文武百官怎麼容？雖然趙真這個一國之母之前做的也不算稱職，但她起碼是和陳昭一致對外的，又有軍功壓身，而現今的兒媳呢？

可她終究不想傷兒子的心，甩鍋給了陳昭，「此事你與你父皇商議吧。」說罷，她又提醒了他一句：「兒啊，你要時刻記得，你首先是皇帝，其次才是丈夫。」

母后雖然沒有明說，但陳勍已經明白母后的立場了。陳國現今的太平是母后和眾將士用血汗打出來的，他雖不像姐姐那般陪著父皇母后經歷過，但姐姐說的時候，他也能理解父皇和母后的不容易。他現在的話，在母后眼裡就是個任性的孩子吧……

「母后，我知道生在帝王家，我有我應該承擔的責任，但我想爭取一下，畢竟這也關係到序兒……」

趙真看了眼睡在一旁的小孫子，小傢伙「吧唧」一下嘴，粉嘟嘟的小臉白嫩可愛。她嘆了口氣，「事在人為，且看以後吧。」

陳勍「嗯」了一聲，「母后妳睡吧，弟弟也該睡了。」

趙真點了下頭，「你不要總翻來覆去了，有什麼事情明日和你父皇好好商量。」

「我會的。」

之後母子倆便沒有再說話，但陳勍卻沒怎麼睡，天未亮便去洗漱了，批閱摺子等著上朝。

趙真一覺到天亮，是被吻醒的，她一睜眼便看到了陳昭放大的臉，陳昭見她醒了，舌尖抵進她口中，欲要纏綿一番，卻被趙真推開了，「我還沒漱口呢！」

陳昭邁上床，把她壓回被窩裡，「我不嫌棄妳。」說罷堵在她的唇上輾轉，吻得趙真身子都軟了。

纏綿的吻述盡相思之情，兩人都有些迷醉，是睡在旁邊的陳序翻了個身嚶嚀一聲，兩人才倉皇分開。

趙真捶他一下，「你做什麼啊？一大早的就這麼纏人，孫子還在呢！」

陳昭抿唇，下了床，將趙真的衣服遞給她，溫柔笑道：「這幾日如何？孩子鬧妳嗎？」

趙真接過衣服穿上，「還行吧，還是不能吃太多的葷菜，容易犯睏，其他的都還好。」穿好衣服的趙真才發現陳昭又是一身女裝，看樣子是扮作外孫女進來的，「虧得我替你瞞著兒子，你又穿成這副樣子入宮了，他昨日還問我你扮的那個丫鬟在哪呢。」

陳昭是隨上朝的女婿一同進宮的，若是想進到趙真宮中，除此之外也別無他法。

他蹲到趙真面前，握住她的腳，替她把鞋襪穿上，「他問這個做什麼？我聽說他把皇后囚禁了，難不成想納新人入宮了？」

陳昭這是第一次幫她穿鞋襪，自己的腳被陳昭握在手心裡，趙真有點不自在，縮了縮腳，道：「我自己來吧。」

陳昭握緊了她的腳，抬眸看她一眼道：「妳坐好，小心腹中的孩子。」

趙真見他態度堅決，只得坐直了身子，等他慢條斯理的替她將鞋襪依次穿上，接著之前的話道：「應該不是想納新人，他就是好奇，可能是對你扮的丫鬟有所懷疑了，但心思還是在如嫣身上的。我跟你說呀……」她說到這裡一頓。

陳昭見她沒繼續說下去，幫她穿好鞋後，抬頭看她，「妳說呀。」

趙真看了眼還在睡的孫子，拉著陳昭去了外間，「如嫣對續華坦白了，而且也懷孕了。」

陳昭聞言臉上沒什麼喜悅之色，神色有些深沉道：「真的有了？不是前幾日還傷寒嗎？」

趙真點點頭，「真有了，好幾個太醫都診過了，說是胎兒太虛弱，所以之前沒診出來，現在這個孩子也不好保。續華是為了保護如嫣，才將她囚禁起來，不許她原來的人伺候。」說著她嘆了口氣，道：「女人有了孩子多半都柔弱了，如嫣應該也是熬不住了，就和續華都坦白了。續華昨夜還跟我說，他不想廢后，替他岳丈求情，想饒他岳丈一命。」

陳昭聞言皺皺眉頭，「妳怎麼跟他說的？」

趙真回道：「我什麼都沒說，我讓他問你。」她見陳昭不說話，繼續道：「其實如嫣是個好孩子，她之前也是逼不得已，序兒也被她教得很好，只是這秦家……算了，你還是等兒子和你說吧，你們父子倆自己商量，這事我管不了。」

正說著，外面傳來太監尖細的聲音：「陛下駕到！」

趙真站起身看了眼陳昭的裝束，有點躊躇道：「你真這麼見兒子啊？」

陳昭的神情倒是很坦然，將面紗遮上，隨她出去見駕。

趙真在心裡「嘖」了一聲：陳昭的臉皮也是越來越厚了。

見駕不過是走個過場罷了，陳勍自然不會讓母后跪他，快步上前親熱的挽上她的胳膊帶她進屋，讓宮女和太監都候在了門外。

坐下之後，陳勍的目光才落在後面跟著的外甥女身上，怎麼感覺幾日不見，外甥女長高了不少，好像眉宇間也多了些英氣，打扮都變素淨了，「萱萱，怎麼又戴著面紗呢？莫不是哪裡又磕破了吧？」說罷，拎起桌上的茶壺自斟自飲一杯，在朝堂上和文武百官脣槍舌戰弄得他口乾舌燥，下了朝就來這邊見母后，他連水都沒喝。

陳昭沒答話，而是從容不迫的坐下，坐好後才將臉上的面紗揭了下來，道：「聽你母后說你在找之前隨萱萱入宮的宮女？」

陳勍聽到這熟悉的聲音，一口茶噴了出來，不可思議的看著對面的「外甥女」，這……這什麼鬼啊！他難以置信道：「父父父……父皇？」

現下的父皇，眉眼都化了妝，和萱萱有八分相似，下半張臉卻是沒有變的，組合起來雖說並不怪異，卻有些雌雄莫辨，配上這身裙裝，陳勍覺得……他母后做女人太失敗了，連她男人都不如！

趙真默默喝茶，一副事不關己的模樣。

陳昭臉上沒有半分被兒子發現的羞恥感，挑眉教訓道：「怎麼？這就嚇到了？為父記得以前就告訴過你，不要輕易相信你眼前所見到的，你卻連你兒子都不如。」

陳勍一下子就恍惚了，是父皇太驚世駭俗，還是他自己沒見過世面？他以為父皇這樣威嚴的人，是不可能扮作女裝的，之前那個宮女，他寧願相信是父皇的私生女而不願相信是父皇本人！他父皇啊……那個咳嗽一聲都能把他嚇到不敢動的父皇啊……

還好眼前的父皇只是眉眼帶妝，也不像萱萱那般戴頭飾簪花、全身上下堆滿珍寶美玉，父皇身上很素淨，一身白裙更顯得他縹緲如仙，扮作女裝的樣子並不媚俗，而是給人一種清冽脫俗之感——現下板著臉更是令人膽顫的冷美人，氣勢不減半分。

陳勍垂頭，「父皇教訓的是，實在是因父皇在皇兒心中威嚴莊重，皇兒沒往這處想……」說罷默默的偷瞄了一眼，母后到底是怎麼生的，能把他生得一點也不隨父皇？

陳昭輕描淡寫的看了兒子一眼，道：「續華，一個人的外在如何，並不代表什麼，重要的是他內心是否堅定不移；身為帝王也要能屈能伸，過程並不重要，重要的是結果。」

陳勍馬上點頭，「父皇說得對！」反正父皇做什麼都有理，就算是美成花，也用不著他這個兒子說三道四。

他默默的看了一旁淡然的母后一眼，心中腹誹著：母后，面對這樣的丈夫您就沒半點自卑感嗎？您就不能管管您男人嗎？身為女人您美不過他，您氣不氣？您不收拾他一頓，對得起您當年西北女霸王的名號嗎！

「皇祖母～」寢室裡傳來陳序迷迷糊糊的呼喚聲。

趙真一聽，放下茶杯，壓了聲道：「序兒醒了，我去看看他。」說完跑了，獨留陳勍和自己貌美如花的父皇面面相覷，有點尷尬。

其實女裝讓陳昭也不是很自在，但他必須裝作一副自在的模樣，慢條斯理道：「皇后那裡是怎麼回事？」

話題一轉，陳勍如獲大赦，立刻起身將藏在母后這裡的密函都拿了出來給父皇過目，而後把來龍去脈細緻講了一番。

陳昭一目十行，掃了幾張密函的內容，暫且擱置下了，抬眸看向陳勍，「皇后說秦太師對你皇祖父有怨恨？」

陳勍點點頭，「皇兒雖不知有何恩怨，但父皇您對秦太師有提拔之恩，待秦家已是不薄，秦家沒落也是因為當年參與了奪位之亂，被波及的又不只是秦家，相比抄家流放的官員，秦家已算是全身而退，到底是什麼深仇大恨能讓秦太師冒險造反呢？」

陳昭眸色深深，沉思了片刻道：「近日來我一直在想一個問題，你繼位以來，雖無功但也無過，不是個精明的帝王，但好歹算是勤勉賢明，並不昏庸。秦家想造反，要用什麼理由來造反？總不能就算揹下謀逆的千古罪名也要將你推翻吧？」

陳勍算是看出來了，這夫妻倆是親夫妻倆，他估計是他們撿來的，評價他的時候真是半點也不留情！到底還能不能愉快的做父子了？您兒子不優秀您臉上有光啊！

心裡委屈極了，陳勍卻只能贊同這句話，低眉順目道：「父皇說得對，皇兒太沒用了。」

陳昭皺皺眉頭，「就算你沒用，你身上流的也是皇室的血，哪裡是想推翻就能推翻的？近日來你做事小心一些，切莫讓人捉住太大的錯處，若有不解或是拿不定主意的事情，一定要事先問過我。」

——父皇您這樣說，我並沒有得到安慰……

陳勍已是滿心的生無可戀，「是，父皇。」

陳昭半點不理會兒子的那點小難過，自顧自道：「皇后說起這個，我倒是想起來有個人要去拜訪一下了。前塵舊事，還是要找前塵故人。」

陳勍聞言，有些好奇道：「誰啊？」

陳昭沒有滿足兒子的好奇心，站起身道：「行了，我與你母后就不在宮中耽擱了，我們走了之後，你自己多加小心，凡是都要多留個心眼，對皇后也不可掉以輕心。至於如何處置她，以後再說吧。」

陳勍點點頭，他眼下不太敢在父皇面前幫皇后和秦太師求情。以秦太師的所作所為，若他求了情，秦太師卻打他的臉該怎麼辦？父皇一氣之下若是不管他了，那可就大事不妙了。

「皇兒明白，父皇與母后也要多加小心。」

陳昭點點頭，進屋去看媳婦和孫子，陳序已經梳洗整齊，正偎在趙真懷裡撒嬌，見皇祖父進來，小手一伸要抱抱，「皇祖父！」

陳勍真是新奇了，為什麼這小傢伙識人如此精準，他的皇祖母和皇祖父無論是何模樣，他都能一眼認出來，實在是奇了。

「序兒啊，你怎麼認出皇祖父的？」

陳序聞言，奇怪的看了父皇一眼，「就是皇祖父啊！」這一眼就能看出來的事情，還用問為什麼？父皇你是不是傻啊！

陳勍被兒子的眼神傷害到了：臭小子，看你是欠揍了！

陳昭沒有去抱小孫子，嚴肅著臉道：「序兒，你已經四歲了，不能總和皇祖母撒嬌了，下來站好。」

陳勍一聽，樂了：被你皇祖父數落了吧！看你還敢不敢得意！

陳序被皇祖父一凶，模樣變得有些可憐巴巴的，但還是乖順的自己下床穿上鞋子，再把衣服上皺褶的地方撐平、整整齊齊的站到皇祖父面前，眨著眼睛請求道：「序兒想皇祖父了，皇祖父可不可以抱抱序兒……」

這麼乖巧懂事的撒嬌，就算是陳昭也無可奈何了，他彎腰將他抱起，捏了捏他的小臉。陳序小嘴一咧，露出甜甜的笑容，抱住皇祖父的脖子，親暱的蹭了蹭。

從來沒被父皇這麼抱過的陳勍感覺好傷心。

陳昭憐愛的摸了摸小孫子軟軟的頭髮，道：「序兒已經長大了，要為你父皇分憂，太傅留的課業要好好做，下次皇祖父入宮就考你，明白了嗎？」

陳序聞言，自信道：「序兒一直乖乖聽太傅的話呢！皇祖父現在考序兒都可以！」

這件事陳勍不得不佩服兒子，他在這個年紀的時候還在背啟蒙的《三字經》、《千家詩》

之類的，陳序已經會背好幾篇《論語》了，而且還能說得頭頭是道，可是個小人精。
陳昭好久沒有檢查孫子課業，便道：「哦？那序兒背給皇祖父聽聽。」
陳序立刻把最近學的幾篇背給皇祖父聽，背完還能將其中的典故說出來。陳昭見慣兒子的蠢笨，孫子的聰慧實在讓他驚喜，秦如嫣在這方面還是能將功折過的。
陳昭將孫子放下，「序兒真乖，皇祖父下次入宮帶新的九連環給你。」
陳序沒有因為將要得到的新玩具而驚喜萬分，卻是拉著皇祖父的衣襬戀戀不捨道：「皇祖父和皇祖母又要出宮了啊？」
趙真一見小孫子這模樣，更是心疼，走過來抱起他，「過幾日皇祖母和皇祖父就又來了，序兒是男子漢，要替皇祖母保護好你父皇，還記不記得皇祖母教你的？」
陳序聞言重重點頭，揮了揮小拳頭道：「記得！皇祖母放心，序兒會保護好父皇，不讓壞人欺負父皇的！」
趙真欣慰一笑，親了小孫子一口，「小心肝真乖！」
陳勍：……我是不是半身不遂了？需要這小子保護？
趙真換了陳昭帶來的丫鬟衣服，打算隨陳昭出宮了。
陳序猶豫了一下，在皇祖母和皇祖父將要走的時候，湊上去小聲道：「皇祖父、皇祖母，序兒能不能去看看母后啊？」
趙真聞言一愣，都怪她把這事忘了，說好了今天帶孫子去看皇后的，皇后身體不適，小傢伙一定很擔心他母后，「好，讓嬤嬤帶你去。」
陳序喜悅的笑容還沒露出來，陳勍便道：「不可以，你母后身體不適正在休養，等她休養好了，你再去看她。」他剛「懲處」了秦如嫣，怎能讓陳序立刻去看她。

陳序失落的垮下肩，但雙眸還是看看皇祖父和皇祖母，他知道只要皇祖母和皇祖父同意，父皇就不能不讓他去。

他們都當他小，可陳序的聰慧注定了他不是個好騙的小孩子。陳昭衝小孫子招招手，讓他過來。陳序走到皇祖父面前，不急著問皇祖父，仰著頭等皇祖父先開口。

陳昭對他道：「序兒，你知道為何你父皇不讓你見你母后嗎？」以小孫子的聰慧，他一定什麼都明白，從他知道要開口求自己和趙真，便說明他知道他父皇是刻意不讓他見他母后。

果然，陳序想了想，小嘴嘟著道：「因為母后犯了錯，不乖，父皇不想序兒也變不乖。」

陳勍看著兒子的背影有些驚異，原來這個小傢伙心裡什麼都知道啊……

陳昭瞥了兒子一眼，繼續問孫子道：「那你怪你父皇嗎？」當兒子的沒有不會維護自己母親的，陳昭可不能看著孫子因此和他父皇生了芥蒂。

陳序搖搖頭，「不怪，母后犯了錯，父皇就應該罰她，這樣母后才能成為好母后。母后改過自新之後，父皇就會讓序兒見母后了。」

陳昭聞言甚是欣慰，衝著孫子的懂事，秦如嫣這個兒媳要如何處置，他也會酌情考慮的。他摸了摸小孫子的頭，「序兒不用擔心，你父皇不會對你母后不好的，你母后只是犯了小錯，很快你就能見到她了，現在你要乖乖聽你父皇的話，明白嗎？」

這話無疑是已經寬恕了秦如嫣，陳勍覺得有些不可思議，他不敢說的事情，兒子幾句話就讓父皇動搖了。

陳序用力點點頭，他回到父皇的身邊，牽上父皇的手道：「序兒會乖乖聽父皇的話，保護好父皇的！」

陳勍低頭看自己的小兒子，心中思緒萬千：好兒子，父皇以後再也不在你母后、皇祖母、皇祖父面前和你爭寵了！

※◎※　※◎※　※◎※

陳昭一出景翠宮便坐上了轎子，趙真扮作丫鬟低頭走在他的轎旁。趙真這個新冊封的「娘娘」只有景翠宮的人見過，她都不曾每日晨起出景翠宮去拜見過皇后，因而宮中的人對她的樣貌並不熟悉，自然不引人注意。

平安出了宮，趙真才上了陳昭的馬車。外孫女平日本就奢華，所以這馬車也是奢華至極，陳昭還吩咐下人鋪了好幾層軟墊，生怕把趙真接回去的時候顛簸了她腹中的孩子。

陳昭扶著趙真坐好，繼而將她擁進懷中小心摟著，生怕馬車顛簸晃著她。

趙真笑他道：「你這麼小心做什麼？不就是懷個孕嗎？哪有那麼脆弱。」

過去趙真懷孕的時候陳昭不敢管她，現下夫妻關係好了，自然要處處緊著她一些，「大夫說了，頭三個月最是要緊，過了頭三個月我就不管妳了。」

陳昭身上暖和，這麼依偎著也挺好，趙真沒多言，玩著他修長的手指道：「你去哪啊？」

陳昭摸摸她仍平坦的小腹，回道：「送妳去神龍衛，把妳安頓好，我要出城見個故人。」

故人？趙真轉頭看他，「什麼故人啊？」

問話的是媳婦，陳昭自然不會不答，「去皇陵，見見那些替我父皇守皇陵的老太妃。」

若非皇后，後宮沒能生下皇子皇女的女人是很苦的，皇帝活著的時候要爭寵，皇帝死後還要去守皇陵或去尼姑庵，一生的青春年華都奉獻給了那個並不怎麼愛她們的皇帝，趙真能得陳昭一生一世一雙人，著實難得。

「怎麼突然想起來去見她們了？若是都還活著，該七老八十了吧？」

陳昭點點頭，「她們雖然守皇陵，但仍是錦衣玉食的供著，在京中也有顯赫的娘家幫襯，許多都很長壽，我那個繼母現下就還活得好好的。我去見她們，是想看看能不能探聽到以前的一些舊事。」

陳昭從未提過，趙真便沒過問，原來他那個蛇蠍心腸的繼母竟然活到了現在？

「她如此苛待你，你還留著她？」

陳昭溫柔的笑著，說出來的話卻讓人膽寒：「有時候死是一種解脫，而活著才是生不如死的痛苦。」

趙真有些小心翼翼問道：「你那個繼母……現在怎麼樣了？」

陳昭拿了條薄被蓋在趙真身上，輕描淡寫道：「有些瘋癲而已。她壞事做絕，除了害死我母親，還身負數條人命，自然會受到良心的譴責，惶惶不可終日的活到現在。」

「你母親是被你繼母陷害的？」

陳昭點點頭，「我那個繼母明妃樣貌中等不得恩寵，我母親是明妃娘家送進宮來替明妃爭寵的，因而是個樣貌出眾卻膽小懦弱好拿捏的性子，但明妃對此並不樂意，我母親得了寵幸後更是妒忌，待我母親仍如婢子一般打罵。而我父皇薄情，早就把心思放到別的美人身上了，自是不會管我母親，所以從我記事起，我那個膽小懦弱的母親便終日以淚洗面，活得鬱鬱寡歡。」

趙真聽著嘆了口氣，陳昭的生母也是個可憐人。

陳昭見她心情低落了，住了口，「不和妳講這個了，妳這幾日在宮中如何？」

哪有事情說到一半便不說了，趙真問道：「別，你繼續說，你母親後來是被陷害和那個侍衛……」說著，她覺得自己好像不應該這麼問陳昭。

陳昭見她想聽，倒是沒什麼牴觸情緒，事不關己般的道：「其實也不算是陷害，是我母親愚蠢又痴心妄想，著了道而已。那侍衛是明妃安排的，我母親那樣的處境，自然很容易對侍衛動了情，私下苟合懷了孽種，被兩個宮女發現了，她一時害怕，被教唆著聯手和那個侍衛把那兩個宮女殺了，繼而被明妃揭發，處死了。」

原來是這樣……趙真想了想道：「你那時候還年幼，是怎麼知道的？一定很恨明妃吧？」

陳昭無所謂的笑了笑，「我想知道自然能知道，明妃不是個聰明的女人，又意氣用事，也就能拿捏我母親那樣蠢笨的女人罷了，換一個人她就不是對手了。至於恨，為了我那個只知道以淚洗面卻不管我的母親倒也不至於，為了我自己倒是至於。」

他母親本來就是為明妃鋪路而存在的，他這個皇子自然也是明妃的踏腳石，他母親因為畏懼明妃而不敢親近他，眼睜睜的看著他被明妃打罵，陳昭其實對母親並沒有什麼感情。

後來明妃害死他母親，一方面是妒忌，一方面是急於把他過到自己膝下，但明妃痛恨他這張和他母親相似的臉，對他仍是百般虐待；後來得知自己終於懷上了龍種，她便迫不及待設計把他趕出宮，陳昭自然是恨這個繼母了。

只是陳昭被趕出去不久，明妃腹中那個孩子便被其他的妃子害死了，還落下了不能再生育的毛病，所以陳昭回去之後，明妃便對他十分好了。陳昭也不是個不曉事的孩子，知道只有依仗明妃和明妃背後的勢力，他才能平安長大，倒也是相安無事多年，但讓他孝敬繼母封她為太后是不可能。

怪不得她的男人會養成現在的性子，幼時過得如履薄冰，哪裡能和真正錦衣玉食的皇子相比啊？趙真握住他的手道：「有失必有得，你看你現在，當過太上皇，有兒有女，還有我，又恢復了青春年少重活一次，多少人求之不得？那些不愉快就都過去吧。」

陳昭笑笑道：「我本來也不在意，我現在最在意的，是這些事情趕快過去，待妳生下孩子之後，我與妳去看看這大好的河山，雲遊四海。」

——雲遊四海啊……

趙真是去過很多地方，但從未用雲遊的心情去過，更沒有陳昭相伴，現下想一想，似乎是件很不錯的事情呢。

趙真點頭道：「好，希望這些惱人的事情能早些過去，我們去雲遊四海。」

陳昭低頭吻在她的眉間，「會很快過去的，我猜他們會在年關時下手，已經不遠了。」

年關的時候，城門大開，各地的藩王都可進宮，確實是個好時機。

那個時候她腹中的孩子也該三個多月了，趙真嘆道：「你說，他們要以什麼理由造反呢？現下天下昇平，總不能平白無故造反吧？」

陳昭回道：「我也正在想這個問題，所以打算從秦太師和我父皇的舊怨入手，或許會有什麼收穫。」

說到秦太師，趙真看他道：「你真的打算寬恕兒媳了？」

陳昭似是有些無可奈何，「本來不想的，現下倒是可以給她個機會，她若是真心歸順，便可以讓她留在后位上，處置秦家的時候也給她留幾分顏面。」

這都歸功於小孫子，趙真點點頭，摸著自己的肚子道：「小孫子就是聰明伶俐，若是這個孩子能有他姪子一半聰明，我也欣慰了。」

想到這個孩子，陳昭也有點愁，趙真這麼會生，這孩子生下來一定也不是個省心的，有個像他的孩子實在是太難了，趙真真是處處都要強。

不知不覺間，馬車已經駛出京城了，向著京郊而去，其實趙真和陳昭能相處的時間，也就是這麼短暫的一小會兒罷了，到了神龍衛便會各奔東西。

趙真伸手圈住陳昭的脖子，不正經道：「你之前說好的補償呢？」

就知道她不會忘！陳昭臉上一熱，「現下是馬車上，不方便。」

下了馬車他就走人了，哪裡方便？

趙真挑眉道：「所以你是想賴掉了？」

他是想賴掉，趙真現下哪裡能胡來，萬一一個把持不住，出點什麼事情可怎麼辦？

他試探道：「等妳滿了三個月可好？」

趙真搖頭道：「明日復明日，明日何其多？」

陳昭一聽，對她也是佩服至極，就沒見她在別的事上也這麼會引用詩詞過！避無可避，陳昭只能硬著頭皮上，先把這位姑奶奶服侍舒服了。

趙真舒服了就喜歡亂說話，陳昭堵上她的嘴，唇舌纏繞異常旖旎。

長吻過後，趙真摟住陳昭的脖子，喘息道：「你這個小妖精，老娘早晚死你手上！」

陳昭呸了一聲，「胡說八道！」說罷再次吻住她。

等到了神龍衛，趙真臉上滿面紅霞還未消下去，腿也有點發軟，睨了陳昭一眼道：「這些日子你該不會在外面偷吃了吧？」要不然怎麼精進了呢？

陳昭白她一眼，「妳偷吃，我都不會偷吃。在神龍衛裡老實些，少和陳啟威來往。」

趙真哼一聲，整了整衣裙，「我走了，你路上小心。」說罷要去推馬車的門。

陳昭拉住她，在她脖頸處嘬了個紅印，像是蓋了個章，「妳一定要老老實實的。」

趙真扯開他衣服，還給他一個，還附贈一圈牙印，「哼，你當我什麼人了？我就不是男人罷了，我要是男的，對著別人我都硬不起來你信不信？」

陳昭噗嗤一笑，捏住她的嘴，「滿嘴胡話，快滾吧！」

趙真拍開他的手，道：「反了你了！等我生了這個小崽子後要你好看！」說罷開了馬車門跳下車，大搖大擺的走了。

陳昭無可奈何的嘆了口氣，自私自利的女人，自己舒服了就不管別人了。

外面護衛扣了扣門，「主子？」

陳昭深吸一口氣，壓下心中的燥熱，「啟程吧。」

第五章 我的兒子叫趙狗蛋

趙真有些佩服未來外孫女婿的勤奮刻苦，他明明天賦已經很好了，卻還要如此勤奮努力，假以時日能超過她也不是全無可能；再看看她那個不爭氣的外孫女，她的一雙眼睛都要黏在人家身上了，哪裡是來學武的？

還有另一旁的陳啟威，若非外孫女和魏雲軒在，不知道要如何糾纏她了。

魏雲軒打算告辭，向前道：「多謝教頭賜教，雲軒受益良多。」他這聲謝可謂發自肺腑，總是平淡無波的眸子裡都顯出幾分由衷的敬佩之情來。

趙真含笑點頭，「在其位而謀其職，何須言謝。你天賦過人，持之以恆定能有所成就。」

魏雲軒並不自滿，謙和道：「但求無愧於心便是。」說罷人便告辭走了，身姿挺拔，目不斜視，半點沒有與付凝萱同行的意思。

趙真是很欣賞魏雲軒這個後輩的能力，只是人太遲鈍了，她外孫女的好感已經表現得如此明顯了，魏雲軒竟一點也察覺不到。

她外孫女也是笨，那般出眾的容貌竟搞不定一個男人，半點沒有繼承到她外祖父的衣缽，哪怕有她外祖父一半會勾搭人，也就不會這麼費勁了。

付凝萱是很想跟過去，可她還有話和外祖母說，便暫且沒跟去，看了眼旁邊遲遲未走的陳啟威，瞇起眼睛：你想幹嘛？勾引我外祖母不成？

陳啟威察覺到了她的視線，也沒急於一時，走到趙真面前道了一聲也告辭離去了。

人都走了，趙真看向明顯有話要說的外孫女，「不知縣主還有何事？」付凝萱一有事便要先挽她的胳膊撒嬌，趙真提早抬胳膊躲開她，冷淡道：「有事說事。」

付凝萱見外祖母如此疏離，心中一墜，可憐巴巴道：「小表姨還在生氣嗎？」付凝萱也是早起才知道外祖父竟冒充她進宮去見外祖母了，瞧這樣子似乎是還沒和好。

趙真有點不耐煩道：「縣主要是無事，我便先行一步了。」說罷人要走。

付凝萱趕忙拉住她，晃著她的手臂道：「小表姨，妳真的連萱萱都不願意理了嗎？我們是妳的親人，如何能害妳呢？小表姨……」

趙真見外孫女可憐兮兮的，在心裡嘆了口氣，但面上還是凶巴巴道了一聲：「多說無益，告辭。」繼而甩開她，大步流星而去。

付凝萱看著外祖母離去的背影，悵然若失，外祖母怎麼真的這般絕情了，連對她也這麼冷淡了……

當了一把授業恩師，趙真出了一身的汗，從校場離開後，先去能沐浴的帳中洗了個澡才回了自己的軍帳，遠遠便瞧見陳啟威正站在門口等她。

「你在等我？」

陳啟威循聲望去，便見趙真一身白衣，披散著濡溼的黑髮步步走來，風將她寬大的衣袍吹得紛飛，使她多了幾分屬於女子的羸弱和纖柔，少了些她握刀時的戾氣；她越走越近，火把昏黃的光忽明忽暗，照得她五官立體，有種別樣的美。

他愣了片刻，銜她露出純真無害的笑容，迎上去，「瑾兒，妳回來了。」

趙真停在帳前，並沒有邀陳啟威進去說話的意思，「找我何事？」

陳啟威遞了個小盒子給她，「喏。」

趙真沒拒絕，直接接了過來，將盒子打開，裡面是滿滿一盒糖，黃色的透明糖皮裹著梅子似的東西，她倒是沒見過。

陳啟威見她面露驚奇，解釋道：「這是梅子糖，外面是層糖皮，裡面是梅子，糖化了之後便是梅子的酸甜味，十分好吃。你們京中沒有這種糖，是我請了廚子特意做的，快嚐嚐吧。」

趙真猶豫片刻，拿了一顆放進嘴裡，眼下這種時候她不能表現出對陳啟威的戒備，就算參了料她也要吃。

這糖的外面就是糖葫蘆外面的那層糖皮，她咬碎了糖皮，糖的甜味便和梅子的酸味融到了一起，味道確實不錯，「嗯，很好吃。」

陳啟威見她半分不疑的吃下，露齒一笑，「我就知道妳會喜歡。」

「你且等等。」說罷趙真進了帳中，拿了自己一包零嘴出來給他，「喏，禮尚往來。」

陳啟威也沒拒絕，接過來將紙包打開，裡面是些黃白色的糖塊，「這是什麼？」

趙真回道：「酥糖，很好吃的。」

陳啟威沒猶豫的拿了一顆放進嘴裡，糖酥脆，更像是點心，他眸色一亮，笑意更濃，脣邊被糖霜染了一層白，「好吃。」

晚風習習，趙真終於從陳啟威身上聞到了一股明顯的清甜幽香，幽香入鼻，便血氣上湧，喉嚨有股灼熱之感，眼前的陳啟威都誘人了許多，這藥還真是奇異。

趙真抬起頭，勾起一抹邪邪的笑意，指腹抹在他的脣瓣上，來回摩挲著，「這麼美的脣，髒了可不好看。」說罷收了手，眸中似是含著某種情愫，她對他道：「天色已晚，我要休息了，謝謝你的梅子糖。」

陳啟威呆了呆，脣瓣上彷彿還有她指腹殘留的溫度，他抿了下脣，道：「瑾兒，待到休假的時候，妳同我一起去遊玩可好？明月居的糖醋魚還沒吃呢。」

趙真眉頭微挑，「明月居？」

陳啟威天真無邪道：「是啊，瑾兒也知道嗎？我上次和妳說的糖醋魚便是這家的。」

趙真忽地一笑，衝他眨眼道：「那真是巧了，明月居是我的產業，到時候你想吃多少，便吃多少。」

陳啟威聞言露出驚訝的神情，「明月居原來是瑾兒開的嗎？」

趙真搖搖頭，「原是先太后的產業，我回了趙家之後，祖父便給我了。」

陳啟威點點頭，「原是如此，那真好，到時候我要多嚐幾樣菜式！」

趙真伸手在他臉上摸了摸，「沒問題，你這麼美，想吃多少就吃多少。」

陳啟威面色微紅，伸手握住她的手，「瑾兒……」

趙真收回手，眉眼溫和道：「好了，你早些回去吧，我也要去休息了。」

陳啟威神情有幾分戀戀不捨道：「那我回去了，別忘了我們的約定。」

趙真點點頭，「不會忘的。」

陳啟威這才一步三回頭的離開，瞧著真像才墜入愛河的小夥子。

趙真嘖了一聲：拿明月居試探我，那正好！

※◎※　※◎※　※◎※

皇宮御書房裡，王忠有些忐忑的走到陳勍面前，低聲道：「陛下，秦夫人想入宮看望皇后娘娘。」陛下近日來對皇后娘娘的態度陰晴難辨，他們做奴婢的，提起皇后都要小心翼翼。

陳勍聞言筆鋒一頓，抬起頭來，思酌片刻道：「讓她入宮吧，但不可在宮中滯留太久。」秦家一定是收到皇后被囚禁的消息了，秦夫人便入宮來一探究竟，很好。

王忠得令鬆了口氣，派人去太師府傳話。

翌日，秦夫人便入宮了。往日秦夫人入宮之時，陛下和皇后都會派有身分的嬤嬤來迎她，而這次卻是冷冷清清的，連個太監或宮女都沒有，進了宮後一路走到了中宮。

中宮的氣氛也不似往日那般祥和，宮內宮外都有重兵把守，不像是皇后的宮殿，更像是牢獄；皇后的寢殿裡是幾個面生的嬤嬤和宮女伺候，見她來了，行了個禮便退了出去。

秦如嫣從裡間迎了過來，見到母親眼眶一熱，「母親。」

秦夫人看著自己明顯消瘦憔悴許多的女兒，心裡一陣痛，快步過去握住她的手，「嫣兒，妳怎麼憔悴成這副模樣了？」

秦如嫣看著她欲言又止，最後道：「母親先來坐下。」說罷請她進了裡屋坐下，斟了杯白水給她。

秦夫人接過了白水，心中更是替女兒感到酸楚，堂堂一國之母的宮中，竟連點茶葉都沒有了嗎？她還記得過去陛下來提親之時，信誓旦旦說要一生一世對女兒好，這才四年，一切便都不在了。

「嫣兒受苦了……」

秦如嫣搖搖頭，「這算什麼呢？陛下還肯留著我的后位，便是對我最大的恩賜了。」

秦夫人聞言五指一緊，壓低聲音道：「嫣兒，這到底是怎麼回事？」

秦如嫣冷笑一聲，道：「還能是怎麼回事？我在宮中本就是如履薄冰，他卻全然不替我著想，所作所為皆是將我往絕路上逼，我如今連太子都不能見了，他可滿意了？」

秦夫人知道女兒口中的「他」是誰，自己丈夫做的那些事，秦夫人起先不知，現下卻是知道的，於女兒而言實在是薄情。女兒早先被他強行送入宮中，如今見女兒不堪重用了，便想將庶女送進來頂替，全然不顧女兒的處境，實在是令人心寒。

秦夫人攥住她的手，「嫣兒，我知道妳心裡苦，他現在……是魔障了，誰也勸不住……」她欲言又止，嘆了口氣，眼中有濃濃的哀傷，「其實他自己也苦，他的苦是我們都無法體會的，請娘娘看在多年的養育之恩上不要怪罪他了……」

秦如嫣聞言，神色淡淡，「母親若是來做說客的，就死了心吧，還是回去勸他收心吧，我在宮中已是無能為力。」

秦夫人哀傷道：「他是不可能收心的，嫣兒，妳是娘身上掉下來的一塊肉，娘如何能像妳父親一般不為妳著想呢？我不是來當說客的，只是來看妳的，看妳這樣為娘更是心疼，是娘對不起妳，以後無論發生什麼事，妳能保全自己就好……」

秦如嫣看向潸然淚下的母親，心中一揪，道：「母親，他為何要如此執迷不悟？」

和別的官家夫人不同，秦夫人出身自一個低賤的富甲之家，並沒有讀過多少書，也不似旁的夫人那般知書達理識大體，因而不得丈夫的青睞。可能因為丈夫是個讀書人、重規矩，雖不喜歡她，但也不乏給她一個夫人該有的體面，夫妻間算得上相敬如賓。

秦如嫣是她嫁進秦府多年才生下來的孩子，她只有這一個親女兒，雖然膝下還養著一個兒子，卻是秦太師的侍妾所生，那個侍妾生產過後便失血過多而亡，因而將秦家這個唯一的兒子過到了她的名下，成了秦府的嫡子。

雖然兩個孩子都在她的名下，但丈夫卻不喜她過多的親近兩個孩子，更不會讓她教導，可秦如嫣畢竟是她十月懷胎生下的，如何能不親近？丈夫的不冷不熱，更是讓她把全部的心思都放在了女兒身上，把女兒當心肝兒一樣的疼愛。

所以女兒的心思有了什麼變化，她如何能發現不了？自女兒進宮之後，她每次見女兒都覺得女兒心裡藏著事情，她便暗自去查，這才發現了丈夫的野心，知道女兒是被丈夫設計嫁入宮中的，被當成了一枚棋子。可木已成舟，她一個婦道人家又能怎麼辦？日子一天一天的過去，眼看著女兒被丈夫逼到了這般境地，她卻無能為力，實在是心如刀割……

秦夫人握住秦如嫣的手，淚如雨下，哽咽著說不出話來。

秦如嫣察覺到了母親的不對勁，反握住她的手，擔憂道：「母親，您這是怎麼了？」

秦夫人看著她，脣瓣抖了抖，欲言又止，外面有人敲了敲門，「夫人，您該回府了。」

秦夫人五指一收，眼中萬千情緒掠過，她將她的手握得更緊，小聲囑咐道：「嫣兒，無論如何，妳在宮中千萬要保重，必要的時候只須保全自己即可，切莫要記住我的話！」

敏感如秦如嫣，感覺母親有事瞞著她，她重重握了下母親的手，「母親也萬萬保重身體，若有什麼話想傳給我，便交由碧藍傳達，她是我的心腹，只聽命我一人，有辦法送信入宮。」

秦夫人連連點頭，掏出帕子擦了擦臉上的淚水，再三囑咐：「嫣兒，妳一定要保重自己，陛下不是個薄情寡義之人，妳適時服軟，他一定不會為難妳的……」

秦如嫣點點頭，思酌再三才道：「母親，您放心吧，我現下有了身孕，陛下不會難為我的，只是此時您不要告訴父親。」

秦夫人一愣，看向女兒尚且平坦的腹部，旋即笑了起來，似是鬆了口氣的樣子，「好，實在是好……如此我就放心了。我知道妳的難處，是不會和妳父親說的。」

秦如嫣將母親送到殿門外，看著母親一步三回頭的離去，不知為何她心中隱隱有種不安之感，當母親的袍角消失的一瞬間，她甚至有種想追上去的衝動……

秦夫人走出不遠，便見到前方有一行人，似是刻意等在那裡，她走近了，便見到被眾人圍繞在其中的陳序。

陳序瞧見她，歡快的跑了過來，甜甜的叫了一聲：「外祖母！」

秦夫人看著眼前可愛的小傢伙，眼眶不禁一熱。她本以為無緣見到外孫了，卻不想陛下竟允她臨出宮前見外孫一面。秦夫人彎腰抱住外孫，動容道：「殿下還記得外祖母啊……」

陳序奶聲奶氣道：「序兒怎麼會不記得外祖母呢？外祖母是來看望母后的嗎？」

秦夫人看著他可愛的小臉點頭，眼中淚花湧動，「聽說你母后病了，外祖母來看看她。」

陳序察覺到了外祖母的傷心，安慰她道：「外祖母不用擔心，序兒會好好照顧母后的，不會讓母后有事的。」

秦夫人含笑點頭，「我相信殿下，殿下這麼乖巧懂事，一定能照顧好自己的母后。」

陳序重重點頭，露齒一笑，「外祖母是要回去了嗎？序兒送妳！」

秦夫人欣慰一笑，連聲說好。

陳序一路說說鬧鬧送秦夫人到了宮門口，分別之時，他抱了抱外祖母，偷偷道：「外祖母不要擔心，父皇說母后只是犯了很小的錯誤，會原諒母后的，父皇不會騙序兒的。」

秦夫人聞言一愣，鬆開陳序，看著小傢伙認真的臉，心中一暖，點了點頭道：「好。殿下多保重。」

陳序對她親暱的蹭了蹭，糯糯道：「外祖母也是！」

秦夫人這才在外孫的目送下離去。行出宮門後，她掀簾回頭看，小傢伙還站在那裡衝她招手，直到城門被關上，她才看不到人了。

——值得了，值得了……

※◎※　※◎※　※◎※

年關將至，宮中早就開始忙碌起來，每日出宮進宮的人也多了許多，宮中的守衛問題便成了重中之重，南北兩衙各司其職，輪番守護著皇城的安全。

即便如此，這一日，宮中卻出了大事——國庫竟然失竊了！而且損失了一整箱黃金！

此事自是驚動了陳勍，陳勍勃然大怒派人嚴查下去，不出三日，大理寺便將事情查清楚，是北衙兩名將領監守自盜，人贓俱獲，這兩名將領還是付淵身邊的得力幹將，這一查下去還有意外收穫，查出北衙之中有不少人勾結宮中宦官，偷運宮中器物出去販賣！實在是大膽！

陳勍自是雷霆大怒，以失職為由撤除了付淵手中一半的權力，命其禁足府中反省，罰俸一年，宮中的守衛交由沈桀全權負責，就連長公主進宮替丈夫求情，都被陳勍趕了回去，現下人盡皆知，明夏侯失寵已成了定局。

陳勍開始逐漸親近齊國公府，重用沈桀，一時間沈桀成了京中最有權勢的武官，眾人爭先恐後巴結的對象。

沈桀重整整個京城的護衛，替豫寧王世子安插了不少人進去，這盟友做的可謂盡心盡責。

陳昭入宮接媳婦，一家三口便坐到了一起互通消息。

雖然姐夫受罰只是做做樣子，陳勍卻覺得大快人心，他總算能罵姐夫一頓還不用被長姐罵了，開心！

不過他也有些憂慮，小心翼翼瞧了對面的母后一眼，「母后，您確定沈大將軍可信嗎？」

趙真點點頭，十分確定道：「你放心吧，他是我的人，是不會有二心的。」

她的人？陳昭面色不善道：「是啊，有你母后在，你那個沈舅舅如何能有二心？忠心耿耿得很呢。」就差直接當你繼父了！

陳勍看了看父皇和母后的臉色，這裡面好像有事啊？

趙真一聽，白了陳昭一眼，怎麼還沒完了？這種丟人的事他還想讓兒子知道不成？

她想了想，對兒子道：「對了，還有事要告訴你，若是有人向你告發沈桀曾對我有非分之想，你不要信，這是沈桀捏造出來給豫寧王世子抓著的把柄，做不得真。」

豫寧王世子雖與沈桀聯合，但僅靠利益的捆綁是遠遠不夠的，還要有把柄攥在手裡，豫寧王世子才能放心的利用沈桀，於是他們就洩露了這件事情出去，好讓豫寧王世子以此為由威脅沈桀。沈桀對她情根深種，與先帝陳昭積怨已深，被陳昭驅逐在邊疆數年不得重用，繼而不喜如今皇位上的陳勍，願與豫寧王世子聯手，多麼順理成章的事，都不用再編別的故事了。

陳昭冷笑一聲，這哪裡算捏造？分明就是事實。

陳勍瞧著父皇不太好的臉色，小心翼翼問母后：「您指的是現在的您，還是以前的您？」

趙真回道：「以前的。我還寫了點與他往來的信件，都是假的，你不用信。」

陳勍見父皇沒說什麼，點點頭，「兒子明白。」繼而又問父皇道：「父皇，那件舊事您查的如何了？」

提到此事，陳昭愁眉不展，搖頭道：「還未查到，不過我因而得知明太妃早在三個月前便失蹤了，這幾日我一直在派人尋她的蹤跡，卻一直未尋到。有人費盡心機將她偷出皇陵，恐怕是有什麼不可告人的目的。」

陳勍對父皇的事情也知道一二，這個明太妃已是半瘋癲的人，而且年紀非常大了，把她偷出皇陵能有什麼用？實在令人百思不得其解。

陳昭思酌片刻，看向兒子道：「皇后的禁令該解除了，你與她重修舊好，繼續寵信於她，讓她替秦家辦事，重得秦家的信任，看看能不能藉此知道些什麼。」

陳勍點點頭，心中難掩喜悅，他終於能把媳婦放出來了！

這時，外面有他的暗衛匆匆而來，說有要事稟報。

陳勍走出去隨暗衛到了一邊，暗衛附耳道：「陛下，秦夫人過世了，被秦太師所殺。」

陳勍心中猛地一震，不可思議道：「果真？」

暗衛點頭，「果真。秦太師已將消息封鎖，應是不想讓此事外洩。」

岳母死了……媳婦對岳母的感情，陳勍是知道的，若是媳婦知道自己的母親死了，且是被岳父所殺，她該如何難過……

陳勍揮了揮手讓暗衛退下，進殿將此事告知父皇和母后。

陳昭和趙真聽了以後也很震驚，這種時候秦太師怎麼會殺了自己的結髮夫人呢？這委實太過異常了。

陳勍為難道：「父皇，您說我要不要把此事告訴如嫣？」

按理說，這事告訴秦如嫣會對他們有利，父女成仇，秦如嫣會更忠於陳勍；可秦如嫣現下畢竟有孕，身子又弱，聞此噩耗承受不住怎麼辦？

陳昭思酌再三，道：「還是先別說了，等她身體好些，你再告訴她吧。」

陳勍也是這麼想的，他怕秦如嫣知道後會承受不住，但他沒想到的是，夜裡秦如嫣便知道了此事……

※◎※　※◎※　※◎※

秦如嫣收到了太師府中碧藍送來的信，這信是秦夫人所寫，字跡生疏潦草，第一句便是：嫣兒，妳收到這封信之時，為娘便已不在人世。

秦如嫣心中咯登一下，一目十行將信看完，淚水漸漸浸滿了眼眶，滿心的難以置信，手指不知不覺間便將信攥成了一團，「怎麼會呢……怎麼會呢……」她反覆呢喃著，起身晃晃悠悠走了幾步，頭暈目眩，身子一個不穩撞倒在旁邊的桌上，桌上的花瓶摔到地上發出一聲脆響。

外面候著的嬤嬤和宮女聽到動靜趕忙進屋，便見皇后娘娘摔倒在地，手上都是血。

霎時，尖叫聲此起彼伏：「快叫太醫！快叫太醫來！」

陳勍和太醫們很快都來了，秦如嫣並無大礙，只是手上被花瓶的碎片割破了幾道，傷口不深，上了藥便沒事了。

陳勍將太醫們和宮人趕出殿外，將秦如嫣受傷的手捧在掌中，看著她失魂落魄的樣子，十分的不忍，問道：「如嫣，妳怎麼了？不要嚇我啊。」

秦如嫣聞聲，沒有焦距的眼睛看向他，眼淚溢出眼眶，哽咽道：「陛下，我娘她……我娘她是不是出事了？」

陳勍知道秦如嫣在太師府有自己的內應，他自己都已暗允秦如嫣的內應往宮中送信，他這一天事情太多，竟忘了將宮外替她傳消息的人截住，還是讓她知道了。他攥住她的手腕，艱難的點了點頭，「我也是才知道的，暗衛說行凶者是……」他有些遲疑，親生父親殺了自己的親生母親，何其殘忍……

秦如嫣慘然一笑：「我爹是嗎？」她坐起身子，眼中冷意乍現，「他根本不是我爹……根本不是……」說罷捂著臉哭了起來。

陳勍怕她淚水沾溼了傷口，趕緊拉下她的手，安慰道：「如嫣，妳還有我，還有序兒，還有腹中的孩子，別哭……」

秦如嫣倚在他肩頭啜泣了幾聲，終於冷靜了下來，拭了拭臉上的淚，對他道：「陛下，我知道秦太師與康平帝有何恩怨了，我娘就是因為知道了此事，才招來殺身之禍。」

陳勍心疼的看著她，「是何事？慢慢說。」

秦如嫣臉上已褪去了哀色，將事情的原委徐徐道來。

歷史上的帝王，有殘暴的、有仁慈的、有親政愛民的、也有生性多疑的，康平帝便是一個生性多疑的帝王，他連自己的兒子都不信，又如何會信任秦家？

秦家祖輩世代為官，經歷了幾代帝王，也算為陳氏王朝立下了汗馬功勞，在朝堂之中根基深厚，擁護的人自然很多，彼時幾位皇子爭奪儲君之位，秦氏一族的立場幾乎直接決定了皇位歸誰，讓康平帝如何能不忌憚？

多年以來，康平帝雖明面上重用秦家，暗地裡卻沒少對秦家下手，秦家子嗣單薄，都和他這位帝王脫不開干係。

當初奪嫡之亂，他的幾個兒子鬥的是你死我活，秦家擁立三皇子，使得他這個三兒子竟敢在背地裡忤逆他這個父皇，他日若是為帝，豈不是讓他成了秦家的傀儡皇帝了？康平帝自是再也無法容下秦家了，將遠在邊關隨軍的陳昭招了回來，大肆提拔趙氏一族與之抗衡，又對秦家多番刁難。

彼時邊關還不安定，趙家軍勇猛無敵，趙氏一族的地位自是水漲船高，無人敢與之對立，而陳昭這位身帶軍功的王爺在民間的聲望更是如日中天。

康平帝封陳昭為太子，三皇子後因刺殺太子被流放，彼時的秦丞相被安上了教唆皇子的罪名被罷官。康平帝終究還是畏懼秦家多年累積下來的根基，不敢趕盡殺絕，令朝堂上的朝臣人人自危，只是讓秦丞相告老還鄉，還鄉以後生老病死自是無人關心了。

秦丞相之所以還鄉不久就病逝，還有一個重要的原因，便是他的獨子——彼時的秦太師斷了命根子，他這一脈後繼無人。

秦太師當時還是個少年人，出身顯赫，秦家沒被貶的時候又有那麼點恃才傲物，路見不平自然會站出來教訓幾句；而地痞流氓無知無畏，動起手來傷了哪裡都是保不齊的——秦太師不幸被傷了命根子，秦丞相唯一的血脈算是斷了，傷了這裡又不能大肆宣揚，所以無人知曉。

正是因此，秦氏一族才保下了性命，秦太師娶了低賤的商賈之女為妻，對妻子十分疏離，行房都是在沒有一絲光亮的屋中讓聲音和體型與他相近的親信代之。秦夫人畏懼夫君，不敢主動親近，且每月也就那麼一、兩次罷了，因而一直沒有發現端倪；那些發現了端倪的侍妾，都因各式各樣的緣由命葬黃泉了，所以秦家的侍妾都是很老實的，從不敢爭寵造次。

而秦如嫣和她的弟弟妹妹自然都不是秦太師的親生骨肉。

陳勍聽完都覺得有些不可思議，這樣的因果，他想破頭都不可能想出來的。

陳勍算是生在了好的時代，父皇已經將皇祖父的爛攤子收拾乾淨，又有母后壓陣，如今天下昇平，少災少難，他繼位之後身後仍有父皇指點他，直到父皇和母后出事，他才感受到身為皇帝所肩負的重壓，體會到君臣之間難以制衡的矛盾關係，但也從未如皇祖父那般用這樣的手段去治理朝臣……

陳勍不知該如何安慰秦如嫣，只是抱著她，輕輕拍她的背。

此刻的秦如嫣也不是三兩句話便可以安慰的，她依靠在陳勍懷中，若非還有陳勍，她真的不知道此刻的自己該怎麼辦，「我曾以為他只是對我寄予厚望，所以才對我嚴苛教導；後來我被他送進宮中，也只是想，我這樣的出身注定是要為娘家鋪路，可卻從未想過他並不是我的父親，竟還能殘害相守近三十年的妻子……」

可能以前陳勍還能和秦如嫣同病相憐一下，但如今的父皇和母后如膠似漆恩愛非常，是無法拿來安慰秦如嫣了，陳勍柔聲道：「如嫣，從今往後我和序兒就是妳的家，我不會負妳，我父皇能做到的，我也能做到。」

秦如嫣抬頭看他，淚眼朦朧中多了幾分暖意，「大抵遇到你，是我此生最幸運的事情了，不知先帝和先太后知道你為我這樣的女子，拋卻了作為帝王的準則，會不會氣得想跳出來打你我一頓……」

陳勍見媳婦能說句玩笑話了，鬆了口氣道：「反正妳是他們選的，怎麼樣也不能打自己的臉吧？妳放心，他們不會怪妳的。」說罷，他扯開話題：「如嫣，明日我便解了妳的禁令，讓序兒過來陪妳，那孩子每日都吵著要見母后呢。」

秦如嫣對自己的兒子還是很瞭解的，是會想她，但還真不一定會每日吵著要見她，那孩子可是很會看眼色的。

陳勍還是擔心秦如嫣，便陪她到睡熟，才起身回了御書房，將事情寫清楚，讓暗衛出宮送信給父皇母后。

※◎※　※◎※　※◎※

此時的陳昭也在陪媳婦睡覺呢，這些日子聚少離多，事情又停滯不前，索性就留在齊國公府陪陪媳婦。

現在趙真躺下，小腹已經有些微微的隆起，摸著有個球似的形狀，甚是神奇，之前他未能這般陪著兩個孩子成長，現下便想彌補回來，看著自己的孩子是如何一點點長大，最終瓜熟落地的。

「叩叩叩，叩叩叩。」

三聲緩，三聲急，是他的親信，這個時候來敲門，一定是有急事。

陳昭看看自己懷裡熟睡的趙真，她的頭還枕在他的胳膊上呢，若是動了肯定要吵醒她，著實有些為難……

「叩叩叩，叩叩叩。」

他沒動靜，外面又敲起門來，這次把趙真吵醒了，趙真揉揉眼睛看向他，「誰敲門啊？」

把她吵醒了，陳昭有些埋怨外面敲門的親信，收了胳膊先替她蓋好被子，「是我的親信，約莫是有什麼重要的事情，我出去看看，妳繼續睡。」說罷，他下床披了衣服出去。

趙真迷迷糊糊看著陳昭離開，什麼事情要大半夜敲門啊？

陳昭走到門外，親信見了他，跪地呈上手中信函，「主上，是宮中傳來的，傳信之人說是急事，屬下萬不得已只能來打擾主上。」

陳昭將信接過來，翻看了一下，「宮中出了什麼事情嗎？」

親信答道：「宮中並無事端，一片太平。」

「你且先回去吧。」說罷陳昭拿著信回了屋中，見趙真也披了衣服起身了，「妳怎麼也起來了？繼續睡妳的就是。」

趙真此時醒了神，湊上來道：「宮裡送來的嗎？不會是兒子出了什麼事吧？」

陳昭邊將信封撕開邊道：「不會的，他是皇帝，真出了事情宮裡還能這麼太平？」他將拆開的信遞給她看，「妳先看？」

趙真沒接，搖了搖頭坐下，「你先看吧，看完告訴我大概意思便是。」說罷翻出白天沒吃完的點心塞進嘴裡。

陳昭見此蹙眉道：「這點心都不新鮮了，餓了叫人給妳做新的。」說著信都不看了，要起身出去吩咐。

趙真拉著他，「我不餓，就是嘴閒，深更半夜的，下人也是人，別擾人清夢了。」

陳昭聞言坐了回去，將信展開，「那妳也別吃陳點心了，看完信我去替妳做新的。」

趙真聽了舔舔唇瓣，陳昭做啊？那敢情好，她好久沒吃陳昭做的了，「好呀，也讓我兒子嚐嚐他爹的手藝。」

呵，這小崽子哪有這等殊榮？要不是為了滿足趙真這張嘴，他才不會做呢。

陳昭沒說話，開始看手中的信，看著看著臉色就變了。

趙真見他變了臉，湊過去伸著脖子看上面寫了什麼，一眼就看到了重點，「秦太師不得了啊，竟被逼到眼睜睜看著自己妻子、侍妾懷上別人的孩子？怪不得對你爹恨之入骨，想搞得你家雞犬不寧呢！」

夫妻倆看完了信，神色各異。

趙真咂咂嘴，「說實在的，你爹這皇帝做的是不厚道，算計我這事就不計較了，畢竟算來算去還是我占了便宜，可斷了人家秦太師的根，這不是把人往死裡逼嗎？」她說著，滿臉的同情，「我要是個男人，子孫根沒了，自己貌美如花的妾室只能看不能摸，我也要弄你全家。」

陳昭聞言看了趙真一眼，虧得她不是男人，若是男人不知道後宮佳麗幾千了。

他將信放在燭火上燒了，「也就我能容下妳這般大逆不道的話。」

趙真晃著二郎腿道：「我兒子都是皇帝了，我怕什麼啊？我跟你說哦，你爹當初讓我選之前，派人到我府上來，把你誇得跟朵花一樣，明裡暗裡的讓我選你。」她喝了口白開水，眉飛色舞道：「我呢，還真不怕你爹，我就敢不選你，大不了回邊關種地去。但是呢，我入宮後發現你還真的跟朵花似的，外面的那些貨色都沒法跟你比！」說罷還一臉回味，「見過了牡丹，怎麼看得上野花？我這才心甘情願選你的。」

陳昭還記得當時趙真趾高氣昂的樣子，看他們幾個皇子就跟挑花樓裡的美人似的，看到他還衝他挑了下眉頭，他起初以為她是瞧不上他油頭粉面，誰知道她那時已是起了色心。

趙真把臉湊到他面前，眨著眼睛道：「我知道我那時候不好看，皮膚又黑又糙，你聽說我選了你，心裡是不是特別不願意？」

陳昭搖搖頭，「只有妳這種膚淺的女人才以貌取人。」

趙真一聽不樂意了，「你懂什麼啊？我這不叫膚淺，叫務實！比我武藝高強的男人有嗎？沒有吧，我就只能選在別處出挑的了，那不就剩臉了嗎？我要再找個看著倒胃口的，我嫁人幹嘛啊？就為了生崽用啊？萬一生個更醜的崽，我這輩子算是白過了！」說完，她抓了他一把，又問：「你說說，你聽說要嫁……不是，要娶我，是什麼感想？」

陳昭無奈的嘆了口氣，他一直都知道，在趙真心裡，是他嫁進了她趙家，她永遠是那個無拘無束的趙將軍，而不是一人之下、萬人之上的皇后。

趙真見他不說話，催促他道：「說說嘛！我想知道你起初是怎麼看我的！」

他當初是怎麼看她的啊……

陳昭的目光有些深遠，「我聽說妳最終選了我，還是挺詫異的，畢竟妳那時候已經是個戰功赫赫的女將軍了，而我只是個不受寵的皇子，我以為妳是礙於我父皇的重壓才選我，所以我心裡是很忐忑的。」

現在他回想起那時的自己還是挺可笑的，「妳也知道，我這種久居深宮的皇子，本來也沒什麼見識，所知道的一切都是看書看來的，書上對於巾幗女英雄的描述大略一般，無非都是歌功頌德，將這些傳奇女子神話成了令人敬仰的戰神，我心裡的妳自然也是如此了。」

他說著，覺得有些好笑道：「我起初對妳很崇敬，認為能娶到妳是我的殊榮，也擔心妳看不上我這種空有一副皮囊的皇子，會覺得嫁給我是一種屈辱。所以成親之前，我一直在看些兵法傳記，猜想妳會喜歡歷史上哪位名將，以便和妳成親後不至於無話可說，能和妳聊聊排兵布陣、聊聊歷史名將，好增進感情，只是沒想到……」

只是沒想到，趙真根本就不是他想像中的樣子，她就是個簡單粗暴的女人，成了親就一件事——上床睡覺，哪有工夫和他從排兵布陣聊到歷史名將啊？她對在床上征服他更感興趣。

趙真聽完尷尬一笑，摸摸鼻子，很遺憾，她沒活成他理想中的樣子。

趙真死皮賴臉道：「你也是傻，書上寫的能信啊？你們這些酸腐書生，寫東西就喜歡往浮誇裡寫，都沒到戰場上看過，全憑自己想像，那能是真的嗎？你就看我娘，那些寫書的把我娘誇得多神啊？把我娘歌頌成了女子的典範，可那些寫書的要是知道我娘一個不順心就能呼我爹一巴掌，能把我爹胳膊擰脫臼，不用唾沫星子把她淹死才怪，早罵她悍婦不守婦德了。」

這倒也是，別說她娘，她自己就是個典範，世人對她這位傳奇皇后的歌頌也是數不勝數，但只有陳昭知道她其實是個劣跡斑斑的混女人。

趙真瞧見陳昭陷入沉思，得知自己一開始的時候就已抹滅陳昭的幻想，便有點忐忑的湊過去，坐到了他腿上，摸了下他鼻子道：「我為我那時候的魯莽和你道歉，我不該強逼你……那個啥……但是吧，咱們倆都成親了，那不早晚的事嗎？我也沒惡意，就是心急沒耐心而已。」

心急？沒耐心？她就是急色罷了。

陳昭怕她滑下去，伸手摟住她的腰，「我知道，我沒怪妳，妳本來也不需要活成我幻想中的模樣，妳就是妳。」他說著笑了笑，「我是個溫吞的人，如果不是妳這般直率灑脫的性子，我也不知道自己何時才能對妳生出感情來呢。」

趙真無所謂的聳聳肩，「管你喜不喜歡我，成了我的人，你就休想有別的心思。你該慶幸你那個時候和那個叫什麼的軍師閨女沒事，不然我絕不會輕易饒過你的！」

瞧她這副得意洋洋的樣子，陳昭順勢哄她道：「有妳在，旁的女子都是塵埃。」這話討人喜歡。趙真低頭親了親他誘人的唇瓣，親著親著就餓了，肚子還咕嚕了一聲，趙真摸著肚子道：「我兒子餓了。」

陳昭噗嗤一笑，扶她站起來，「我去給妳兒子做碗湯麵行不行？」

趙真嘻嘻一笑，「行啊，這小崽子愛吃麵。」

陳昭無奈笑了一下，往外面走去，後面傳來趙真跟著的腳步聲，他回頭，趙真滿臉堆笑看著他，「我和兒子在旁邊看著你。」

陳昭搖搖頭，囑咐她道：「夜裡風涼，回去披件披風。」

趙真老實的「哦」了一聲，回去披了件披風出來，尾巴似的跟著他進了小廚房。

齊國公府的下人是不敢怠慢趙真這裡的，所以她的小廚房裡瓜果蔬菜很是齊全，而且都很新鮮。陳昭挑了幾樣，煮水洗菜，趙真就在旁邊晃晃蕩蕩的看著，像個監工。

陳昭先切了根黃瓜，趙真伸手過來拿了一塊吃。一塊兩塊也就罷了，他切一塊她吃一塊，陳昭忍不住了，怒道：「趙真！妳還想不想吃麵了？」

趙真一臉無辜的看著他，「說出來你可能不信，是你兒子想吃的……」說著還挺了挺自己的肚子，讓那點隆起顯露出來。

陳昭也是拿她沒辦法，洗了一根黃瓜給她，「一邊吃去，別在這裡礙手礙腳了。」

趙真拿著黃瓜啃了一口，摸著肚子嘆氣道：「狗蛋啊，你爹嫌棄咱們娘倆了。」

陳昭聽到了差點切到手，回過身來拔高聲音道：「妳叫他什麼？」

趙真理所當然道：「狗蛋啊！我給他取了個小名，大名留給你取，鄉下裡賤名好養活。」說著拍了拍肚子，「我本來還替他取了二傻、牛子之類的，但是咱們家狗蛋做夢的時候跟我說了，他喜歡狗蛋這個小名。」

陳昭敢肯定以及確定他兒子是不會喜歡狗蛋這個小名的！

陳昭蹙眉道：「妳不覺得這個名字太俗氣了嗎？」

趙真攤手道：「不是有句話說，大俗即大雅啊！」

這句話不是這麼說的！陳昭耐著性子道：「那妳和別人說妳兒子的小名時要如何說？」

趙真理所當然道：「我的兒子趙狗蛋啊，怎麼了？」

行吧，她贏了。

※◎※　※◎※　※◎※

趙真都是個當祖母的人了，對付男人向來有一手，而陳啟威不過是個乳臭未乾的孩子，就算背後有人指點，也是涉世未深，更不懂什麼才叫真的兩情相悅。

現下，趙真將自己的酒樓、珍寶鋪子以及米行都告訴了陳啟威，她的人陳啟威可以隨意調遣，可以說是拿出了所有的誠意來，陳啟威自然以為自己已經深得趙真的心了，對她的戒備便減淡了不少。

趙真邀陳啟威出來喝酒，陳啟威自是應約前來。

「瑾兒，給妳。」陳啟威眼帶笑意，有些羞赧的將一方錦盒遞給她。

趙真接過來將盒子打開，裡面放著一根簫似的東西，她好奇道：「這是什麼？簫？」讓她吹簫？呵，了不起。

陳啟威的神情很純潔，他搖搖頭道：「不是的，這其實是一種暗器，妳只要按住這處，吹口氣，便可以射出毒針。我想送點妳喜歡的東西，總覺得妳好像不喜歡金銀首飾，便找了這個暗器送妳，能傍身。」

趙真一聽驚異的擺弄了一番，射了一根毒針出來試手，被射中的木頭周邊立刻變成黑色，精準度也很高，比陳昭那個削風十字針要便利多了，這是個好東西，可以交給陳昭研究一下，將來或許能有大用。

趙真驚喜道：「我喜歡這個！」

陳啟威抿脣笑道：「妳喜歡就好。」

趙真起身替他斟上酒，「酒逢知己千杯少！我敬你！」說罷先乾為敬。

陳啟威雖年少，但也是個男人，自然不能落後，便也舉杯一飲而盡。

趙真這酒可是下了料的，非常容易醉，趙真扯了幾個理由，便灌了陳啟威好幾杯下去，陳啟威的面色漸漸紅了起來，一雙勾人的眸子也染上了醉意，痴笑著看著趙真道：「瑾兒，妳喜歡我嗎？」

趙真邊斟酒邊敷衍道：「喜歡啊，不喜歡叫你來喝酒做什麼？」

陳啟威趴在桌上，孩子氣的笑了幾聲，繼續問她：「比起陛下呢？陛下是不是對妳很好？妳喜歡陛下還是喜歡我？」

——你能跟我兒子比？我兒子樣貌再醜、腦子再笨，也是我肚子裡出來的，哪有可比性？趙真繼續敷衍道：「當然是你了，你看你，傾城絕色，這京中哪有人能勝過你？」除了她男人以外。

陳啟威滿意的笑了，衝她勾勾手指頭，對她神秘道：「瑾兒，我告訴妳哦……陛下他……不是真的陛下，妳喜歡我就對了……」

趙真聞言，揚了揚眉頭，坐到了他旁邊，「你這話是什麼意思啊？」

這話要是對著旁人說，說不定旁人會懷疑一下當今聖上的身世，可對著趙真說卻貽笑大方了，當今聖上是她懷胎十月辛辛苦苦生下來的，為了他，她可是禁慾一年多，如今回想起來還歷歷在目，是不是陳昭的種她當然一清二楚了。難不成他們這些人想誣賴她不守婦道，混淆皇室血統？

陳啟威雖然醉著，卻知道這種事情不能隨意說，「噓，小聲一點，這是秘密……」

什麼秘密啊？敢誣賴她！他們是不是活膩了？

趙真扯著他的衣袖，像小姑娘撒嬌似的問道：「我好奇嘛！你說清楚啊，陛下為何不是真的陛下？陛下還能是假的嗎？」

陳啟威抬眸對上她那一雙黑亮的眸子，少女晶瑩剔透的雙眸一眨不眨的盯著他，他痴痴一笑，伸手摸了摸她的臉頰，觸手細滑，很軟呢。

起初他對父親安排他來拉攏趙瑾的命令是很抗拒的，他是容貌出眾，但卻不想如女子一般以色令人，可和趙瑾接觸後，他卻覺得她是個有意思的女子，比他曾經見過的那些閨閣小姐都有趣，而且她武藝高強，很多地方都和他志趣相投，其實……不錯……

為了探聽到一點秘密，趙真也是忍了，讓他摸了幾下，拉住他的手，「哪有你這樣勾起人的好奇心，卻又不說的，我生氣走了哦？」

陳啟威反握住她的手，在她略有薄繭的手指上摩挲了幾下，捨不得放開，「別走，我和妳說還不行嗎……」

——那你說啊！再不說老子剁你手了！

陳啟威湊近她，小聲道：「陛下並非我們陳氏一族的子孫……」

趙真聞言，挑了下眉頭，按捺住想揍他一頓的心情，故作驚訝道：「難道陛下不是先太后和先帝生的？」

陳啟威高深莫測的搖了搖頭，「不是這樣的。」

不是這樣？那就讓趙真更困惑了。難道他們不是要潑她髒水，誣賴她不守婦道嗎？畢竟拿當今陛下的身世做文章來起兵謀反可是個好主意。如果排除了這個可能，看過無數閒書、腦洞奇大的趙真有了個大膽的猜測，「該不會是……狸貓換太子吧？」

陳啟威看著她，突地哈哈大笑起來，「瑾兒，妳真可愛～」說著臉便湊過來，似要親她。

趙真眼疾手快，拿起酒杯擋住他的臉，順勢對他灌了一杯下去，「喝酒！」

連續灌了幾杯下去，陳啟威便不省人事了，估摸著是問不出什麼來了，但也不能這樣把他送回王府，豫寧王世子一定比他兒子精明，看到陳啟威被灌醉了，一定會懷疑她是不是做了什麼，因此要讓他酒醒之後自己回去才行。

趙真讓人將陳啟威扛進客房裡，摸著下巴想了想，順手揪住一個看起來比較年長的侍從，問道：「你成親了沒？」

突然被問這個問題，侍從有些惶恐道：「回主子的話，小人已經成親了。」

趙真點頭，「那很好，你把這小子身上弄些痕跡出來，就是男女成事後的那種痕跡。」

侍從聞言一臉尷尬，「可……可他是個男人啊……」

趙真一聽怒斥道：「是男人才叫你來啊！你還想對不起你夫人不成？」

侍從忙跪下道：「小人不敢，小人這就去辦。」

趙真瞪了他一眼，「弄得真一些，我也不知道這小子有沒有經過人事，總之不能讓他看出端倪！」

侍從忙道：「小人明白！」

吩咐完了，趙真便出去了，到別的房間洗了個澡。等她洗好出來時，侍從已經將事情辦妥了，她問了句：「人醒了嗎？」

幹了件大事的侍從一臉菜色，搖了搖頭，「回主子，還沒醒。」

趙真點了下頭，繼續吩咐道：「拿熱水給他擦擦身子去，人若是中途醒了，便說是我派你過去幫他擦身的。」說罷又看向另一個侍從，「去備一碗醒酒湯。」

一臉菜色的侍從登時臉就黑了，苦巴巴的打水去擦身。

等侍從把事情都辦好，趙真端著醒酒湯進了客房。被擦了一遍身子，陳啟威迷迷糊糊已經醒了一些，趙真坐到床邊，將醒酒湯遞給他，「來，喝點醒酒湯。」

醉得還有些迷糊的陳啟威看到她，面色有些不自然起來，見她披頭散髮一副剛沐浴過的樣子更是有些無所適從，欲言又止道：「我剛才……」

趙真攔住他要說的話，舀了勺醒酒湯遞到他脣邊，「要我餵你嗎？」

陳啟威忙搖了搖頭，坐起了身子，被子滑下，露出他裸著的上半身，他面色一窘，忙從她手中把醒酒湯接過去一飲而盡，繼而縮進了被子裡。

——喲，還挺害羞呢。

在心裡笑了聲，趙真端著空碗站起身，指著床邊疊得整整齊齊的衣服道：「你的衣服在這裡，先穿上吧。」說罷她便起身走了出去。

她一走，陳啟威忙掀開被子，他身上果然是不著片縷，還多了些奇怪的紅痕，床單上那點鮮紅的顏色更是刺痛了他的眼睛。他竟會酒後失德？他雖還沒有過侍妾，卻多多少少明白一些男女之間的事情，現下這個樣子，顯然是木已成舟了，趙瑾怎會就這麼從了他呢……

陳啟威正愣神，趙真又推門進來了，見他還光著，忙背過身去，「你還沒穿上呢？」

陳啟威這才回了神，迅速將衣物穿上了，扯了被子將床上那點刺眼的紅遮住了，也不知道自己在遮掩什麼，然後猶猶豫豫走向趙真。

趙真聽到腳步聲便回過頭來，掃了眼面色漲紅的陳啟威，又看了眼被蓋嚴實的床鋪，她方才似乎看到床上有血跡，那侍從倒是細心，連這種東西都偽造好了，本來她不需要這個的。

陳啟威欲言又止，趙真坐到梳妝臺前，拿起梳子梳理還濡溼的頭髮，在鏡中看了陳啟威一眼，道：「陳公子還不回去嗎？」

陳啟威見她喚出這麼生疏的稱呼，心頭不由得慌了一下，握住她梳頭的手，「瑾兒，我是不是……」

趙真抽回自己的手，笑道：「難不成你還要問我發生了什麼事不成？陳公子真是深藏不露呢，小女子遠不是你的對手。」說罷要離開。

陳啟威一直在隱藏實力，而趙真又不是普通的女子，他為了制住她肯定都暴露出來了，怪不得她現下會生氣。

陳啟威攔她道：「瑾兒，妳聽我說，我也是為了接近妳才出此下策的。」

趙真抬頭看他，質問道：「那你對我是真心的嗎？」

被她這般質問的看著，陳啟威有些心虛，但事情已經到了現在這個地步，也只能繼續下去了，他點點頭，「自然是了。」說著上上下下看了她一番，關心道：「我有沒有傷到妳？我未曾有過侍妾，不知輕重，有沒有讓妳哪裡……不舒服了？」

這孩子問得還真是直接。

趙真故作羞赧，扭開頭道：「還要騙我，你怎麼會沒有過侍妾呢？」

陳啟威見她害羞，心頭一熱，湊上去哄她道：「真的沒有，我只有妳一個，現下妳成了我的人，我自然不會負妳了，我回去便和我爹說，到妳府上提親好不好？」

趙真聞言，一副悵然若失的樣子，「現在不行……你不是已經知道我被陛下接進宮中的事嗎？你方才還問我，是喜歡你還是喜歡陛下。」

陳啟威臉色有些不大自然起來，他暗中盯著她的事情已經被她知道了，一時間不知道該怎麼解釋，「我……」

趙真這時卻道：「我知道你也是關心我。我和陛下也沒什麼，太子殿下思念先太后，先太后過世之後，殿下悶悶不樂了許久，恰巧我長得肖似先太后，殿下喜歡我，陛下便想讓我入宮多陪陪殿下。我終究是表妹，不好入宮太過頻繁，陛下才出此下策的，以保全我的閨譽。」

陳啟威點點頭表示理解，「那妳什麼時候才不用進宮了？我到妳府上去提親。」

趙真掩唇一笑，「你急什麼？現在你還怕我跑了不成？我會找時機和陛下說清楚的，到時候你再來提親。」

陳啟威點頭應下，想摟她溫存一番，趙真攔住了他，「我出來很久了，要回去了。」

陳啟威有些尷尬的收了手，「好，那妳多保重，若是有什麼事便派人傳話給我。」

趙真「嗯」了一聲，從袖中拿出一塊令牌給他，「此物如我，你用它可以調遣我手下的趙家軍，流芳樓也有我的智囊，可以為你辦事，算是我給你的信物吧。」

這令牌的權力可是十分大的，趙真把這個都給他了，自然是認定他了，陳啟威總不能隨意拿些東西搪塞她，但他現下什麼都沒帶，也給不了趙真什麼，便不敢接，「瑾兒，我……」

趙真塞進他手裡，善解人意道：「我不需要你還我什麼信物，你只要不負我便是。」

陳啟威將令牌收進手中，用力點了點頭，「我不會負妳的。」

之後，趙真回了齊國公府，沒過多久陳啟威便派人送了一個玉珮給她。這玉珮看似普通，其實權力也是很大的，象徵了陳啟威本人，他手下的人見了玉珮便要服從趙真。

趙真把玩了一番，咂了咂嘴道：「還行，算是換到了不錯的東西。」

第六章 全他娘的靠不住！

趙真在入宮之前，提前知會了一直盼著她與陳昭和好的外孫女，暗示外孫女要把這事告訴陳昭。陳昭從外孫女那裡知道了後，自然明白媳婦的暗示，她入宮時，他便喬裝改扮跟著一起入宮了。

陳勍看到自家父皇女裝的打扮已經是見怪不怪了，問道：「父皇這次來是想在宮中陪母后幾日嗎？」

陳昭沒說話，目光轉向了趙真，意思是：問你娘。

趙真也沒說話，摸著下巴圍著陳勍繞了一圈，上上下下打量了他一番。

陳勍被母后看得有些不大自在：「母后，妳這般看我做什麼？我有哪裡不對嗎？」

陳昭也奇怪趙真這是怎麼了，怎麼用這樣的眼神看著兒子呢？

趙真最終坐到了陳昭一旁，扯了扯他袖子道：「你說這孩子長得到底隨誰？不像你也不怎麼像我，我一直就奇怪他到底像誰。」

陳昭也是無語了，原來她看了半天就是在看兒子隨誰，「他是隔代遺傳，像妳爹，妳仔細看看他眼睛和鼻子，是不是像妳爹？」

陳勍聞言摸上自己的鼻子，「我像外祖父嗎？」外祖父那可怕的樣子，他這麼俊俏迷人，怎麼會像外祖父呢？

趙真起身湊近了兒子，仔細看了看，她有點忘了她爹年輕時是什麼模樣了，看了一會兒也不覺得兒子和她爹哪裡像。

「真的嗎？」她有些狐疑的坐回陳昭身邊，當著陳勍的面就問道：「你說這孩子有沒有可能不是咱們倆的兒子啊？」

陳勍跳腳了：「母后！您怎麼能這麼說呢？我不是您和父皇的兒子，誰是啊？？？」

趙真這話問得莫名其妙，陳昭蹙眉看著她，「怎麼可能不是，妳生他的時候早產，我擔心妳，是在產房裡等著的，隔了一座屏風妳不知道，但我眼看著他生下來，他一生下來嬤嬤就抱到了我面前，身上的汙血都是我親手洗的，還能有人偷梁換柱不成？」

陳國是忌諱男人在妻子生產的時候進產房的，陳序出生的時候，陳勍都沒進去，是嬤嬤洗乾淨後才抱到他面前的。沒想到他出生的時候，父皇就在一旁守著，還親手替他洗去汙穢，他現在才有種原來自己真是父皇親兒子的感覺。

趙真那時候痛得要死，自然沒注意到陳昭在，沒想到他還那麼擔心她啊。

不過她還是狐疑，瞥了眼兒子又道：「有沒有可能後來有人換了呢？我覺得他每次被抱過來，長得都不太一樣。」

小嬰兒的樣貌本來就變得快，趙真好幾日才看兒子一眼，覺得不像倒是也不奇怪，但陳昭卻是天天過去看一眼兒子的，兒子的變化他都記在心裡，如何會不知道兒子有沒有被掉包。

陳昭蹙眉道：「妳到底怎麼了？怎麼總問這種問題？就算他沒能繼承到妳我的優勢，卻也不能抹滅他是我們兒子的事實啊。」

陳勍：父皇母后，你們這樣我們沒法好好做父子母子了！

趙真嘆了口氣，很失望的將從陳啟威那裡聽來的話說給陳昭聽，「他真是咱們兒子啊！我還以為我聰明智慧又美貌的兒子被人掉包了呢。」

陳勍：母后，您這樣真的要失去我了，真的！

陳勍此時很生氣，坐到父皇身邊憤憤不平道：「父皇，您看母后，居然因為外人一句話就懷疑我不是親生的！我可是您從小看到大的，母后她怎麼能這般懷疑我呢？」他小時候母后對他不上心，長大了居然懷疑他是被掉了包的，這種母后……豈有此理！

陳昭沉思半晌，對兒子道：「你站起來。」

陳勍聞言有些不解，但還是聽從父皇的話站起身來，「怎麼了父皇？」

陳昭起身走到他身後，一手撩起他的上衣，另一手把他的褲子拉下來了一些。

陳勍驚叫道：「父皇！」不會他都這麼大了，說一句母后的不是，父皇還要打屁股吧？

陳昭不是打他，只是看了眼他腰間的胎記，他出生時腰部有塊不小的胎記，現下只剩下指甲蓋那麼大了，卻也很明顯，形狀也沒變。

陳昭對趙真招招手，「妳過來看。」

趙真走過來探頭看，陳勍滿臉通紅捂住自己屁股，便聽他母后道：「哎呀，原來他這還有胎記啊！」

陳昭點點頭，「出生的時候就有了。」

陳勍嚴重懷疑他的父皇母后才是被人掉包的！他一把提上自己褲子，真有些生氣了，「父皇、母后，你們還真懷疑我不成？」

趙真瞧著兒子真生氣了，才嬉笑著上前，拍著兒子肩膀，慈愛道：「傻兒啊，母后和父皇這不是和你開玩笑嗎？怎麼還真生氣了，你是母后生的，母后還能認不出來嗎？」

陳勍聽了仍是憤憤：那可說不準，我從小到大您嫌棄我還嫌棄的少嗎？若非我聰明可愛機智過人懂得自己爭取母愛，母后您到現在都不一定理會我！您看看，您連我有胎記都不知道，還敢偽裝出一副慈愛的模樣！

兒子不說話，趙真見他這回真氣厲害了，捏捏他的臉哄道：「乖兒子，給母后笑一個～」

陳勍板著臉將頭轉開：就不！

哎喲，還長臉了！趙真皺眉道：「你再這樣，母后也生氣了哦。」

陳勍瞄了母后一眼，仍然很有骨氣的不理會她。

趙真正想收拾收拾這個不知天高地厚的臭小子，陳昭怒道：「你們母子倆還有沒有點正事了？都給我坐好了！」

趙真和陳勍皆被他嚇得一抖，乖乖坐了回去，不敢再造次了。陳昭這個男人，不發怒則已，一發起怒來可嚇人了。

見這兩個收斂了，陳昭皺著眉頭看向趙真，「除此以外，陳啟威沒再透露別的了？」

趙真點點頭，正經八百道：「沒了，他雖然喝醉了，但對這事還是有警惕性的，我也沒敢問得太清楚，怕他察覺到不對勁。」

陳昭聞言蹙眉沉思，好一會兒都不說話，也不知道在想什麼。

陳勍的心裡也是打鼓，有人拿他身世做文章，他怎麼能不擔心，畢竟他從頭到腳、從內到外，像父皇的地方都屈指可數，「父皇，他們會不會串通當年宮中的老人，誣賴我是母后掉包的兒子啊？我聽說當年不就是因為母后生下了我，才堵住了想讓您納妃的那些朝臣的嘴嗎？母后怕您納妃，狸貓換太子聽起來也合情合理的。」

趙真「嘖」了一聲，她可沒那麼渴望為陳昭生兒子，恨不得陳昭納一堆妃子，放她出宮逍遙去呢！什麼子憑母貴，她可不屑。

陳昭瞥了趙真一眼，沉默半晌後開口：「不會的，恐怕他們是要從我身上做文章。」

趙真一聽想起來了，「對了，你生母當年被賜死不就是因為和……」她說到這突然就住了口，這事在兒子面前說，似乎不太好。

陳勍見母后說到一半不說了，好奇道：「母后，您把話說完啊，什麼啊？」

後宮嬪妃與侍衛私通乃是宮中秘辛，知道的人並不多，待先帝過世而後陳昭繼位，更是沒幾個人知道了，陳勍當然也不知道。

時過多年，陳昭也不避諱讓兒子曉得了：「我生母當年是因為與侍衛私通被賜死的。」

陳勍聞言瞪大眼睛，他只知道父皇的生母早早就病死了，養母德性有虧，所以太后之位空置，卻不知這其中還有這樣的秘辛，這要是被人拿出來做文章……父皇現在已是「先帝」，如何能為自己辯白？他這個做兒子的又如何能為父皇討回公道？

陳勍神色凝重道：「父皇，若真是如此，皇兒該怎麼做？」

陳昭道：「前塵往事想翻出來談何容易，更何況他們是想利用此事起兵造反，你也不用太過於憂慮，我現下還活著，自然不會給他們這樣的機會。」說罷看向趙真，「還有妳，我已經說過了，此事不必妳出馬，妳怎麼還去？」

趙真仍是不以為然的態度，「有捷徑可以走，為何非要繞路而行？陳啟威不過是個孩子，我還能拿捏得住。」說罷把自己從陳啟威那得來的玉珮給他看，「瞧，我還得了好東西呢。」

豫寧王一脈一直有自己的徽印，陳昭曾經見過，眼前這個玉珮上便有豫寧王府的徽印，還有一個「威」字，自然是陳啟威的了。這玉珮的本事可不小，能調動豫寧王府隱藏在暗處的勢力，趙真竟然拿到手了！

「他怎麼把這個給妳了？」

到底是如何得到的，趙真有點不敢對陳昭說，但又怕將來有人在他那裡挑撥離間，便把如何得到玉珮的過程跟他說了。

說完她還辯解道：「這事雖然小人行徑，但成大事者不拘小節嘛，我又沒什麼損失，還得了好處。」說著把陳啟威給她的暗器拿出來，「你看我還得了這個，你拿去研究一下，看看有沒有什麼用處。」

陳昭沒接，現在他是被她氣到語塞，真不知該怎麼罵她一頓，若一個不慎，事情敗露，她知不知道這有危險？她以後乾脆改名叫趙大能耐好了，他說話她就沒有認真聽的時候！

陳昭瞪了她一眼，吐出口悶氣才道：「趙真，僅此一次，妳以後不許再摻和了。」

趙真癟了下嘴，「行了行了，知道了，你以為我願意管啊？」她幫他省了這麼多事，他就知道發脾氣，她還真是吃力不討好！不管就不管了。

眼見父皇和母后又開始吵起來了，陳勍湊上去當和事佬，「母后，父皇這也是為了您的安危著想，實在是皇兒不孝，還讓母后和父皇如此操心。」

趙真贊同的點點頭，「可不是嗎？生了你這麼個兒子得操多少心啊！你弟弟要是隨你，你以後就帶他吧，好好體會一下我和你父皇的不容易。」

講真的，這話要是父皇說，陳勍也就認了，但他母后這個甩手掌櫃有什麼顏面說？小時候教他習武也沒教多久就甩給她的親兵了，她知道那時候利用他渾水摸魚到她宮裡的父皇有多絕望嗎？

沒說話的陳昭也和兒子不謀而合，趙真要是能好好帶兒子，他也不至於沒藉口去她宮裡！

現下知道了這些事，陳昭在宮中自然是待不住了，吩咐兒子安排他先行出宮，臨走還不忘把趙真騙來的東西拿走。

趙真咂咂嘴，之前是誰怒氣衝天的？這還不是把她弄來的東西拿走了。

陳昭瞥了眼趙真，囑咐：「妳在宮中老實待著，這玉珮我找人仿冒出一塊再送還給妳。」

趙真摸著肚子慵懶的揮揮手，「隨你便。」說罷對著自己肚子道：「來，狗蛋，和你爹說慢走不送。」

陳昭聽到這個小名，氣得頭也不回的就走了。

陳勍同情的看了眼母后的肚子：狗蛋皇弟，皇兄同情你。

※◎※　※◎※　※◎※

陳勍正在天子路寢接見朝臣，外面有武將急忙進來稟報：「陛下，明夏侯在前往惠陰山討伐匪寇的路上遭到伏擊……已不治而亡，屍身正在送回來的路上。」

陳勍聞言刷的站起身，難以置信道：「你說什麼！」

武將再道：「明夏侯已殉身惠陰山。」

之前官員奏報惠陰山有匪寇作亂，滋擾民生，陳勍讓明夏侯將功贖罪，前往討伐，沒想到人才到了地方便遭受到伏擊，還死在了惠陰山！是什麼樣的匪寇有這樣的膽子！

陳勍神色凝重道：「可有人到長公主府報信？」

武將回道：「明夏侯的人已前去長公主府報信。」

陳勍快步從階上走下來，召來殿外的王忠道：「速去準備，朕要立刻前往長公主府！」

王忠聞言連忙去辦。

在路寢議事的朝臣見此，自然是迅速散去，皆出宮去了。他們一出宮，明夏侯被伏擊身亡的消息便傳遍了整個京城，陛下都已經親自前往長公主府了。

先帝子嗣單薄，只有這麼一對兒女，陛下與長公主姐弟情深人盡皆知，如今駙馬殉國，陛下自然要親自前去慰問，過不了幾日，長公主和明夏侯的兩個子女也一定會受到封賞。然而令人意外的是，陛下從長公主府離開之後，就派人重兵把守長公主府，不許任何人進出，也沒有任何封賞下來，長公主不像是被保護起來了，更像是被軟禁了……

很快，當今陛下與長公主不睦的消息傳了出來，甚至有人說長公主是刺殺陛下不成，才遭到陛下軟禁。

駙馬殉職，長公主刺殺胞弟，這其中緣由實在令人深思。

趙真待在宮中什麼都不知道，只知道兒子近日十分忙碌，都沒工夫到她這裡來了，直到她出宮都沒能見兒子一面，是回了國公府才從父親那裡得知女婿出了事情。

「兒啊，妳真的什麼都不知道嗎？陛下沒和妳說？」齊國公聽說外孫女婿出了事情，也是急得不行，想去長公主府看望外孫女，可禁軍都不讓他進去，最後只能無功而返，就等著趙真回來打聽清楚了。

趙真對此事也是心焦，搖了搖頭道：「什麼都沒和我說，這幾日他都沒到我宮中來，我以為他是忙，也沒派人去叫他。沈桀呢？他也不知道？」

齊國公嘆了口氣，「他也是忙，這些日子回不來幾次，他知道妳今日回來，應該會從軍中趕回來的。」

眼下這種時候，她已經與長公主府交惡，自然不能派人過去慰問，也不能暗中去打聽，只能等沈桀回來，看看沈桀知不知道其中的事情。

晚膳的時候，趙真和齊國公都沒什麼胃口，因著腹中的孩子趙真才強吃了幾口。一聽到沈桀回來，她忙放下碗筷，飯也不吃了，趕快叫人把他請過來。

沈桀來了之後，將閒雜人等都屏退了，「義父，長姐。」

齊國公拉他坐下，心急道：「這到底是怎麼回事啊？外孫女婿真的去了？」

沈桀搖搖頭，「義父，我也不知曉，我身邊現下被安插了不少豫寧王府的人，已經不敢輕易去打聽，我只知道惠陰山匪寇一事是豫寧王世子所為，付淵遇襲一定與他脫不了干係。」

果然是豫寧王世子所為！付淵已經失勢，他們卻還要扒著不放，趕盡殺絕，實在猖狂！也是，他們連謀反都敢，怎麼會不猖狂？

趙真蹙眉道：「豫寧王世子什麼都沒和你說嗎？」

沈桀回道：「豫寧王世子對我還是有戒心的，惠陰山匪寇一事都是做完了才告訴我，其中細節到底如何是不會和我詳說的。」

還是一無所知，這讓趙真有些焦慮，她繼續問道：「允珩和萱萱呢？他們可好？」

沈桀搖了搖頭道：「自從長公主被禁足，他們也被禁足了，現下都在公主府中。神龍衛是我一人在管，付淵的舊部都被豫寧王世子的人換下去了。」

趙真怎麼感覺局勢開始偏向豫寧王了？她愁眉不展道：「這些事情陳昭都知道嗎？」

沈桀點點頭，「我定期都會向太上皇傳消息，我這裡有什麼事太上皇都知道，目前行事也都是按著太上皇的吩咐，長姐若不信我，可以與太上皇對質。」

趙真嘆了口氣道：「我怎麼會不信你，只是現在的局勢明顯不利於我們，連小魚兒那裡都出了事情，陳昭就這麼任他們為所欲為嗎？」

沈桀安慰她道：「我倒覺得不是，我想現下的局勢是太上皇樂於見到的。不知長姐聽過一句話沒有？欲讓其滅亡，先讓其瘋狂。只有豫寧王的人越猖狂，我們才越有機可趁。」

養大的弟弟都會咬文嚼字了，趙真仍是神色凝重道：「但願吧……希望女婿沒事，不然女兒和外孫女他們該多傷心。」

沈桀見她這般愁眉不展，繼續寬慰她道：「長姐且放寬心，付淵也非凡夫俗子，我相信他不會這麼輕易就遭人暗算的。長姐早些休息，為了腹中的孩子也千萬要保重身體。」

趙真低頭看看自己尚未明顯隆起的肚子，點了點頭，「我知道。你若是有什麼新的消息，千萬不要忘了告訴我。」

沈桀點頭應下，「長姐放心吧，若是有什麼消息我一定會立即告知長姐的。」

齊國公看著女兒，也是憂心忡忡：「兒啊，妳不再吃點嗎？晚膳妳都沒吃多少。」

趙真搖了搖頭，「不吃了，這孩子飯量本來也不大，我不餓，先回去歇息了。」

齊國公嘆了口氣，囑咐她道：「若是夜裡餓了千萬別忍著，讓下人給妳做點夜宵。」

趙真應了一聲回自己的院落去了，洗了個澡便上床休息，只是全無睡意，這還是她懷孕以來第一次失眠。

「吱呀。」

外面傳來開門聲，趙真本以為是丫鬟，但聽腳步聲便聽出了來的人是陳昭。

趙真忙起身披上衣服迎了出去，果然是陳昭，這次他沒有喬裝改扮，穿著男裝，臉上還戴了面具，見了她才將面具取下來。
「你怎麼這個時候過來了？若是被人發現怎麼辦？」
陳昭見她穿得少，拉她進屋，將她重新塞進被窩裡才道：「我就知道妳會睡不著，是不是在想女婿遇害的事情？」
看來陳昭是專門過來和她說這事的，她有些著急道：「是啊，女婿到底出事了沒有？」
陳昭神情說不上輕鬆，但也沒那麼凝重，他道：「其實我也不清楚，我知道的是，運回來的屍首並不是女婿的，但也沒有他的消息。不過我猜他現在一定平安的躲在暗處，既然他都安排好了假的屍首運回來，就說明他沒事。」
趙真聞言鬆了口氣，沒事就好、沒事就好……
「小魚兒怎麼樣了？她被禁足是因為要保護她嗎？」
陳昭回道：「算是吧。妳放心好了，他們姐弟倆的關係比和妳我都親厚，是不可能有芥蒂的，魚兒現下的處境於她而言是最好的。」
趙真還是有些放心不下女兒，「小魚兒與女婿夫妻情深，雖然女婿可能沒事，但眼下沒有女婿的消息，她一定也很著急，你要替她找女婿啊。」
「這是自然。」陳昭一頓，握住她的手，嘆息道：「趙真，我不能在妳這裡久留，今日離開之後，在事情結束之前我都不能再與妳見面了。」
趙真一聽，思緒從對女兒的擔心轉移回陳昭身上，「為何？你也不再進宮了嗎？」
陳昭點點頭，「到了現在，越是要步步小心，進宮太冒險了，見妳也是，所以在結束之前我都不會來見妳了，有什麼事情會派人傳信給妳。」他十分鄭重道：「妳千萬要記住，除非是兒子和沈桀告訴妳我出了事情，其他旁人的話都不要信。」

趙真聞言，心中湧上一股不安來，「你要去做什麼？會有危險嗎？」

陳昭揉搓了幾下她的手，對她笑道：「別擔心，我不去做什麼，只是提前告訴妳，以防我無法和妳親口說的時候，讓妳誤入歹人的詭計。妳也知道，我們之前做過情人的事情也算是人盡皆知了，現下是一拍兩散，妳萬萬不可再對我有關心的舉動，尤其是陳啟威那裡，我知道妳必要的時候還會去見他，但陰謀詭計萬萬不可再耍了，切莫要保護好自己。」

陳昭這樣跟交代後事似的，趙真不愛聽，蹙眉點頭道：「我知道，我有分寸。你也要小心一些，辦不到的事情切莫逞強。」

陳昭安撫她躺下，在她眉心落下輕柔一吻，「我知道，我做事妳還不放心嗎？」他與趙真四目相對，看著她眼中的關懷備至，心中萬分不捨，「我要走了，好好照顧自己和孩子。」

一想到會有幾天見不到陳昭，趙真就捨不得他了，她抱住他的脖子，將自己的唇瓣貼了上去狠狠吻了一番，動情道：「我和狗蛋等你回來。」

噗——

狗蛋這個小名瞬間讓分別的悲傷氣氛化為烏有，陳昭嘆氣道：「等閒了，我一定要給他取個好名字。」

趙真嗤了一聲，「別瞧不起狗蛋，叫狗蛋的孩子可都長得壯實了。」

陳昭不想臨走的時候和她爭辯這個問題，敷衍的點點頭起了身，「我走了，妳早些睡，不要胡思亂想，妳現在最大的任務是養胎。」

趙真聽他老嬤嬤似的囑咐，揮揮手道：「行了，你走吧，婆婆媽媽的。」說罷縮進被子裡轉身睡覺了。

陳昭看著她嘆了口氣，將她屋中的燈吹滅走了出去。

趙真縮在被窩裡，直到聽不見他的腳步聲，才憂傷的嘆了口氣：但願這些事情都能夠順利解決……

陳昭沒有直接偷偷摸摸離開國公府，而是徑直去了沈桀那裡。好在豫寧王世子不敢過分到直接派人進國公府監視沈桀，陳昭來找他還算安全。

自陳昭進入國公府，沈桀就知道了，所以陳昭過來找他，他並不意外，唯獨令他疑惑的是陳昭這次雖說是偷摸進來，可這偷摸有些明目張膽，很容易就被人發現，不知道演的是哪齣。

沈桀行禮道：「太上皇。」

陳昭虛扶他一把，「不必多禮，我來是想讓你派人將我趕出國公府，趕得越狼狽越好，毒打一頓也沒關係。」

沈桀聞言有些遲疑，「這……」

陳昭直接道：「豫寧王府的人在外面，做戲罷了，把我當成偷香竊玉的賊趕出去就好。」

沈桀並未多問，「那就得罪了。」

陳昭點頭，「無妨。只是你長姐還要勞你費心照顧，遇到事情記得提醒她不要衝動。」

沈桀應下，「微臣明白，微臣不會讓長姐涉險的。」

把趙真交給沈桀照顧，其實比交給親兒子照顧都安全，一個人的心哪裡是說收回就能夠收回的。

陳昭畢竟是皇帝，沈桀不敢讓手下下狠手，吩咐了他們要用巧勁，要看似傷得厲害，卻又不能真的傷到。

於是，陳昭被狼狽趕出齊國公府，又被齊國公府的護衛「毒打」了一頓，連臉上的面具都被打掉了，一看就是偷香竊玉不成被抓住趕了出去。

陳啟威正在不遠處看著，他聽手下說陳清塵偷摸進了齊國公府，便親自來了。趙真和他的舊情可是人盡皆知，見他被狼狽趕出來才鬆了口氣，但藉著齊國公府的燈籠看清他的廬山真面目時，陳啟威不禁吸了口氣……

※◎※　※◎※　※◎※

陳國的傳統是過年前皇帝要親自前往皇陵祭拜。先帝在世之時，長公主都是一同前往的，而這次卻只有當今聖上一人前往了，長公主仍被禁足在公主府之中，面都未露，如此更是坐實了陛下與長公主姐弟失和的傳言。

陳勍從皇陵回來的翌日，守陵人慌忙來報，先帝的墓碑竟流出鮮紅的血來，如何擦都擦不淨，一時間京中謠言四起，傳言當今聖上弒父殺母，現在又殘害姐夫軟禁胞姐，因此先帝的墓碑才會流出血淚。

陳勍聞之大怒，「一派胡言！朕一生下來便被封為太子，得了皇長孫，父皇便禪位於朕，朕有什麼理由弒父殺母？散布謠言者其心可誅！」

帝王震怒，群臣跪拜，「陛下息怒。」

陳勍一怒而起，道：「大理寺卿！去給朕好好查查，到底是誰妖言惑眾，威脅我大陳國的江山社稷！朕必誅之！」

大理寺卿上前，「臣領旨！」

陳勍看向最前面的向儒，「丞相留下，其餘人都退下吧！」

「臣遵旨。」各位大臣領旨退下，臉上都帶著惶恐之色，有些同情的看了眼向儒，陛下現下正是盛怒之時，一個不慎便會受到連累，丞相大人堪憂啊。

待殿門緊閉，陳勍臉上的盛怒才褪去，卻也不是輕鬆的模樣，「丞相，朕的父皇可有讓你傳信給朕？」

如今能往來宮中最為方便的就只有丞相了，陳昭有什麼事情都是命丞相傳達，陳勍也只會信任從丞相那裡傳來的消息。

向儒上前道：「陛下稍安勿躁，此謠言因太上皇而起，現下太上皇在豫寧王手中，太上皇臨行之前囑咐臣，讓陛下務必小心謹慎。若是早，他們會在封寶儀式之時動手，遲一些大抵是年關時候，到時候文官武將俱要入宮，他們才好在眾目睽睽之下『大張旗鼓』的起兵謀反。」

陳勍聞言臉色一變，「你說什麼？父皇在豫寧王世子手中！」

其實向儒並不同意太上皇以身涉險，但太上皇心意已決，他勸了也是無用，「太上皇讓臣轉告陛下無須擔憂，請陛下尋個由頭將太上皇后接入宮中，務必不能將他在豫寧王世子手中的事情告知太上皇后。」

陳勍怎麼敢告訴母后，他已繼位多年，卻仍須父皇以身涉險幫助他，若是再讓母后知道，使得母后再去涉險，那他這個皇帝還是不要做了。

「你怎麼不攔著父皇？豫寧王府那裡就是虎穴，他日父皇若想脫身談何容易？萬一豫寧王要他的命，他該怎麼辦？」

向儒無言以對，跪地道：「臣無能，請陛下贖罪。」

現在追究已為時過晚，父皇也不是向儒能左右的，陳勍擺了擺手，「罷了，朕立刻派人出宮將母后接進宮來，再傳話給沈桀，看他有沒有辦法派人暗中保護父皇。」

陳勍的人很快去了齊國公府，而趙真卻早已不在齊國公府裡了。

※◎※　※◎※　※◎※

趙真撩起車簾向外張望了一眼，馬車已經駛出了京城，向著京郊而去，她回身看向對面的陳啟威，問道：「這是要去哪裡啊？」

陳啟威撥開手中的橘子遞給她，沒有正面回答她的問題，「很快就到了，若是無聊，吃點東西吧。」

趙真接過他遞來的橘子，拔下一瓣放入口中，沒再繼續問他，皺皺眉頭道：「有點酸。」

「是嗎？」陳啟威起身坐到她一旁，從她手中的橘子上掰了一瓣下來吃進嘴裡，「確實有些酸呢。」說罷打開馬車中的暗格，從裡面拿出一包糖，餵到趙真嘴邊，「來，吃塊糖。」

糖已經到了嘴邊，趙真再用手接就顯得太過疏遠了，她張嘴吃下，糖甜得摳嗓子，她心裡開始打鼓，有些後悔跟著他出來了，這小子該不會要帶她去什麼地方做點不可描述的事吧？若是再灌醉他好像就行不通了……

陳啟威的手指方才碰到她柔軟的脣瓣，心思有些旖旎，想做點親近的事情卻又不知該如何靠近她，祖父與父親對他的教導向來嚴格，從不允他拈花惹草行為不端，如若不然也不會讓他在接近趙瑾之前先對她下藥，又在溫泉那種地方裸身相見。

想到這，他的心中便有幾分低落，趙瑾現下雖是喜歡他的，可這份喜歡到底是因為他還是因為外在那些因素便不得而知了。但她喜歡過陳清塵卻是貨真價實的事情，本來他以為憑自己的樣貌，趙瑾最後能喜歡上他也無可厚非，可他在看過陳清塵的真容後，才知道為何趙瑾之前會和陳清塵藕斷絲連，他所謂的自信簡直可笑……

趙真見他沒有進一步的舉動，稍稍鬆了口氣，也不敢主動招惹他，挪到暗格那裡翻了翻，問道：「有話本什麼的嗎？」裡面有許多書籍，多是聖人名著，不正經的書一本都沒有，趙真隨手拿了一本出來，「諸子論？你平日喜歡看這個嗎？」

陳啟威沒有攔她隨意翻看暗格，回道：「算不上喜歡，閒來無事看看而已。」

趙真「嘖」了一聲：「閒來無事看這種咬文嚼字的東西？沒想到你還是個飽讀詩書之人，我對這個就一竅不通了。」

陳啟威見她對此頗為嫌棄的模樣有些好奇，陳清塵不是個飽讀詩書的文人嗎？她喜歡陳清塵為何又不喜歡文人呢？難道她不是喜歡陳清塵的才華嗎？

陳啟威遲疑道：「瑾兒……」

趙真轉頭看他，語氣悠閒道：「何事？」而心裡卻在暗暗的防備，這麼吞吞吐吐的該不會是有什麼壞心思吧？

陳啟威吞吐了一會兒，終於下定了決心，對她道：「我有件事雖然可能會引起妳的不快，卻還是想和妳問清楚。」

會引起她的不快？那就別問了唄！

趙真想不出來他要問什麼，卻還是要佯裝大度道：「你問吧，我和你之間還有什麼事是不能說清楚的。」

陳啟威聽完略鬆口氣，還是小心翼翼問她道：「妳之前和陳清塵的事我也有所耳聞，我不是介懷妳的曾經，我只是想知道妳現下對他……」

趙真沒聽完便怒道：「別提他！我對他已是恨之入骨，就沒見過這麼薄情寡意之人！卑鄙無恥！」對於這種問題，她必須先發制人，讓他瞭解她的態度，又不能繼續問下去。

果然，陳啟威見她氣得不行，便不敢再繼續問了，只要他知道她已經對陳清塵再無感情便足矣，曾經有過什麼並不重要。

陳啟威坐到她身邊，輕輕握住了她的手，對她笑道：「我一會兒帶妳出出氣如何？」

出氣？

趙真心中一緊，不知怎的有種不好的預感，狐疑的看向他，「怎麼出氣？」

陳啟威神秘一笑，「一會兒妳就知道了。」

馬車最終停在京郊的一座大宅子前，大門寬敞宏偉，圍牆高築，並沒有掛扁，但門口有四個高大的護院看護，只看外面這一眼便知道裡面大有洞天，非尋常人家。

陳啟威領她邁入其中，裡面果然更為寬闊，他邊走邊道：「這裡是我祖父尚在京中之時所建的別院，我和父親回京後修葺了一番，還未修葺完，我就不帶妳到處轉了，等妳下次來這裡大概就修葺好了，我再帶妳好好轉一轉，熟悉熟悉這裡，妳今後就是這的女主人了。」

陳啟威的祖父尚在京城之時便已是個王爺，有這麼一座別院倒是不奇怪，只是這座別院似乎並不為人知曉，可見這裡藏著多少秘密。

趙真四處看看，「沒嫁進你家大門之前，我可不敢自稱女主人。」

陳啟威握住她的手，有些靦腆的抿了下唇，說道：「我並非始亂終棄之人，既然妳已是我的人，我便不會負妳。」

——不，我會負你。

趙真讓他握了一會兒的手，之後藉口去看魚缸，將自己的手抽回來了，「這麼冷的天都結了一層冰，裡面還有魚嗎？」

陳啟威看著自己空落落的手無奈一笑，走到較有興致的趙真身旁道：「有的，魚是不會輕易就凍死的，到了春天就能看到了。走了，我帶妳去個地方。」

趙真在冰上摸了摸，然後裝作被冰到的樣子將兩隻手縮進袖子裡揣了起來，陳啟威自然就沒辦法再牽她的手了。此時此刻，她覺得自己是個忠貞不移的好媳婦，那藥她已經解了，如此看來她的自制力還是很傲人的嘛，陳啟威這種絕色她都能不去摸小手了！

趙真揣著手，被陳啟威帶到了宅院深處，越到深處宅子便越顯得破敗，果然是還沒修葺好的樣子，地上雜草叢生，虧了是冬天草都蔫了，若是春天這路肯定不好走。

最終陳啟威帶著她停在一間破敗的小院前，這間小院前也有四個護院守衛著，感覺裡面像是囚禁著什麼人。

護院見陳啟威來了，行跪禮道：「公子。」

陳啟威看著他們，倨傲頷首道：「起來吧。裡面的人怎麼樣？」

護院頭頭回道：「很老實，一直沒吵沒鬧。」說罷，他看了眼陳啟威身旁的趙真，有些為難道：「公子是要進去嗎？」

陳啟威見此眉尾一揚，「怎麼？本公子進不得？」

護院頭頭躬身道：「公子自然進得，只是這位貴人……」

陳啟威將趙真的手抽出來繼而握進掌心裡，對護院頭頭道：「如此，進不進得？」

護院頭頭見此，忙讓人把路讓開。公子向來潔身自好，對正值適婚年齡的女子這麼做，便證明這個女子將會是他們未來的主子，自然不敢再攔了。

陳啟威帶趙真走進院中，院中倒是不算雜亂，明顯是打掃過了，雖然門窗都顯得破舊，但也不至於看著太過寒酸，可以看出來這裡巔峰時期是十分美觀精緻的。

繼續往裡面走，有一間房的外頭有兩個護院在把手，顯然是有人關在裡面，陳啟威徑直帶她過去，趙真的心莫名飛速跳動起來，似是有什麼極不好的事情要發生了……

門打開，陽光撒進裡面，使得昏暗的房內亮堂起來，趙真聽到了鎖鏈在地上摩擦的聲音，應該是有人被鐵鍊鎖住了。陳啟威牽著她的手進去，她一進去便看到了腳上鎖著鐵鍊、向著他們走來的陳昭；陳昭見到她腳步一頓，也是一臉的愕然。

——陳昭！當初誰說什麼都不做的？什麼都不做會被關在這裡？你這個混蛋王八蛋！又在騙我！

此時的趙真自然是怒目圓瞪，一副要把他生吞活剝的模樣，不知道的真以為是有什麼血海深仇了。

陳啟威顯然對她的表情很滿意，他畢竟是個男人，說不在意那是不可能的，他終究還是想驗證趙瑾的話是真是假，是不是真的對陳清塵只剩滿腔恨意。他其實也是個小肚雞腸的男人，迫不及待的想讓曾經得到她的男人看看，她已經是他的了，也讓趙瑾看看她曾喜歡的男人不過如此，如今不過是個狼狽的階下囚，灰頭土臉，不及他的萬一。

陳啟威臉上掛上了笑意，將趙真的手握得更緊。

趙真這才想起來陳啟威還握著她的手，她方才忠貞不移全都白費了，在陳昭眼裡她還是那個拈花惹草的女人……她冤不冤啊！

趙真察覺到陳昭眉眼間的慍怒，抽了手看向陳啟威，怒氣衝衝道：「他怎麼在這裡？」

陳啟威安撫的拍拍她的肩，「瑾兒別生氣，我帶妳見他是為了讓妳撒氣的，他現下不過是個階下囚，妳想怎麼處罰他都隨妳的意。」

趙真聽完轉頭看向陳昭，衝他大步走了過去，一把捏住他的下顎，咬牙道：「現下的處境是不是讓你感覺很不錯？我早就知道你會有今日！」娘的，混男人，一天到晚就知道騙自己媳婦，你怎麼不上天呢！

陳昭也想罵娘了，什麼兒子，什麼沈桀，全他娘的靠不住！最後還是讓趙真知道了，這回好了，趙真更要和陳啟威「好好」來往了。

陳昭冷笑道：「我知道妳恨我入骨，如今我落進妳手裡，要殺要剮悉聽尊便。」說罷將眼睛閉上，彷彿眼不見為淨。

——陳昭，你給我等著，看我以後怎麼收拾你！

趙真在他臉上拍了兩下，「事到如今還這麼傲氣，不錯，果然是陳清塵。」說罷腳一抬踢在他的關節處，促使他一下子跪了下去，又適時抓住他的衣領將他一提，不至於他跪下去的時候太痛。

——這一跪，老娘就當你認錯了，沒讓你跪搓衣板都是給你兒子面子！

趙真對他惡狠狠道：「怎麼樣？感覺屈辱嗎？你曾經也讓我如此屈辱！」

她這戲可真是夠足的，看著她凶神惡煞的樣子，陳昭忍不住想笑，但還要笑得像冷笑。他道：「妳的小情人在呢，妳這般凶悍的樣子，就不怕他也不要妳了嗎？」說罷還真目露凶光。

——妳這些數不清的小情人，一個比一個小，豔福真是不淺啊。

趙真還沒說話，陳啟威就走了過來，掏出一把小刀遞給趙真，「瑾兒，他這張臉一定讓妳深惡痛絕吧？不如就毀了他吧，看他還敢不敢這麼和妳說話。」這張臉看著就讓他妒意橫生，若是趙瑾能親手毀了，那感覺一定讓人很快意。

趙真聽完一震：不得了啊，這小子還是個十足的蛇蠍美人呢，毀人容貌這種事情他都想得出來！簡直令人髮指！

陳昭這張臉趙真愛惜得緊，親的時候都不敢用力，怕給他留下個紅印，現在要讓她親手毀了，那不是挖她的心嗎？

趙真接過刀的手有些抖，舉到他臉龐卻不敢貼上去，生怕一不小心劃上一道子。

陳啟威見她遲遲不敢下手的模樣倒也能夠理解，就算武功高強，她畢竟也是個姑娘，讓她拿刀劃花一個人的容貌，委實有些殘忍，一時下不去手也是正常的，他在旁邊鼓動她道：「瑾兒，妳想想他對妳做的那些事，妳還下不去手嗎？」

想想陳昭對她做的那些事，她簡直想立刻單槍匹馬把他救出去：娘的陳昭，你就不能老實點嗎？非要把自己逼到這種境地！然後還要這般逼我！

正對著趙真的陳昭自是看到了她眼中紛亂的情緒，相比國家大事他倒是不在意自己的臉，臉往上一湊，鬢角處瞬間劃破一個口子，頃刻間流出鮮紅的血珠。

那血珠刺激到了趙真，她被嚇了一跳，登時把刀扔出去了：娘的陳昭！你居然毀我最愛的臉！你是不是膽肥了！老娘要打你屁股，打得你三天下不了床！

小刀「匡當」一聲落在地上，陳啟威見她實在不敢，倒也不逼迫她，自己將刀撿了起來，走回她身旁，看著陳昭的目光有些森寒道：「瑾兒，妳實在不敢的話，我來替妳下手。」

趙真聽了，對眼前的陳啟威是半分好感都沒有了，眼瞅著他的刀要碰到陳昭的臉，她握緊雙拳準備破釜沉舟，單槍匹馬也要把陳昭帶出去。這一路上護院並不算多，如果陳昭能老實些不扯後腿，她還是有把握的。

趙真正要動手，身後有疾風閃過，她立刻取下頭上的簪花打了出去，正中飛來的暗器，她大喝一聲道：「誰！」

陳啟威武功也不低，自是察覺到了，收回刀，回過身來，看到站在門口的人，暫時就不敢造次了，站正身子有些畏懼道：「父親……」

那是一個年近不惑的英俊男人，趙真已見過他幾次，是陳啟威的父親——豫寧王世子。

豫寧王世子冷著臉走過來，揚手一巴掌摑在陳啟威的臉上，「放肆！為父和你說過的話都忘了嗎？不許動他！更不能毀他容貌！」

趙真一下子緩過神來，忙擋到被打的陳啟威面前做戲道：「世子，您要怪就怪我吧，是我與這人有恩怨，啟威想替我出氣，這都怪我……」知道豫寧王世子暫時不動陳昭，她大大鬆了口氣，也不用立刻冒險救他出去了，裝可憐都裝得特別賣力。

豫寧王世子目光落在她臉上，不怒自威，「趙小姐是吧？武功過人，不愧為趙家之後。」

趙真有些怯怯道：「多謝世子誇獎，請世子不要怪罪啟威。」

豫寧王世子看了看她，又看向陳啟威，似乎真看在她的面子上道：「罷了，下不為例。此人還大有用處，待事情結束以後，要殺要剮隨你們的意，現下卻不能動他一分一毫，明白？」

陳啟威將趙真拉到身後，道：「啟威明白，啟威再也不敢了！」

豫寧王世子點點頭，這才露出幾分溫和的神色對趙真道：「趙小姐是第一次過來，不要在這等汙穢之地滯留了，隨本世子到前院來，嚐嚐這裡廚子的手藝。聽啟威說妳與他口味相同，他喜歡的妳一定也喜歡，以後一起過日子倒是省心。」

陳啟威有些不好意思道：「咱們倆的事，我爹都知道了。來，瑾兒，我帶妳過去。」說罷毫不避諱的甚至帶著炫耀的牽住趙真的手，將她帶了出去。

趙真半點都不敢回頭，她這幾日默默無聞的潔身自好都毀於一旦了……

陳昭在豫寧王世子手裡趙真不放心，本來想乾脆住在這裡的，可陳啟威正值躁動的年紀，她住在這裡他便總想做點什麼，她就只能隔三差五過來一趟，藉口去辱罵陳昭的時候看看陳昭的處境如何。而豫寧王世子似乎真的不為難他，陳昭吃得好、喝得好，還胖了一點，就連和她打嘴架的功力都上漲不少，好像把這些年對趙真的怨氣都發洩出來了，可真把趙真氣壞了。

豫寧王府的人對她都熟了，豫寧王世子和陳啟威不在的時候，她都可以到府中閒逛，也無人管她，逛著逛著自是逛到了陳昭那裡。

護院都還在，見她一個人過來，擋住沒讓進，「趙小姐今日怎麼獨自前來？」

趙真趾高氣昂的瞥他們一眼，「你們小世子很閒嗎？每天就陪著我玩？」說完把陳啟威給她的玉珮拿了出來，在他們眼前晃了晃，「都給本小姐讓開！」

護院是有些忌憚她的，這位趙小姐近日來已然是王府女主人的架式了，前幾天有個廚子做的飯菜不合她的口味，讓她飯後吐了，便被小世子打了出去。小世子對她可是言聽計從，寵愛有加，他們這些做護院的賤奴又怎麼敢得罪她，反正小世子也帶她來了好幾次，不差這一次，便都讓開了。

趙真大搖大擺的進去，裡面那兩個更不敢攔她了，讓她徑直進到牢房中，她將門關上，他們都沒敢吱聲半句。

陳昭正坐在窗邊藉著窗紙透過來的光下棋，這般破敗的環境之下，他仍能淡定自若美如畫卷，趙真也是佩服他。

她走過去，冷笑了一聲，「喲，這日子過得夠滋潤的，還有閒心和自己對弈呢。」

陳昭沒抬頭，「比不得妳，美人在懷，風流瀟灑。」

趙真一聽，氣呼呼回應過去：「放屁！要不是因為你，我用得著遭這罪？我趙真就從來沒使過什麼丟人現眼的美人計，為了你是什麼都豁出去了，你還敢奚落我？」

她使美人計？陳昭噗哧一聲，笑道：「好了，生什麼氣呢，會嚇到腹中的孩子。」他衝她招招手，「過來，讓我摸摸，孩子還好嗎？」

趙真不過去，坐在他對面，「狗蛋很好，我不好！」

陳昭只能起身走到她面前，腳上的鐵鍊噹啷作響，讓趙真眉心一皺，「你不好好的主持大局，到這裡當什麼禁囚啊？」

陳昭在她旁邊擠了個位置坐下，嗅了嗅她身上清爽的味道，這些天來有些浮躁的心便安定了下來。被囚禁的日子是很枯燥乏味的，也沒人能說話，就趙真來的時候他能說上幾句，這些天趙真都被他氣壞了。

陳昭的手摸上她的腹部，她現在坐著已經能摸到很明顯的隆起，再過段時間就該顯懷了，他怎能不著急呢？

「雌伏等待是件漫長的事情，我必須要讓他們有更足的把握儘快行動，不然妳的肚子過了正月該遮不住了，總不能到時候大著肚子嫁給我。」

趙真皺皺眉頭，「為了我？與其看你冒險被囚禁在這裡，還不如我大著肚子嫁給你呢，名聲什麼的我才不在意。」

「我在意。」陳昭安撫她道：「也不全是為妳，夜長夢多，不能讓他們等到羽翼豐滿的時候才行動，而且越拖越容易露陷，現在的心血便都廢了。」

趙真不怎麼懂他這些日子在搞什麼陰謀，明明一切都向著對他們不好的方向發展，怎麼他倒是很有把握的樣子，「你被囚禁在這裡，到底是打的什麼主意？」

陳昭伸手摸了摸自己的臉，「妳也知道我重拾韶華之後為何要戴著面具，我的容貌與年老時相差並不多，只要見過我的大臣，一看到現在的我便能與年老的我聯繫到一起，豫寧王世子也不例外，他現下以為我是我自己的私生子。」

趙真聞言，覺得有點可笑，「私生子？你堂堂一個皇帝，還用得著私生子？生十個八個也沒人攔著你啊！」

陳昭道：「這倒未必，直到現在朝中不少臣子也還以為我是迫於妳的重壓，才沒敢納妃充盈後宮呢，所以有個私生子倒是不足為奇。」

趙真嗤笑，「男人忠貞一些便是畏妻嗎？自己做不到從一而終，還不許別人做到了！」說罷對陳昭有了好臉色，「在這點上我還是很欣賞你的，算我沒嫁錯人。」

陳昭睨她一眼，「妳還好意思說別人？妳若是個男人，不比那些三妻四妾的男人差！」

趙真皺皺鼻子，「才不是呢，我看起來可能浪蕩了些，但是萬花叢中走，片葉不沾身，懂不？什麼美人啊野花啊，我就是看看罷了，成家立業也會對妻子好的！絕不出去拈花惹草！」

陳昭看著她，還是不信的，「有時候我真想知道妳若是個男人，會是什麼樣子。」

趙真摸了摸自己的臉，不嫌虛道：「可能英俊瀟灑，魅力無邊吧！」一說完，她突地回了神，「我跟你說什麼呢！時間緊迫，你快告訴我你到底要做什麼啊！」

和趙真在一起就總沒個正事，陳昭這才道：「之前續華弒父殺母的流言，是在我的引導下傳出去的，現下豫寧王世子以為小魚兒窩藏了我，被續華發現後，姐弟之間撕破了臉，藉此往續華身上潑髒水。」

趙真迷迷糊糊的搖搖頭，「不懂。」

陳昭嘆了口氣，用簡單直白的方式解釋道：「也就是說，我有一個私生子，有意讓私生子替代一直不怎麼出眾的續華，續華知道以後怕自己的皇位被撼動，便弒父殺母以絕後患，卻沒找到這個藏起來的私生子，最後他發現這個私生子被長姐藏在了公主府，就與長姐撕破了臉，殘害姐夫囚禁長姐。這樣明白了嗎？不孝不義之徒如何能當皇帝？」

趙真這才了然的點點頭，「所以他們想推你上位當傀儡皇帝？」

陳昭搖了搖頭，「這是不可能的，我不過是揭發續華『冷血殘暴』的證據罷了，下一步便要揭示我這一脈血統不正的秘辛了，我都安排好了，妳無須擔憂。」

趙真聽完才釐清豫寧王世子設計的是個什麼的套路，首先要揭示她兒子冷血殘暴、不孝不義、不配為帝，再揭發陳昭生母當年私通的醜事，汙衊陳昭非正統，而現下還健在的親王，也就豫寧王一脈最為昌盛，權勢最大了，可不就是個繼位的好人選嗎？

趙真咂咂嘴，「你們陳家人一個個的套路都這麼深！互相算計，手足相殘，難怪現在子嗣都那麼單薄。」

陳昭搖搖頭，「話不能這麼說，我子嗣單薄是因為妳不願意給我生，若換個人，我也能兒女成群了。」

趙真一想起陳昭當年算計她就有氣，「那你快換個人吧，別讓我斷了你陳家香火。」

陳昭忙抱住她，「趙真，就許妳打趣我，還不許我反駁了？妳講點道理好不好？」

趙真想了想，好像是她先打趣陳昭的，於是她很講道理的坐回去了，岔開了話題：「那你怎麼辦？到時候被他們帶過去當人證？」

陳昭也沒繼續和她計較，順著她的話道：「是，他們造反的時候我大概會被綁去當證據，所以現在並無性命之憂。」

趙真覺得甚是不妥，現下是沒有性命之憂，可到時候呢？利用完了當場殺了？總不能留著過年吧！所以趙真不能讓陳昭去冒這個險，她要想個辦法讓陳昭先脫身。

正想和陳昭商量，外面傳來腳步聲，趙真蹭的站起身，將陳昭推到榻上，用小刀將他鬢角處結痂的傷口再次劃破，從懷中掏了瓶藥撒在上面。

陳昭被藥粉撒得抽痛了一下，「這是什麼？」

趙真小聲回道：「藥，需要刺破傷口才能治癒，且不會留疤。」說完塞進陳昭懷裡，又取出另外一瓶摔在地上。

「啪」的一聲脆響，陳啟威也正好進來，看到地上打碎的瓷瓶，再看看趙真將陳昭壓在榻上的樣子，他有些憤怒的低吼道：「妳在做什麼！」

趙真在陳昭身上點了兩下，繼而站起身來，「給他的傷口加點料啊，我看他的傷口都結痂了，過幾天就好了，豈不是無趣？」

陳啟威看向陳昭臉上的傷處，白色的藥粉被鮮血染紅，好像是傷得更厲害了，他的怒氣這才消減了一些，道：「妳實在是胡鬧，我爹說了，不能毀他的容貌。」

趙真癟癟嘴，有些委屈的湊到陳啟威面前，「我沒有毀他容貌啊！只是讓他沒那麼容易好罷了，傷在那裡也沒那麼明顯，讓他受點苦還不行嗎？」

陳啟威這幾日和她相處得多，大抵也瞭解她是什麼脾氣了，實在是個女霸王，唯獨對他還像個小姑娘一些。他哄她道：「好了，我也不是怪妳的意思，妳且忍忍，等事情過了，我幫妳一起收拾他。」說罷攬住她的肩，冷瞥了一眼有些搖搖晃晃站起身的陳昭，「以後不要自己過來了，讓我陪妳過來，知道嗎？」

趙真有些不耐煩道：「知道了。」說著自顧自往外走。

陳啟威見此自然沒工夫理會陳昭，跟著她走了出去。

陳昭摸了摸懷中的藥瓶，早知兒子和沈桀如此的靠不住，他絕不冒險進來，讓陳啟威那小子有機會享受趙真的「美人計」……呵，美人計。

第七章 年年歲歲有今朝

果然不出陳昭所料，豫寧王世子定在了封寶儀式這一日起兵謀反。

封寶儀式是將玉璽封起來便開始不再接受朝拜，正式開始過年，這一日朝中四品以上的文官和武官都會在場觀禮，算是個造反的好時候。

陳啟威負責將陳昭帶進宮，趙真便央求了豫寧王世子，自己能和他一起去。

一大早兩人便騎馬到了京郊的別院，此時天濛濛亮還很冷，趙真下馬搓了搓手臂。

陳啟威替她緊了緊披風，皺眉道：「說了不讓妳來，妳非要遭這個罪做什麼？」

趙真振振有詞道：「我趙瑾是個有情有義之人，能同甘也能共苦，哪裡能乾等著做你王府的女主人，自然也要為你的大業出一份力了！」說罷對他睒眼一笑，「我擔心你嘛。」這幾日的相處，趙真也搞清楚陳啟威的性子，他是個極其需要關愛的小孩，對於她的關心是很受用的。

果然，陳啟威一聽便無可奈何了，道：「好吧好吧，一會兒妳就別一起進宮了，回去等消息就好。」

趙真沒說話，蹦蹦跳跳的邁進了大門，似個天真無邪的小姑娘。

別院的人大都被調走了，剩下的都是些手無縛雞之力的下人，護院並不多，趙真一路看過來心裡有了把握，邁進了陳昭的屋子。

陳昭正好整以暇的飲茶，身上換了新衣服，頭髮梳得一絲不苟，鬢角的傷被頭髮蓋住都看不到了，好像幾日不見陽光的他又白皙了不少，更襯得面如冠玉，美得無瑕。

趙真呆愣了一下，不禁感嘆：我男人果然美。

趙真的呆愣自是被陳啟威看到了，頓時妒意橫生，他活到現在還沒妒忌過什麼人的樣貌，唯獨妒忌陳清塵。

他闊步過去，擋住了趙真的視線，拿出事先準備好的繩子綁陳昭，動作粗魯野蠻，似是故意給陳昭苦頭吃，對後面的趙真全然沒有防備。

趙真見時機不錯，拿出陳啟威之前送她的暗器，吹了一根淬了藥的針扎在陳啟威的脖頸。陳啟威脖頸一疼，回過身來不可思議的看著趙真，「瑾兒——」而後「磅」的一聲倒地。

趙真收了暗器，露出一抹笑容，「還不錯。」說罷自顧自轉身出去，俐落的收拾了外面六個護院。等她重新邁進屋，陳昭已經與陳啟威對換了衣服，將陳啟威五花大綁起來，乾淨俐落的讓趙真有點不敢相信。

「陳昭，你還是人嗎？怎麼我還沒說要做什麼，你就已經做完了？！」她這麼做，事前可一點都沒向陳昭透露，他是怎麼猜到的？

陳昭拍拍手上碎屑，向她走過去，「我猜也知道妳要做什麼。易容的東西備好了嗎？」

趙真聽完更不可思議了，覺得陳昭簡直聰明得可怕，她當年到底是怎麼把這個可怕的男人拿下的？她呆愣愣回道：「一會兒邵欣宜就到。」

陳昭嗯了一聲，繞著她看了一圈，「傷到了嗎？」

趙真搖搖頭，「就那幾個護院跟捏死幾隻螞蟻差不多，我沒事。」

陳昭點點頭，看了眼外面疊成人山的六個高壯的護院，暗想：我媳婦真可怕。

邵欣宜和邵成鵬很快就來了，已經將王府的人都控制住了，邵欣宜立刻替陳昭與陳啟威易容。趙真在旁邊左右亂看，還評點：「這假皮就是沒真皮好，皮膚都不通透，美得沒靈魂。」說完還捅了捅陳昭剛黏好的臉。

邵欣宜驚叫道：「小姐！您別亂摸，還沒黏牢呢！」

趙真不大好意思的收了手，「是黏的啊？那揭下來的時候會不會疼啊？會不會把我男人的臉貼紅啊？」

陳昭都受不了她的聒噪了，「妳安靜一會兒。這東西用醋洗就會掉了，不會傷皮膚的。」

趙真癟癟嘴，凶什麼凶啊？她不就是好奇嗎！

趙真安靜了一會兒，又見邵欣宜往陳昭臉上塗了什麼，他的假皮便通透許多，光彩照人起來，她不禁問道：「這東西好做嗎？多做幾個的話費不費工夫啊？」如果能每日讓她男人換張臉，想想都刺激。

陳昭看她表情就知道她沒想好事，對邵欣宜使了個眼色，邵欣宜心領神會道：「費工夫，而且原料很難找，這次做完很長時間都做不了新的了。」

趙真聞言，有點失望的點了點頭，「這樣啊，那算了吧。」

等陳昭和陳啟威都易容好，陳啟威悠悠轉醒了，趙真封了他的武功，點了他的啞穴，拿黑布將他的頭罩了起來，繼而嘆了口氣，「其實是個好孩子，可惜沒生對人家。」

陳昭在一旁哼了一聲，「是啊，若是早生幾十年，說不定就能入贅個好人家去了。」

趙真一聽這醋意濃重的話，不敢再瞎感嘆了，免得掉進醋缸裡。

※◎※　※◎※　※◎※

宮中儀式已經開始。一連串繁瑣的流程過後，裝著玉璽的錦盒終於被呈了上來。

今日明明是欽天監算的好日子，天色卻有些陰沉，似是要下雪的樣子，陳勍皺了皺眉頭，用太監端上來的無根水淨了手，在百官矚目下將盒子打開，登時面色大變，一旁的太監尖叫一聲：「玉璽不見了！」

羽林衛立刻拔劍護衛，將接觸過玉璽的相關人等都控制了起來，階下的百官也被層層羽林衛圍了起來，銅牆鐵壁一般，每個人臉上頓時都露出惶恐不安的神色，恍然不知發生了何事。

「尚符璽郎！你是如何看管玉璽的！」

尚符璽郎跪到御前，哆哆嗦嗦道：「微臣罪該萬死！可……明明昨夜玉璽還在，只有皇后娘娘來過一次……」

陳勍面色一冷，「皇后？去把皇后給朕找來！」

不多時，皇后秦如嫣便被身披鎧甲的羽林衛送了過來，面色蒼白的站到陳勍面前。

陳勍對她厲聲道：「昨夜妳去存放玉璽的寶閣做什麼！」

秦如嫣臉上露出一抹哀色，冷笑了一聲道：「陛下弒父殺母，囚禁長公主還不夠，連臣妾都不放過嗎？」

此言一出眾人譁然，帝后不和許久已是人盡皆知的事情了，卻沒人能想到皇后會在眾目睽睽之下說出如此驚世駭俗的話來。

陳勍臉色一變，龍顏大怒，揚手就給了秦如嫣一巴掌，「放肆！妳可知道妳在胡說八道些什麼！」

秦如嫣被打倒在地，捂住肚子，痛苦的呻吟了一聲，身下的白玉磚漸漸被染上一層血色。

秦如嫣強撐起身子，淚流滿面嘶吼道：「陛下！您連您自己的孩子都不放過嗎？」

階下的秦太師不顧禮數匆忙跑上來，跪在秦如嫣身旁扶住她，悲痛道：「娘娘！」

秦如嫣淚水漣漣，「父親……」

此時，細白的雪花紛紛揚揚飄落下來，落在血水裡不見了蹤影，此情此景格外淒慘悲涼。

秦太師滿臉怒容，指著當今聖上道：「陳勍！你妄為一國之君！殺父弒母，囚禁長公主，殘害忠臣！罪大惡極！」

陳勍氣急敗壞道：「一派胡言！來人，把秦太師拖下去！杖責一百！」

杖責一百這是要了秦太師的命啊！

有皇帝親衛上前要拖走秦太師，卻被羽林衛攔住了。

秦太師冷笑一聲站起身，大聲道：「陳勍，你騙得了天下人，騙不了我！」說罷，他轉身對著階下的文武百官道：「諸位同僚想必早有耳聞，先帝與先太后根本就不是無故失蹤，而是當今聖上弒父殺母！」

「滿口胡言！」陳勍要上前，本是宮中禁軍的羽林衛卻攔住了他，陳勍似乎這時才回過味來，大喝道：「秦太師！你要造反！」

秦太師回過身來，譏笑一聲：「造反？臣是要為先帝討回公道，為這天下的百姓討伐你這個殘暴無能的昏君！」

陳勍氣的呼哧呼哧的：朕好氣啊，父皇您再不來，皇兒就忍不住體內的洪荒之力了！好想手撕了秦太師啊！

這時，德高望重的向丞相站了出來。

「秦太師，你口說無憑，你說聖上弒父殺母可有證據？若是隨口一說便能起兵謀反，那這天下豈不是太過兒戲了？」

本來一片迷茫的文武百官現下已經看清了局勢，秦太師是有備而來，秦皇后是在和親爹演一齣戲，現下連羽林衛都聽他號令，可見這些日子秦太師暗中斂了多少權勢，當今聖上已如釜底游魚，也就權傾朝野的向丞相還敢獨自一人站出來了。

有些臣子畏懼，有些卻有骨氣，向丞相這一站出來，有些他的門生、先帝的舊臣、耿直的忠臣和一些擁皇黨也紛紛站了出來討要說法。

秦太師毫不畏懼道：「證據？自然有證據！把證據請上來！」

這個證據自然就是「陳清塵」——被易容成了「陳清塵」的陳啟威被人帶了上來，他被趙真封了武功和啞穴，推到了眾人面前，將頭上的帷帽扯掉，出眾的容顏暴露在眾人面前，自是一片譁然。

秦太師道：「不用老夫說，眾位大人也該猜到此人的身分了吧。」

有些年輕的大臣可能不熟悉太上皇年少時的容貌，有些老臣卻是記憶猶新的，陳昭可是被奉為歷朝歷代最為俊美的帝王，對其容貌的讚美有諸多的記載。

秦太師看向面色有些難看的向儒，道：「向丞相，您年少之時是先帝摯友，對先帝的容貌最為熟悉，此人與先帝有幾分相像，您應該是最清楚的。」

向儒聞言臉色更是難堪，一時之間說不出話來。

陳勍看到來人似是很意外，頓時氣急敗壞道：「簡直笑話！你隨意找一個與朕父皇相像的人來冒充皇室血脈討伐朕，那豈不是人人都能造反了？再者說，就算他是父皇的私生子，與朕何干？朕才是先帝欽點的太子，皇位的繼承人！」

陳勍身為正統的皇帝，因為一個私生子便露出這般不鎮定的模樣，落到群臣眼中就有幾分心虛的感覺了，莫非這其中真有什麼不為人知的故事？

秦太師譏諷道：「陳勍，你之所以會被封為太子，還不是因為先帝只有你這一個兒子？我是你的太子太傅，對你最是瞭解，繼位後你昏庸無能，先帝對你早已心生不滿，這事我是最瞭解的，想必現今朝中有好幾位大人都是知道的！先帝尋回流落在外的血脈，有意讓此子取而代之，你知道後便弒父殺母，四處追殺他，是長公主將他藏在了公主府才躲過一劫，但被你發現之後，你便設計陷害了明夏侯，囚禁了長公主，長公主她就是最好的證據！你敢不敢把長公主請過來對質？」

眾人聞言均是一臉的驚詫，陳勍睜大了眼睛，許久沒說出話來，已然一副心虛的模樣，最後他梗著脖子道：「朕根本沒有囚禁長公主，長公主喪夫之痛纏綿病榻，朕是派人保護她，以防遭遇不測！」

秦太師冷笑一聲，咄咄逼人道：「你之所以不敢請長公主出來，是因為長公主已經遭遇不測了吧？」

這時，一副侍衛打扮的小兵從人群中走了出來，摘下頭上的鐵盔，赫然是明夏侯世子付允珩，他滿眼通紅嘶吼道：「皇舅舅，你為何要殺我的父親母親？我母親是你一母同胞的親姐姐啊！她之所以窩藏陳清塵是因為不想你再造殺虐，兄弟相殘，她是為了你啊！」

陳勍一臉失魂落魄的退了幾步，這副樣子無疑是默認了明夏侯世子的話。他感覺自己演技已經達到了人生的巔峰，如果豫寧王世子再不露臉，他可能要堅持不下去了。

終於，豫寧王世子扛著大旗，以討伐暴君為由大張旗鼓的進了宮，一路浩浩蕩蕩如進無人之境。

現下局勢明瞭，秦太師聯合豫寧王世子與沈大將軍造反了，陳國這位不夠聰明又殘暴的陛下快要守不住他的江山了！

「不夠聰明又殘暴」的陳勍這才露出恍然大悟的神色，激憤怒道：「陳寅！是你！是你要造反！」

豫寧王世子騎在高頭大馬之上，嘲諷一笑：「造反？非也，本世子只是保住我陳國的江山不落入外姓人手中罷了。」

陳勍驚道：「什麼？」

一輛馬車自後方駛來，裡面被丫鬟扶出一個身著太妃服飾的年邁女人，蒼老的容貌，花白的頭髮，約莫已是七十多歲的年紀。

豫寧王世子道：「這位是康平帝的妃子明太妃，也是先帝的養母。在五十多年前，後宮之中有一件辛秘之事，先帝的生母姜美人與侍衛苟且，被康平帝發現繼而賜死，而先帝也不是康平帝的血脈，乃是姜美人與侍衛苟且所生，明太妃便可以作證！」

丫鬟不知在明太妃耳邊說了什麼，她突地一臉激憤道：「賤人！姜氏就是個賤人！陳昭是野種！根本不是陛下的兒子，是姜氏這個賤人和人苟且生的！」說著一副情緒激動喘不過氣的樣子，被丫鬟扶回了馬車裡。

劇情發展到這裡，不明真相的文武大臣們一個比一個懵然。

豫寧王世子繼續道：「康平帝彌留之際發現了真相，本已擬好聖旨廢去先帝太子的身分，卻被先帝殘忍殺害，弒父殺兄這一點，陛下倒是很隨先帝啊。」說著，他看向陳勍一旁的太監總管王忠，「王總管怎麼說呢？」

王忠服侍了兩代皇帝，先帝和當今聖上，教導他的師父便是康平帝身邊的大太監，對三代皇帝的辛秘之事可謂十分瞭解。

王忠躬身上前，在眾人以為劇情又有新爆點時，他微笑道：「世子爺，您可能不瞭解，歷來做太監總管的都是孑然一身，根本沒什麼父母兄弟。不瞞您說，老奴三歲就斷了根，了卻塵事，也沒什麼對食，您以這些莫須有的人威脅老奴誣陷先帝的身世，老奴恕難從命。」

豫寧王世子面色一變，「王總管！你要清楚你在說什麼！」

王忠站到陳勍身旁，「老奴又不像明太妃這般年老糊塗，瘋癲多年，自然是知道自己在說什麼。」

戲演到這裡是該收網的時候了。

方才一身血汙被抬下去的秦皇后，此時換上了一身端莊的鳳袍，除了左頰有些泛紅以外，全然沒有方才的狼狽。

而站在她身邊的，是傳聞中已經遭遇不測的長公主陳瑜。

陳勍屁顛屁顛的湊上去，心疼的摸了摸秦如嫣的臉，「皇后，朕方才打疼了妳沒有？妳怎麼也不躲一下呢？」

秦如嫣推開他，跪下道：「罪妾不敢，家父通敵賣國，聯合豫寧王世子造反，罪妾身為秦家之後，難辭其咎，請陛下降罪！」

陳勍扶起她，憐愛道：「朕如何能降罪於妳，若非皇后大義滅親，向朕告發此事，助朕挽回大局，朕還被瞞在鼓裡。而且皇后還懷有龍子，快快起來。」

秦太師不可思議的看著秦如嫣，顯然不知一直乖巧聽話的女兒怎麼會叛變了，竟真的敢將身家性命都交給一個薄情寡義的帝王。

豫寧王世子反應過來有詐，立刻上前要擒住準備趁機開溜的付允珩當人質。

一直偽裝成小兵的趙真拔出劍來，橫在陳昭假扮的「陳啟威」脖子上，擋在付允珩面前，豫寧王世子一愣，便給付允珩趁機逃到禁衛軍那裡的機會。

趙真見外孫安全了，挾持著「陳啟威」步步後退，對豫寧王世子道：「世子，你若是承認一時不察被秦太師矇騙利用，當今聖上仁慈，看在同是皇室血脈的分上說不定會饒你一命。」

豫寧王世子仍不肯束手就擒，「我被矇騙？是你們都被矇騙了，當今聖上根本不是皇室的血脈！這江山不該由他來坐！」說罷他目光一厲，拔劍而出，將劍橫在了「陳清塵」脖子上，果然見趙真面色變了。

「趙瑾，妳將啟威放了，我便將他放了。」

階上的陳勍也急了，「不要傷害朕的皇弟！只要不傷害朕的皇弟，朕就放你們離開！君無戲言！」說完就要親自下來，幸好被長公主攔住了，才沒步入險境之中。

長公主提醒他道：「陛下！國事當前，不可亂了分寸！」

陳勍焦急萬分道：「皇姐，那是咱們的親皇弟啊！皇弟是因朕才會涉險，若是出了事情，朕如何對得起父皇和母后啊！」

看戲的文武大臣表示：咦，那不是先帝的私生子嗎？關先太后什麼事？

挾持著「陳啟威」的趙真看向陳勍，果決道：「陛下，亂臣賊子不可輕易放過，自古忠義難兩全，陛下若是怨，就怨民女吧！」說罷，一刀捅在了「陳啟威」的胸口處，鮮紅的血噴湧而出，「陳啟威」的屍首被扔在了地上。

豫寧王世子見長子被殺，手中的劍一緊，「陳清塵」的脖子上立刻出現了一道血痕，他紅了眼怒道：「趙瑾！啟威對妳真心一片，妳卻如此對他！」

趙真嗤笑一聲，「真心？真心還要用下藥迷惑我，當我趙瑾是個傻子嗎？」說罷，她看向「陳清塵」，柔聲對他道：「清塵，我知道你願為了陛下涉險，便是抱了必死的決心，我曾怪過你，但我現在理解你了。今日你若是去了，我也陪你，斷不會讓你路上孤單一人！」

有情人同生死共患難，多麼感人的一幕，陳勍激動道：「陳寅你不要衝動！只要你放過朕的皇弟，朕絕對放你離開！誰敢抗命朕降誰的罪！」這副樣子簡直昏庸到無可救藥了。

秦太師也知局勢再也無法挽回，勸阻豫寧王世子道：「世子，即便有一線生機也不可以輕言放棄。」

豫寧王世子看著兒子的屍首良久，最終還是放鬆了握著的劍，「讓我們出城！」

陳勍立刻揮手，道：「出出出！快讓他們出城！朕的皇弟若是有半點閃失，朕定要你們統統陪葬！」

於是由沈桀領兵，將豫寧王世子等人送出宮去，退至午門的時候，皇令突然頒下來，命沈桀將叛黨一律斬殺，除了主謀豫寧王世子與秦太師以外一個不留，駐紮在城外的人馬也一律被圍剿，那些與之勾結的大臣府邸同一時間被抄家滅族。

豫寧王世子這才明白過來，什麼兄弟情深，不過是要把他們趕到午門之外再一律斬殺！

「陳勍！你昏庸無能！弒父殺母，如今連你的皇弟都不放過，你良心可安啊！」

眼看著自己的人馬被一個個殺死，豫寧王世子一劍將手中的人質「陳清塵」斬殺，欲要自刎之時被沈桀攔住。

沈桀將豫寧王世子和秦太師綁到陳勍面前，陳勍正襟危坐在龍椅上，下首跪著文武百官，他整個人不怒自威，全然沒了方才或是氣急敗壞或是失魂落魄的樣子。

「陳寅你可知罪？」

豫寧王世子一臉汙血，狼狽抬頭，冷笑一聲，「什麼兄弟情深，不過是演戲罷了！你果然如你父皇一般詭計多端！是我輕敵了，要殺要剮悉聽尊便！只是此事與我父王無關，乃是我一人所為！」

陳勍「嘖」了一聲，「你們是真當朕蠢到無可救藥嗎？你動用豫寧王麾下十幾萬大軍，豫寧王會不知道？實不相瞞，朕的姐夫明夏侯已經領兵去了北疆，你的父王不日便會來與你做伴了。」他說著一頓，很認真道：「還有，你不許再誹謗朕，朕和皇弟是真的兄弟情深！來來來，朕的皇弟洗乾淨臉了嗎？」

將易容卸掉的陳昭仍舊穿著那身「陳啟威」的血衣走了出來，豫寧王世子一見便知道上了當，癱坐在地，「他……他……」

方才被他殺死的「陳清塵」屍首被抬了上來，臉上假皮被扯下，赫然是陳啟威。

陳勍冷眼看著他，「是啊，你親手殺了你的兒子——他才是你的兒子。」說著，他目光冷了下來，如冰刀一般，「陳寅，這便是你起兵謀反的報應。朕自問待豫寧王不薄，卻擋不住你們的野心，犯朕江山者，殺無赦！」

陳勍一步步從階上走下來，每一下都像是踩在群臣的心上，「朕今日給諸位愛卿看了一場好戲，朕希望這場戲不會再有下一次，畢竟朕不是每一次都能這般耐下心來，等著這些戲子們把戲排好了再演出來給你們欣賞一番的。」

殺雞儆猴不過如此，他要讓他們知道，他們心中遠不及先帝的他，也不是那麼好左右的。

群臣三呼萬歲，這場鬧劇就此了結。

※◎※　※◎※　※◎※

一向顯得有些優柔寡斷、敦厚溫和的陳勍，經過這次的事，明顯生殺果決起來，很快就將秦太師與豫寧王世子的罪行昭告天下，其中還包括秦太師勾結工部侍郎，在築建祭壇之時布引雷陣，害死先帝與先太后的事情。這是陳勍派人挖地三尺才知道的，自然不會放過秦太師了，很快就處決了兩人，斬首示眾。

處置完主謀，牽連其中的官員也一個都沒放過，抄家的抄家、流放的流放。沈棨跟土匪似的到處掃蕩，在年關之前著實為國庫添了一大筆進帳。

京中人心惶惶了幾日，到了除夕這一日，一切終歸平靜了。

陳勍看著豐盈起來的國庫龍心大悅，親手寫了不少的福字賜給臣子，那些被陳昭和趙真嫌棄寫得醜的福字，被大臣們當作保命符一般貼在了大門口，「大臣一條街」幾乎家家有同款，一眼望去格外統一。

到了除夕這一日，陳勍正式將陳昭的身分公諸於眾。

陳勍也是服了自己的父皇，當個「私生子」多好，捏造出一個莫須有的情人誰還能計較不成？父皇卻非要保住他千古第一鍾情帝王的名號，和他做同胞兄弟，變成自個老婆生的他還光榮了？

於是陳勍只能硬著頭皮說陳清塵是他一母同胞的皇弟，比他小五歲，是太上皇后趙真在行宮休養那一年所生，先帝顧念趙家勞苦功高，齊國公的獨子為國捐軀後繼無人，便令這位二皇子隨了母姓，交由沈大將軍帶去邊關撫養教導，將來立功以後回來繼承齊國公的衣缽。陳勍手上還有當年賜名的摺子為證，讓幾位大臣查驗真偽。

呵，這是陳昭親手補上的，這些大臣能查出什麼假來？也就是心裡腹誹幾句先帝荒唐寵妻無度，最後還是把這個二皇子正名了。

陳勍念及皇弟此次以身犯險立下功勞，下旨讓他恢復了國姓，封為昌盛王，將趙瑾賜婚給他，兩人將來的孩子可以隨母姓。

大臣們不禁感嘆：厲害了我的帝，變得這麼賊，皇弟生的兒子姓趙，以後自然不能和太子搶了，連王位都不能繼承，嘖嘖嘖！

陳勍真的很冤，簡直花式冤屈，有這麼一對任性的爹娘，他能怎麼辦啊？他也很無奈啊！當然要絞盡腦汁滿足他們的訴求了！

陳勍沒有另設王府給陳昭，而是將景翠宮賜給了他，又多劃出周圍兩處宮殿給他擴充，自古以來還沒有王爺能住在宮中的先河，陳勍對這個皇弟的疼愛也是舉國震驚了。

住在宮裡這事還真不是陳昭和趙真願意的，是陳勍哭著喊著要父皇母后在宮裡多留幾日，秦太師的事是過去了，可現在的朝堂畢竟傷筋動骨，還是要有父皇為他坐鎮他才能安心。

除夕家宴，明夏侯也趕回來了，一家人算是真的團聚了。

等宴席擺好，太監和宮女盡數退出大殿，沒了外人，陳勍趕忙起身將父皇母后請到上座，秦如嫣也趕忙起身。她知道這兩位是自己的公婆之後著實吃了一大驚，好一陣才適應了，怪不得陳勍當初一直不說趙瑾的身分，這還真是沒法說。

適應起來最沒有障礙的還是要數陳序，他蹦蹦跳跳撲進皇祖母懷裡像以往一樣撒嬌，「今年序兒還要和皇祖母一起守歲！」

陳昭見孫子在媳婦懷中折騰，拍了拍身邊的軟墊道：「序兒過來，別傷到你皇祖母腹中的小皇叔。」

陳序聞言癟癟嘴，自從皇祖母有了這個小皇叔，他都不能和皇祖母親近了，皇祖母也不像以前那樣陪他玩了，等小皇叔生出來他一定會失寵！

陳序想了想，乖巧的從趙真身上下來，沒去皇祖父那裡，自己則拿了個小軟墊坐到皇祖母身邊，「序兒要在這裡照顧皇祖母和小皇叔！」說著拿筷子夾了皇祖母最喜歡吃的酥肉過去。

趙真笑著摸了摸小孫子的頭，「序兒真乖，等小皇叔和你的小皇弟生下來，序兒一定要好好照顧他們，知道嗎？」

陳序用力點頭，「序兒會的！」

陳勍瞥了眼膩在母后身邊的兒子：哼，小狗腿子。

旁邊的秦如嫣捅了捅他，看了眼酒杯，陳勍這才回過神來，起身舉杯道：「皇兒祝父皇母后千秋萬代，福壽安康。」

陳瑜等人跟著起身舉杯恭賀。

上首的陳昭難得笑意溫和的點了點頭，讓他們坐下，「我們一家人能再團聚實屬不易，今

焓淇X梓攸
回春冤家
典藏閣
版權所有© Copyright 2017

日就不用講什麼禮數了，開心就好。」

趙真附和著點點頭，從袖中拿出準備好的紅包來，「來來來，允珩、萱萱，到外祖母這拿壓歲錢。」說罷，她先給了旁邊眨巴眼等著的小孫子一個，「願序兒新的一年也能健康成長，做一個了不起的小男子漢。」

陳序嬉笑著接過紅包，「序兒謝過皇祖父、皇祖母！」

輪到付凝萱，趙真衝她眨眨眼睛，「願我們萱萱今年能把親事順利定下來。」

付凝萱自然明白外祖母的意思，紅著臉嬌羞一聲：「外祖母！」

駙馬付淵一向寵愛女兒，摸摸鼻子斗膽道：「母后，萱萱還小，嫁人太早了。」

趙真瞥了眼女婿，道：「早什麼啊，我像萱萱這個年紀都嫁給你岳父了。我看萱萱能嫁人了，你們做爹娘的要多上心，不要誤了萱萱的姻緣。」

陳瑜多少知道女兒的心思，扯了下付淵，道：「母后說的是，我們也看萱萱的意思，只要萱萱願意就好。」

付淵看看媳婦，一臉迷茫：好像發生了什麼我不知道的事情？

輪到付允珩，趙真拿紅包打了下他的額頭，「你年紀也不小了，以後可不能吊兒郎當了，做大哥就要有大哥的樣子，弟弟妹妹都看著你。」

付允珩摸了摸額頭，恭敬的接過外祖母的壓歲錢，低眉順目道：「孫兒受教。」但是外祖母您就不能也關心一下我的終身大事嗎？我爹讓我先立業再成家您知道嗎！您外孫子可能一輩子娶不到媳婦了！

一家人吃了頓團圓飯，陳昭就開始趕人了，打算拉著媳婦去過二人世界。陳序小尾巴似的拉著皇祖母袖子，要跟皇祖母一起守歲，全然無視皇祖父瞪他的眼神；趙真最喜歡小孫子了，自然是同意了，拉著他的小手一塊回景翠宮。

陳勍在一旁偷樂，幸好兒子更喜歡皇祖母和皇祖父，他就能跟媳婦一起安安靜靜守歲了～

陳瑜瞧見弟弟笑得跟隻偷了腥的貓似的，臨走前很好心的上前提醒他：「續華，這是父皇與母后重修舊好之後過的第一個除夕，你最好一會兒把序兒接回來，不然你這個正月可能就不好過了。」

陳勍聞言如醍醐灌頂，想起父皇臨走時不善的眼神，這才開始後怕起來。父皇就算年輕了也還是那個辣手摧兒的父皇啊！為了美好的將來，他還是把那個小狗腿子接回來吧！

陳昭見陳勍過來把自己的兒子接走，果然和顏悅色了不少，這才免遭陳昭未來一個月的摧殘，陳勍暗暗鬆了口氣。

趙真看著小孫子被牽走了，還有些捨不得，站在殿外看著小孫子的身影不見了才回去。

陳昭勸她道：「我知道妳喜歡小孫子，但除夕夜總要讓人家一家四口團聚不是？明日回國公府再把序兒帶上。」

趙真坐到梳妝臺前，拆頭上的髮飾，「就剩咱們兩個還有什麼意思啊，有序兒在還能熱鬧一些。洗洗睡吧，正好我也累了。」

陳昭聽這話不高興了，握住她的手道：「妳也太沒良心了，這些日子聚少離多，現下終於能聚在一起，妳居然嫌沒意思了？」

趙真瞧著他不善的面色，噗哧一笑，起身掛到他脖子上，「逗你玩呢～」說著一手摸上他的臉，來回摩挲著，「夫君傾城絕色，怎麼會沒有意思呢？」她撥開他的髮絲，鬢角處的傷已經沒有絲毫痕跡了，可見他這些日子再忙也沒忘了按時上藥。

傷在鬢角，陳昭不知道那裡還有沒有傷疤，他知道趙真是個看臉的混女人，在她的目光下他不願自己有不完美的地方，他按下她的手，用髮絲重新遮上，道：「天色尚早，妳才吃過晚膳，和我一起出去遛遛吧。」

趙真想到外面天寒地凍的，搖了搖頭，「這還不算晚啊？外面天都黑透了，再者說這宮中我也生活了數十年，有什麼好看的。」

陳昭這次沒聽她的，拿了件大氅幫她披上，又拿了個熱好的湯婆子塞進她手裡，「這宮中妳沒去過的地方多的是了。」說罷攬上她的肩，「走，和我出去轉轉。」

陳昭自己拎著燈籠，將趙真的手握在掌心裡，讓太監宮女遠遠的跟著，彷彿這偌大的皇宮中只有他們兩人一般。

趙真從前還真沒和陳昭這般手牽手走在宮中過，她從前總是覺得這皇宮冰冷，讓人感到孤寂，可現下卻全然沒有那種感覺了，就算是這般不說話，只是和陳昭牽手走著，她也覺得四周美如畫，連心都是被填滿的，果然心境讓四周的風景都不一樣了……

趙真拉了拉他的手，「我們去哪啊？」

陳昭握著她的手揉捏了一下，「朱雀門。朱雀闕是宮中最高的地方，欽天監的人占星也都是在那裡。妳從前沒去過，其實那裡的風景很好，尤其是現在去。」

——風景好？這皇宮之中處處都是紅牆碧瓦，風景好還能好出朵花來啊？

趙真興致不大，但能和陳昭這般走走也好，「你說要帶我四處遊歷，等狗蛋生下來我們便走嗎？那狗蛋給誰照顧啊？」

陳昭對這個小名簡直無力吐槽，只能自動遮罩，「續華或是魚兒都好，一個小孩子他們還帶不了嗎？」

趙真想想可愛的小孫子，對自己未來的小兒子還是很期待的，遲疑道：「這不好吧，狗蛋一生下來就給他哥哥姐姐帶，將來若是不認我們怎麼辦？」

陳昭很輕鬆道：「那我們也不認他啊，連自己爹娘都不識得，要他何用？」

趙真嘖了一聲，「說得輕鬆，那是兒子，又不是小貓小狗。你說我們帶著他怎麼樣？」

陳昭是不願意帶的，本來他沒想這麼早就要孩子的，他和趙真的感情來之不易，總要多廝守幾年再添個小的，但趙真懷上了，總不能不要，可孩子若生下來，依然是他自己當爹又當娘的，哪裡還有心思和趙真四處遊玩，「再說吧，現在說這些還早了。」

兩人有一句沒一句的聊著，終於到了朱雀門。陳昭牽著她，兩人一步步登上朱雀闕，等登到頂時可把懷有身孕的趙真累壞了，抬手給了陳昭一下，「陳昭，你是不是不想要我肚子裡這個小崽子了，這麼折騰我！」

陳昭掏出帕子替她擦擦汗，怕她一會兒到了露臺被風一吹著了涼，「我真不是折騰妳，跟我來。」說罷收了帕子，將她拉到露臺上。

從露臺上向遠處眺望，大半個京城盡收眼底。今夜是除夕，家家戶戶點著長明燈，一眼望去萬家燈火璀璨閃耀，此時天上雖然沒有星辰，但京城卻成了最美的星河，真的讓人有種說不出的震撼。

趙真不禁感嘆：「原來這裡也有這麼美的時候啊……」

陳昭從背後擁住她，溫柔道：「從今往後，我會帶妳去看更多的風景，將曾經錯過的都補回來，將曾經的遺憾都填補上。」

趙真依靠在他溫暖的懷抱中，笑道：「我倒不覺得曾經是遺憾，因為經歷過，才會有我們的現在，才會更珍惜，即便不好的也是回憶，要感謝老天給了我們一次重新認識彼此的機會，不至於將現在錯過了。」

難得趙真說了句哲學的話，陳昭笑了一聲，摟緊她道：「不會再錯過了。」

兩人相擁而立，天空中忽然有細碎的雪花落了下來，趙真咦了一聲，伸出手去接，冰涼的雪花落在掌心裡，化成了水，「下雪了。」

陳昭呵出一口熱氣，眉眼溫和的看著紛紛揚揚的雪花，「瑞雪兆豐年啊。」

雪漸漸的大了，夜幕之中大片大片的雪花落下別有一番情趣，除夕的鐘聲被敲響，本來沉靜在夜色中的京城忽然熱鬧起來，劈里啪啦的鞭炮聲從四面八方傳來，新的一年總算開始了。

趙真回身看向陳昭，笑容明媚道：「陳昭，願你年年歲歲有今朝。」

陳昭一笑，「妳也是，年年歲歲有今朝。」

他輕柔的吻落在她的唇瓣上，冰涼的雪花化成了水，消融在兩人的唇齒之間……

——願我們年年歲歲有今朝。

陳勍打了個噴嚏，把傘往媳婦那邊舉了舉，「真不巧啊，父皇母后也到這裡來了。如嫣，妳說我們要不要過去打把傘啊？母后有身孕呢，父皇也不怕她受了風寒。」

秦如嫣看著不遠處相擁的一對璧人，不禁有些感嘆，笑著搖了搖頭，「不要過去打擾了，我們回去吧。」

陳勍「哦」了一聲，看了眼已經落滿雪花的階梯，扶住了媳婦，「那妳小心些，慢點走，別滑倒了。」他們是從石階上來的，本來想走的時候從樓裡走的，如今父皇母后在，他們只能原路返回了。

「小心哦。」陳勍正絮絮叨叨的囑咐媳婦，自己突然腳下一滑，一屁股坐在了石階上。

秦如嫣被他嚇了一跳，見他沒滑下去，才有些哭笑不得的拉他起來，「讓我小心，你自己倒是先滑了一跤，你是不是……」她說到這裡一頓，沒說下去。

陳勍不高興的拍拍自己屁股，「我什麼啊？」

秦如嫣沒答話，階上卻有人道：「你是不是傻。」

陳勍聞言一抬頭，本來在露臺上恩恩愛愛的父皇和母后正一臉不悅的看著他……

陳勍：……告訴朕，朕還能度過一個美好的正月嗎？

※◎※　※◎※　※◎※

陳昭和趙真在初六的時候就完婚了，重新成了夫妻。陳昭婚後不久便入朝為官，重新回到了朝堂之上，陳勍特別為他免了跪禮，處處優待。

起初大臣們並不是很注重這個從天而降的王爺，但漸漸的，他們發現這才是先帝的親兒子啊！無論是才學還是作風都頗有先帝的遺風，若是為帝，必然比現在的陛下優秀！

但這話他們不敢亂說半分，倒是龍椅上的皇帝自己就是這般認為的，對這個皇弟是格外的尊敬，事事都要過問一下皇弟的意見，大臣們都開始搞不清楚這朝廷之上到底是誰做主了。

在眾人都以為昌盛王將包攬重權、成為一方重臣後，昌盛王大婚十個月得了一位小郡主，很任性的辭官回家顧孩子去了！

時間倒回三個月前，趙真在經歷了一天一夜的陣痛之後，終於生下了她人生中第三個陳昭的小崽子，當她看到少了把的兒子，有些哭笑不得，叫了將近十個月的狗蛋兒子，結果是個女娃娃！

「娘的狗蛋啊，妳怎麼說變就變呢？」

陳昭聽到這個小名，得女的喜悅一淡，道：「閨女就不能叫這種小名了。」

趙真摸了摸女兒皺巴巴的小臉，道：「沒事，改叫丫蛋就行了。」

陳昭、陳勍、陳瑜：「……」

《回春冤家03舊愛新歡只有你》完

番外一

【陳勍篇】要喜歡勍兒多一點

「殿下，今日公主殿下回門，您怎麼不過去呢？您不是最喜歡公主殿下了嗎？」四歲的小陳勍氣呼呼的嘟著嘴，將手裡的九連環弄得嘩嘩作響，「不去！就不去！」

嬤嬤嘆了口氣，「殿下，您不去，公主殿下會傷心的，雖然公主殿下嫁人了，但還是您的皇姐啊，會經常回來看您的。」

陳勍不為所動，哼哼道：「才不會呢！皇姐有了那個壞人就不會理我了！我也不要再理皇姐了！」

嬤嬤還要再勸，外面傳來通報的聲音：「明月公主駕到！」

嬤嬤一聽喜上眉梢，推了推小太子，「殿下，公主殿下來了。」

陳勍一聽跳了起來，撒開小腿往外面跑，剛跑到門口卻像想起了什麼似的停下腳步，轉身又跑了回來，爬到榻上，拿了薄被將頭蒙上。

陳瑜帶著駙馬走進屋裡，四下張望了一眼，往常她過來，那個小傢伙早就跑到她身邊了，今兒個怎麼不見人影？難不成還在生氣呢？

「太子殿下呢？」

嬤嬤行了一禮，回道：「回殿下的話，太子在屋裡呢。」說完擠了下眼睛，用口型道：還生氣呢。

陳瑜心領神會的點點頭，緩步走進屋內，便看到小她十二歲的太子弟弟正撅著小屁股趴在榻上，用薄被將腦袋蒙了起來，她捂脣笑了一下，揚聲道：「太子是不是睡覺了？若是睡著了本宮就走了。」

陳勍聽見了，「嘩」的一下將薄被掀起，裝模作樣的揉揉眼睛打了個哈欠，「睡醒了！」

陳瑜噗嗤一笑，坐到弟弟身邊，駙馬付淵上來行禮，「臣叩見太子殿下。」

陳勍看了眼搶走他皇姐的壞人，哼了一聲沒理他，撲進皇姐的懷裡蹭了蹭，甜甜的叫了一聲：「皇姐～」

陳瑜摸了摸弟弟毛茸茸的頭髮，「勍兒想皇姐了嗎？」她弟弟的頭髮細軟，摸起來就像小獸，她可喜歡摸了。

陳勍點了點頭，頃刻間眼淚就溢滿了眼眶，可憐巴巴道：「勍兒可想皇姐了，飯都吃不下了，餓得肚子都咕咕叫了，皇姐不要走好不好？」說罷自己咕咕了兩聲。

陳瑜噗嗤一笑，這小傢伙就是戲多，她伸手點了一下弟弟的小鼻子，「把眼淚收回去，我若是告訴父皇，父皇又要打你了。」

陳勍一聽到父皇，吸了吸鼻子，使勁把眼淚擠了回去，摟著皇姐的腰道：「勍兒不哭了，皇姐不要告訴父皇！」

陳瑜捏了捏弟弟的小臉，道：「勍兒啊，你是太子，是男子漢，不能總是哭鼻子裝可憐，羞不羞啊？」

陳勍哼哼道：「勍兒才不是裝可憐！皇姐不理勍兒，勍兒才是真的可憐呢！」說罷噘著小嘴，別提多委屈了。

陳瑜無奈一笑，她這個弟弟倒是真的可憐，父皇以儲君的要求束縛他，苛責他比哄他多，而母后又不喜歡他，平日連個面都不怎麼見，他從出生到現在跟在她身邊的時候最久，也就在她面前才能撒撒嬌像個真的小孩子，所以她嫁人了搬去公主府，這個小傢伙可生氣了。

「勍兒啊，皇姐就算不嫁人，也終究是要出宮住到公主府裡去的，不過是早晚罷了，你想皇姐了可以去看皇姐啊！不要生氣了好不好？你一生氣，皇姐都心疼了。」說著，陳瑜捂著胸口「哎喲」一聲，好像真的很痛的樣子。

陳勍好騙，一騙就上鉤了，噘著嘴吹了吹皇姐的胸口，「皇姐不疼，勍兒給妳吹吹。」

陳瑜看著他，溫柔道：「那勍兒還生氣嗎？」

陳勍很為難的搖搖頭，「勍兒雖然很生氣，但是也要假裝不生氣，勍兒不想皇姐疼。」

瞧這小嘴越發的甜了，陳瑜抱了抱弟弟，指著付淵道：「那勍兒叫聲姐夫，他現在是你姐夫了，以後也會護著你的。」

陳勍看了看那個長得五大三粗的男人，哼了一聲，緊閉著嘴就是不叫。陳瑜見此，捂著胸口「哎喲」了一聲，陳勍只得不情願的叫了聲：「姐夫。」一聲調堪比蚊子嗡嗡。

付淵沒計較，爽朗一笑，痛快的「誒」了一聲，道：「太子殿下可以經常到公主府來住，臣帶殿下出去狩獵踏青。」

陳勍心想：我才不和你玩呢！

陳瑜也不指望弟弟能一下子就接受這個多出來的姐夫，讓付淵先去外面等著，她和弟弟說幾句悄悄話。

見姐夫被姐姐趕出去，陳勍可開心了，蹦蹦跳跳的在皇姐身邊轉，「皇姐最好了～最喜歡皇姐啦～」

陳瑜一把抱住他，讓他坐好，「勍兒乖，姐姐和你說幾句話。」

陳勍仰頭看她，小手乖巧的放在自己膝蓋上，「皇姐要說什麼呀？」

陳瑜道：「勍兒啊，皇姐以後不在你身邊了，父皇若是要打你，是不是沒人護著你了？」

陳勍一想起這個就傷心，感覺手心都開始發疼了，可憐兮兮道：「嗯嗯，要不然我也跟著皇姐嫁人吧！皇姐把我也帶走吧！」

陳瑜笑道：「你是男孩子，又是太子，怎麼能嫁人呢？你將來是要娶太子妃的。」她將陳勍抱到自己的腿上，繼續道：「勍兒，你知道嗎？咱們的母后是很厲害的，你以後經常去母后那裡，讓母后多出來轉轉，父皇就不會打你了。」

陳勍一聽到母后，有些害怕的縮了縮腦袋，「可是母后不喜歡我啊……」每次見到母后，母后都板著臉，凶巴巴的樣子，他想讓母后抱抱，母后都不理他。

陳瑜哄騙他，「母后不只是不喜歡你，母后好多人都不喜歡，但我們勍兒這麼聰明可愛，只要努力一下，肯定能讓母后喜歡你的對不對？皇姐跟你說哦，母后可是很厲害的，很多人都怕她，父皇也怕，要是勍兒能讓母后喜歡你，以後父皇都不敢罰你了，勍兒有沒有信心成為母后最喜歡的人？」

陳勍想了想母后對誰都凶巴巴的樣子，狐疑道：「真的嗎？」

陳瑜板正臉道：「皇姐什麼時候騙你了？」

陳勍又想了想，最終點了點頭，握著小拳頭道：「勍兒會努力讓母后喜歡的！」

陳瑜親了弟弟一口，「真乖！」

皇姐走了以後，陳勍就開始實施虜獲母后芳心的大計了。

然而，母后對他來說還是有些陌生，他的第一步便是先觀察母后，起碼要瞭解母后到底是怎樣的一個人。

父皇對他日常的行動不算管制，宮中許多地方他都可以去，母后的景翠宮也可以。

陳勍自以為偷偷摸摸的進了母后的景翠宮，探頭探腦的看向在院中練武的母后。

母后手裡拿著一把嚇人的大刀，刀刃在陽光的照射下閃著寒光，母后手臂一揮，那把大刀便將比他還高還粗的木頭劈成了兩半。

陳勍嚇得驚呼了一聲，母后凌厲的雙眸立刻掃了過來，他趕忙撒開丫子往景翠宮外跑，跑出老遠才停下來，見母后沒拿著大刀追過來才鬆了口氣：母后果然很可怕……

趙真收了刀，轉頭問旁邊的孫嬤嬤：「剛才那個肉球是誰？」

孫嬤嬤聞言一笑，回道：「娘娘，那是太子殿下啊。」

趙真聞言皺皺眉頭，那竟然是她兒子啊……

「他怎麼那麼胖了？他爹不管他嗎？」

孫嬤嬤有些為難道：「陛下對殿下的課業很重視，殿下也正是在長身體的時候，平時吃的比較多……」

陳昭就是這麼教兒子的？胖成球了都不管！以後是馬騎他，還是他騎馬啊？

孫嬤嬤見趙真這副不悅的模樣，小心試探道：「娘娘，要不要把殿下叫到身邊來教導？若是能有娘娘教導，殿下一定能瘦下去，變得健健康康的。」娘娘對殿下太冷淡了，以至於都認不出自己的兒子了，這可不好啊。

趙真聞言神色莫測，最終道：「不用管他，讓他爹自己管吧。」說完便進屋去了。

孫嬤嬤嘆了口氣：娘娘什麼時候才能解開心結啊……

自此以後，趙真身邊悄無聲息的發生了變化，比如每天早上，她都能在她的寢殿門口看到一顆蘋果、一顆梨子、一串葡萄，她知道這是誰送來的，並沒有理會；後來演變成一盤點心、一串糖葫蘆、一包梅子乾，她還是沒有理會；再後來變成了一隻烤鴨、一隻燒雞……

趙真終於忍不住了，在一天清晨逮住了那個小胖子，拎著衣領把要跑的他拎了起來，怒喝道：「你是不是就知道吃吃吃！你看你都胖成什麼樣子了？那燒雞上的雞腿呢？是不是你自己吃了！」

陳勍被凶巴巴的母后吼，哇的一聲就哭了，「母母母母母后……勍兒錯了……再也不吃雞腿了……」

白白胖胖的小肉球哭得鼻涕眼淚直流，趙真皺了皺眉頭，瞧著他這副樣子竟然也不覺得特別討厭，把他放下後說道：「不許哭了！憋回去！」

「嗝！」陳勍打了聲嗝，真將眼淚憋了回去，黑葡萄似的大眼睛怯生生的看著她，小手揪著衣襬，可憐的模樣還挺招人疼的。

趙真有點無奈道：「你每日送這些東西給我做什麼？」

陳勍抹了抹眼淚和鼻涕，站直了身子，乖巧道：「勍兒看書上說，百事孝為先，想要孝敬母后，但是勍兒不知道母后喜歡什麼，就把自己喜歡的送來給母后了。」說著，他嘟著小嘴傷心道：「母后好像都不喜歡……」

趙真聞言有點驚奇，她都不怎麼理會這小子，他要孝敬不去孝敬他爹，孝敬她做什麼？

「你怎麼不去孝敬你爹呢？」

陳勍聞言可憐兮兮道：「父皇見了勍兒就打勍兒，勍兒不敢去。」

趙真挑了下眉頭，「他總打你？」

陳勍「嗯」了一聲，把小手伸出來給她看，手心和手背上都有一道紅痕。他的皮膚隨爹，白嫩，有點傷就特別明顯。

趙真半蹲下身子，瞧見兒子肉嘟嘟的小白手上兩道刺目的紅痕，當即就皺了眉頭，「你爹為什麼打你啊？」

陳勍小心翼翼的看著母后，低聲道：「父皇嫌棄勍兒不聰明，不好好讀書……但是勍兒已經很認真的了，每天都在認真讀書呢！」說完吸了吸鼻子，特別的委屈。

娘的陳昭！竟然嫌棄她生的兒子不聰明！當初哭著喊著要兒子，她給他生了，他就是這麼對待的？自己養成了一個小豬崽，還嫌棄上了！反了他了！

「日知其其其……所亡，月無無無……忘其所所所……能……」

陳勍一站在父皇面前就緊張，本來已經背熟的句子又開始磕巴了。陳昭放下手中摺子，抬眸看了陳勍一眼，陳勍嚇得一抖，更背不出來了，低頭心虛道：「父父皇……」

「背得磕磕絆絆便說明你不懂這句話的意思，只背其形，不懂其意，視為無用也。」陳昭起身從桌案後走出來，順手拿了桌案上的一根毛筆，站到了陳勍面前。

陳勍被父皇高大的身影籠罩著，更害怕了，顫顫巍巍的把手伸出來，露出才恢復本色的小白手。小白手肉肉呼呼的，看著可真讓人不忍心打。

陳昭其實也不想罰他，可他一生下來便是儲君，是將來的皇帝，由不得他慢慢長大，趙真也不可能再給他生一個了，所以兒子不夠天資聰穎，他便只能揠苗助長。

眼瞅著父皇手中的毛筆要落下了，陳勍怕怕的閉上了眼睛，突地有人進來稟報：「啟稟陛下，皇后娘娘召太子殿下過去。」

陳昭有過命令，但凡關於皇后的事情都要立即稟報，所以宮人才敢進來。

陳昭聽了微愣，看向明顯從害怕變為喜悅的陳勍。他知道這小子最近總去景翠宮，他自然也不會攔著他去親近自己的母后，只是趙真似乎仍舊對他不怎麼親近，怎麼現下突然主動讓他過去了？

陳勍猶猶豫豫的抬頭看了父皇一眼，見父皇不說話，生怕父皇沒有聽見似的，又提醒了一遍：「父皇，母后叫皇兒了……」

陳昭收了手中毛筆，看了眼有些按捺不住的兒子，轉身回到桌案，沒再看他，「去吧。」

陳勍一聽立刻露出喜悅的笑臉，歡快的跑走了。

陳昭抬頭看著兒子的背影消失在門外，陷入了深思。

自從昨日被母后抓住，陳勍就不太敢去了，雖然母后沒有罰他，但面色卻不怎麼好看。陳勍是很會察言觀色的，見母后臉色不好，就不敢輕舉妄動了，還在想下一步要怎麼做，沒想到母后今日卻主動叫他過去了……是不是想他了？他果然是最可愛的寶寶！

陳勍對景翠宮已經很熟了，一進去便撒開丫子跑到母后面前，張著小手要過去抱抱，歡快叫著：「母后！」

趙真聞聲抬頭，見小肉球飛撲過來，抬起手中削到一半的木刀擋住他：「站住！」

陳勍瞧見母后手中的棍子嚇了一跳，登時頓住，但因為慣性所致停不下來，撲通一下撲倒在地上，小肉墩驚起塵土無數，不可謂不滑稽。

他吸吸摔疼的鼻子，淚眼矇矓的看向母后，可憐巴巴道：「母后……」

一旁的嬤嬤趕忙過去扶他，趙真喝道：「不許扶他，讓他自己站起來。男子漢大丈夫，摔一下算什麼？」

沒人疼的孩子會看人眼色，陳勍見母后不像皇姐那樣吃他這套，便自己爬了起來，還拍乾淨了身上的塵土才走到母后面前，生怕母后嫌棄他髒。

他揚起小臉笑嘻嘻道：「母后想勍兒了嗎？」

趙真見這小子倒是不嬌氣，便順眼了一些，冷淡道：「想你做甚？去，把那邊最大的那塊石頭抱起來。」說罷指了指院中幾塊石頭中的一塊。

陳勍看向那塊快比他都要高的石頭，眼中滿是不解：母后為何叫他過來搬石頭啊？宮中不是有那麼多的太監和侍衛嗎？

趙真見他站著不動，用木刀捅了捅他，「快去，不要讓我再說第三遍。」

陳勍看看母后、又看看石頭，老老實實走過去，明知自己抱不起來還是使出吃奶的力氣用力抱了抱。

趙真走過去，見這小子實在抱不動，皺了皺眉頭，又指了指比這個稍小一些的石頭，「去抱那塊。」

陳勍雖還是不解，但很識相的沒問也沒猶豫，過去抱了抱另一塊，當然還是抱不起來。

趙真蹲到自己的肉球兒子面前，看著他小臉擠作一團使勁的抱石頭，而石頭卻紋絲不動的樣子，有點失望的嘆了口氣。陳勍聽到母后嘆氣，身子一抖，咬緊牙關，嗯嗯的又使了使勁抱石頭，可是石頭就是紋絲不動。

趙真衝他招招手，「過來。」

陳勍見母后面色不是很好的樣子，小心翼翼的挪著步子過去站好，可憐巴巴叫了聲：「母后……」小手捏著衣襬躊躇不安。

趙真瞥了眼他看起來肉呼呼的胳膊，「手伸出來。」

陳勍一聽這個更害怕了，母后也要打他手掌嗎？他看了眼母后手裡形狀奇怪的木棍，想起了母后劈開木樁時可怕的樣子，顫顫巍巍將手伸出來，害怕的閉上了眼睛。

趙真看著眼前肉呼呼的小白手抖著，再看看兒子怕得小肉臉蛋都在抖的樣子，有些哭笑不得，但也有些莫名的心疼他：陳昭到底對他有多嚴厲啊？伸個手都能嚇成這個樣子，他到底還想不想要兒子了？

趙真伸手在兒子的胳膊上捏了捏，觸手都是軟乎乎的肉，使勁才能摸到裡面的骨頭，肌肉是半點摸不到，可見陳昭平日裡在他武學方面並不上心，半點也沒讓他練。

陳勍一直等著手心的痛感傳來，可等了許久等到的是母后在他手臂上摸來摸去，便有些奇怪的睜開眼睛，不解的看著母后。

這小傢伙雖然很胖，但勝在白嫩，眼睛又大，所以看著還是很可愛的，因而趙真耐著性子問他道：「想不想和母后學武？以後你父皇再打你，你就不用怕他了。」

在一旁的孫嬤嬤聽了汗顏：娘娘，您這是教殿下學會了武去揍父嗎……

陳勍很單純，問道：「學了武，父皇打我，我就不疼了嗎？」半點也沒想到用武力去對付自己的父皇。

趙真聽了又是哭笑不得，嗤了聲，「沒出息。」而後拿起一塊有成人腦袋那麼大的石頭塞進他懷裡，「抱著。」

陳勍有些吃力的抱著石頭追在母后身後，「母后為什麼要讓勍兒抱石頭呀？」

趙真不回他，拿木刀在地上畫了個圈，「站到圈裡面，屈下膝蓋扎馬步。」

陳勍抱著石頭非常乖巧的站進圈裡，問道：「馬步是什麼啊？勍兒只有兩條腿啊？馬有四條腿呢！」

兒子天真無邪的話讓趙真忍不住笑出來，難得有耐心的蹲下身子，替他把馬步扎好，「這就是扎馬步，扎好了不許動，動了母后就打你，母后打起小孩來可比你父皇疼多了。」

雖然母后這麼說，但是陳勍卻覺得母后要比父皇更好一些。他抱著石頭搖搖晃晃的扎著馬步，小嘴巴啦巴啦道：「可是母后，這樣很累呀。」

趙真站起身，「累就對了。」說罷回身坐到不遠處的石凳上去，將手中快要完工的木刀削了一塊下去，打算改成木劍，「好好扎馬步，母后這是為了你好。」

陳勍怕母后聽不見，揚高聲音問道：「那勍兒好好扎馬步，母后會喜歡勍兒嗎？」

趙真聞言，手中的刀一頓，看向那個搖搖晃晃堅持扎馬步的小肉球，心中有些不知名的情緒掠過，回他道：「看你表現。」

陳勍聞言露齒一笑，緊緊抱著手裡的石頭，即便雙腿痠痛到不行也堅持扎著馬步，小臉都漲紅了起來。

趙真看他的目光不禁柔和了許多：這個小東西倒是不像他父皇那麼討人厭。

趙真低頭削著木劍，聽著陳勍那邊站不住便摔個小屁股，然後又自己爬起來重新站好，實在是有趣，又有點可愛……

孫嬤嬤看著小殿下摔了又起，起了又摔，肉呼呼的小臉累得通紅，有些不忍心，「娘娘，殿下還小，您不能太著急……」

趙真抬眸看了眼又摔了個小屁股的兒子，噗哧一笑，道：「妳去打聽打聽他愛吃什麼菜，讓御廚做些送過來，要多以素菜為主，少放些肉。」

孫嬤嬤一聽喜上眉梢，忙去吩咐了。

「撲通。」

小肉球又摔倒了，趙真笑了一聲沒理會，許久沒聽到他起身的聲音才抬眸看了過去，便見小傢伙一動不動的躺在那裡。

——該不會是摔暈過去了吧？

趙真放下手中的木劍，快步走過去，便見小傢伙抱著石頭蜷成一團，動都不動一下，眼睛閉上，臉頰紅彤彤的。她蹲下身摸了摸他脖子上的脈搏，還跳動著，那他就是……睡著了？

趙真伸出手指捅了捅他肉嘟嘟的臉，他蹭了蹭她的手指，吧唧一下嘴，睡得還挺香。

陳勍身邊是有嬤嬤跟過來的，看著小殿下受苦受累也不敢說話，現下不得不走上去，「娘娘，殿下年紀還小，正是長身體的時候，每日這時都要午睡，想來是殿下睏得堅持不住了……」

趙真又捅了捅他的臉，他眉心皺了一下，嘴裡哼哼了兩聲，實在是有趣，扎著馬步還能睡過去，她以前帶過兩個弟弟，都沒他這麼能耐。

趙真彎腰將他抱進了懷裡，陳勍進了母后溫暖的懷抱，小腦袋在母后懷裡蹭了蹭，呢喃了兩聲。趙真嘆了口氣：算了吧，他還小，這次就讓他先睡吧。

趙真抱著兒子進了屋，將他小心的放在自己的床上，正要抽身離去的時候，發現自己的衣服被他的小肉手揪住了，趙真掰了掰，小傢伙迷迷糊糊睜開眼睛，看見她甜甜一笑，軟糯糯叫了聲母后。趙真心頭軟了一下，在他身旁躺下，剛躺下他便蹭了過來，像隻小獸一般依偎在她懷裡，趙真不禁摸了摸他頭髮，手感竟然出乎意料的柔軟。

這也是她的兒子啊……其實孩子又有什麼錯呢？他還什麼都不懂。

陳勍迷迷糊糊的醒過來，懷裡皇姐做給他的大娃娃居然有了溫度，他眨了眨眼睛，眼前卻是母后似笑非笑的臉。

趙真見他醒了，捏了一下他的小鼻子，「終於醒了？」

陳勍四下看看，發現這裡不是自己的寢殿，而自己正睡在母后懷裡，這是他平生第一次從母后懷裡醒過來，高興的把臉埋進母后懷中蹭了蹭，「母后～」

趙真嫌棄的拎住他的脖領，「你的口水都蹭我身上了。起來吧，別以為睡了一覺就萬事大吉了，今日落下的明日都要補上來，知不知道？」

陳勍有點懵，「什麼呀？」

趙真將他從床上拉起來，叫宮女過來替他換衣服，「負重扎馬步，以後每日都要練上一個時辰，等你習慣了便開始多加。」

——啊？每天都要扎馬步啊？

雖然感覺很累，但陳勍還是有些期盼的看著母后，「母后，勍兒每天都乖乖的聽話，那母后會不會每天多喜歡勍兒一點啊？」

嘖，她這個兒子比女兒還愛撒嬌。

趙真走過去，在他手感頗好的頭髮上揉了揉，「看你的表現，你若是努力，母后就多喜歡你一點。」

陳勍重重的點點頭，握了握小拳頭，「勍兒會特別特別特別努力的！」

趙真看著他認真的模樣，不禁笑了起來，突然感覺沒能陪著他長到這麼大，似乎錯過了許多樂趣。

「娘娘，晚膳已經備好了。」

趙真拍了一下他的小屁股，「下床穿鞋，吃飯去了。」

陳勍「嗯」了一聲，乖巧的下了床，自己把鞋穿好。

趙真見他穿好了鞋，自顧自轉身往外走，後面傳來「啪嗒啪嗒」的腳步聲，不一會兒一隻肉乎乎的小手便牽住她的手，她低頭，便見陳勍衝她傻乎乎的笑著，牽著她的手，小短腿快速走著才勉強跟著她的速度。

趙真不禁放慢了腳步，小傢伙鬆了口氣，發現母后是在等他，開心的晃了晃她的手，齜牙一樂。

真是黏人啊。

母子倆坐到桌前，陳勍從伺候自己的嬤嬤手中接過一條形狀特殊的錦帕，像模像樣的塞進自己衣領裡才拿起了筷子，大眼睛看向母后，乖巧的等母后說可以開動了再動筷子。

趙真看得新奇，道：「會用筷子嗎？」

陳勍點點頭，「會的，勍兒兩歲就會自己用筷子了。」

在吃上面他倒是學得挺快，趙真點了點頭，「吃吧。」

陳勍這才開始動筷子，發現桌上都是自己平日喜歡吃的，立刻夾了自己最喜歡的大豬蹄到碗裡。

趙真見他果然從葷菜開始，皺了皺眉頭，拎住他的脖領，阻止他下嘴，將豬蹄夾進了自己碗裡，「從今往後，你不許再吃那麼多的肉了，要多吃素菜，瞧你胖成這個樣子，都要成小豬崽了。」

說著，她拿出小刀削下三片豬蹄肉放進他碗中，再夾了半個丸子、幾塊雞丁和魚肉，「肉菜只能吃這些，吃完了就不許再吃了，多吃些素菜。」

陳勍看著眼前比平時少得可憐的葷菜都快哭了，淚眼朦朧的看向母后，沒有撒潑打滾，而是可憐求道：「母后，能不能再多一點點豬蹄？」

趙真見他沒哭鬧還算滿意，便又削了兩塊給他，「不能再多了。」

陳勍珍惜的將肉堆到一起，聽話道：「謝過母后。」

趙真看著聽話的陳勍越看越順眼，她那兩個弟弟這個年紀的時候都頑皮的厲害，別說吃飯了，就是平日練功都沒那麼聽話，總要上竄下跳讓人追著打，而她這兒子乖巧的跟個小丫頭似的，就連他姐都沒他現下這麼乖過。

趙真邊吃邊看他，他慢條斯理的夾菜吃飯，很乖的一點肉也沒有偷吃，直到碗中的飯快要見底了，他才開始吃趙真允許他吃的那幾塊肉，一點一點的吃，吃得滿臉享受，格外珍惜。等飯吃完，他一粒米都沒有剩，碗裡乾乾淨淨。

陳勍放下筷子，伸出舌頭舔了舔脣瓣，「母后，勍兒吃飽了！」

趙真笑道：「你父皇把你教得倒是挺好的。」

陳勍仰著小臉毫不謙虛道：「勍兒本來就很好的！母后要喜歡勍兒多一點哦！」

「陛下，您該用晚膳了。」

聽見王忠的話，陳昭才從桌案前抬起頭來，揉了揉有些痠痛的眼睛，「太子回來了嗎？」

王忠回道：「還在皇后娘娘那裡，正和皇后娘娘用晚膳呢，要奴才去把殿下召回來嗎？」

陳昭搖了搖頭，「不必了，讓他在他母后那裡吧。」說罷繼續低頭批閱摺子。

王忠見此正想再勸陛下用膳，陳昭突地抬頭道：「去備些熱水，朕要沐浴。」

王忠覺得有些奇怪，陛下還沒用晚膳怎麼就沐浴呢？

但很快王忠就知道了……

陳昭沐浴之後，換下莊重的帝王服飾，換上了縹緲如仙的白色常服，墨髮只用金簪束起了半股，剩餘的披散著，更襯得白衣如雪，歲月又為他絕色的容顏添加了幾分成熟的韻味，整個人都有種別樣的美。

他道：「擺駕景翠宮。」

王忠心領神會，陛下要趁機色誘皇后娘娘去了……

陳昭到的時候，趙真剛削好木劍，正要教兒子幾招。

陳勍見到父皇來了，蹦蹦跳跳的跑過去，把母后削的劍給他看，「父皇您看！這是母后給勍兒的！」

陳昭看了眼他手中磨得光滑的木劍：呵，在母后這裡玩了啊。

趙真看見陳昭，雖驚豔於他的美，但仍舊難以抹殺她對他的厭惡，皺皺眉頭問道：「你來做什麼？」

陳昭牽著陳勍，十分優雅的走到她面前，「每日用過晚膳後，朕都要檢查他的課業，想來問問妳，他今晚在妳宮裡過夜嗎？若是在妳這裡過夜，朕問完便走，若不是，朕現下就把他帶回去了。」

陳勍一聽父皇要把他帶回去，立刻鬆開了父皇的手，去抱緊母后大腿，「母后，勍兒要和母后睡！」

趙真本來想讓陳昭把兒子帶走的，但看著兒子這副可憐樣又不忍心，便道：「他今晚就宿在我這吧，你有什麼要問的快點問。」

陳昭聞言沒多言，看向兒子道：「勍兒，過來，把今日沒背完的背完。」

陳勍哀求的看了眼母后，趙真心頭一軟，道：「背吧，有母后呢。」

陳勍只得走到父皇面前，把沒背完的繼續背出來。因為現下有母后坐鎮，他便底氣足了一些，沒那麼害怕了，將今日所學的文章都清楚的背了出來。

趙真點點頭：我兒子這不是挺聰明嗎？這樣陳昭還打，簡直沒有人性。

陳昭還以為兒子在他母后這裡玩了半天都忘光了呢，卻不想他背得還不錯，當著趙真的面便也沒難為他，點頭過了。

陳勍見父皇點頭，大大的鬆了口氣，跑回了母后身邊，仰頭邀功道：「勍兒背得好嗎？」

趙真摸了摸他的頭，「不錯，繼續努力。」說罷看著陳昭，眼神裡充斥著：還不走？

陳昭慢條斯理道：「妳有所不知，勍兒這孩子害羞，沐浴不讓宮人伺候，每日都是朕親手替他洗，看他玩得這髒兮兮的樣子，朕替他洗完澡再走。」

陳勍一聽：父皇，您這是一本正經的胡說八道啊，勍兒明明每天都是嬤嬤洗的。

趙真對這個是真的不瞭解，轉頭看向兒子。

陳勍在父皇目不轉睛的注視下點了點頭，「勍兒想要父皇洗……」

趙真皺了下眉頭，「事多。」話雖這麼說，最終還是同意了，不就是洗個澡嗎？

宮人備好了熱水，陳昭帶兒子去洗澡，邊洗邊道：「今日在母后這裡玩得挺開心啊。」

陳勍坐在浴桶裡，怕怕的縮了縮腦袋，「勍兒有乖乖聽母后話的……」

陳昭點點頭，自顧自道：「勍兒洗澡真頑皮，弄得到處都是水。」說罷撩了幾把水在自己身上，頃刻間胸前的白衣薄如蟬翼，什麼都遮掩不住了。

陳勍不解的看著他：勍兒寶寶洗澡明明很乖啊？

陳昭幫陳勍洗完，胸前溼了一大片，用布將兒子裹住抱進了趙真的寢殿裡。

趙真見他們回來了，正想趕陳昭走，陳昭將光屁股的兒子塞進她被子裡，道：「這孩子入睡前還要聽朕講故事，講完朕便離開。」

——還要聽故事？這臭小子毛病也太多了吧？

趙真蹙眉看向兒子，陳勍縮在被子裡，可憐巴巴看著她道：「勍兒想聽父皇講故事……」是父皇逼勍兒聽的！

這一整日相處下來，趙真覺得自己有些虧欠兒子，瞧著他一副可憐的模樣，便耐著性子答應了，「講講講。」

陳昭將溼掉的外衣脫下，坐在了床沿講故事給陳勍聽。趙真坐在對面榻上，即便隔著些距離，仍能看到陳昭遮掩在溼了的衣服下那誘人的身軀，喉嚨不禁有些發緊：娘的，狐狸精。

陳昭用溫柔的音調將故事講完，陳勍便睡著了，他起身坐到趙真對面，似乎沒察覺到自己的春光乍洩，一本正經對趙真道：「我方才洗澡，見他身上瘀青了幾處，他還小，妳不要對他太苛責。」

趙真的目光情不自禁的盯在了他胸前，道：「瘀青？我沒打他，應該是摔的。倒是你，這孩子都被你打怕了，我叫他伸手，他便以為我要打他，怕得不行。」

陳昭辯解道：「我打他手心從未用力過，他是挨打挨得少，才會覺得我打他手心重。」說罷坐近了趙真一些，拉過她的手，在她掌心打了一下，「妳看疼嗎？」

——貓抓似的，疼什麼疼，就剩撩騷了。

趙真瞥了眼近在咫尺的「美景」，聞到他身上一股如有若無的香氣，瞇眼道：「你故意的是不是？」

陳昭一臉純潔不解，「什麼？」

——這是你自己送上門的！

趙真咬咬牙，接受了他的勾引。

番外一　【陳勍篇】要喜歡勍兒多一點　完

番外二
【趙曦篇】ㄚㄚ想要弟弟妹妹

生產這一日，趙真從半夜就開始陣痛了，而且痛得很厲害，不知道是不是她這些年嬌生慣養忍耐力差了，竟痛得冒汗，把旁邊的陳昭一腳踹醒了。

陳昭這些日子也挺苦的，趙真肚子大了之後很多地方都不方便了，他白日裡除了要替兒子處理國事還要照顧趙真，夜裡她還經常腳抽筋，他都要醒過來親力親為幫她揉腳，從此以後再也沒失眠過，沾枕頭就能睡著，現在猛地這麼被她踹醒了，是虧得床大才沒滾下去。

陳昭慌慌張張爬起來，胡亂綁了下頭髮，道：「怎麼了？腳又抽筋了？」

趙真捂著肚子，皺著臉：「我肚子痛，你居然還睡得這麼安心！簡直不是人！」

陳昭……這些天是誰都呼呼睡著了，他還在揉腳啊？？？

陳昭爬過去摸了摸她高聳的肚子，「是不是要生了？」昨天太醫還說這些天要注意些，快到生產的日子了。

趙真搖搖頭，「不知道，可能吧。」生前兩個的時候，她也痛過，痛了沒多久就生了，時隔久遠，她不記得是不是這種感覺了。

不管是不是要生了，陳昭見此忙出去把太醫和早就備好的接生嬤嬤都叫了過來，回來便見趙真正抱著盤子吃點心，哪還有痛得厲害的樣子，登時有點目瞪口呆道：「妳做什麼呢？」

趙真邊吃邊翻了個白眼：「你瞎啊，我餓了正吃點心呢！」

跟在王爺身後的太醫和接生嬤嬤也是傻眼：王妃果然與眾不同……

「不痛了？」

趙真摸了摸肚子，「好像不痛了，但是腰感覺有點疼，過來給我揉揉。」說罷跟招呼下人似的衝陳昭招招手。

陳昭聽話的過去幫她揉揉，看向傻眼的太醫道：「還不過來給王妃看看是不是要生了。」

太醫這才趕緊過去，把過脈後道：「王妃怕是要生了，現下多吃些東西，到院中多遛遛，生的時候會順利一些。」

於是景翠宮便開始忙碌起來了，不多時皇帝便帶著大腹便便的皇后過來了，趙真正被陳昭牽著在院中溜達，「你們怎麼來了？」

陳勍早就吩咐過宮人，景翠宮這裡有半點動靜無論是什麼時候都要通知他，這不一聽訊就趕緊過來了。他對宮人們揮了揮手令其都退下，湊過去扶住母后道：「這不是聽說您要生了，趕緊過來嗎？」

趙真甩開他的手，走到籐椅前要坐下，陳昭忙取了軟墊給她墊上才讓她坐，這架式真是伺候聖母皇太后了。

「我生孩子關你什麼事？你明早不上朝了？回去睡覺吧。皇后肚子也不小了，你還把她叫起來。」

皇后連忙道：「兒臣沒事，兒臣白日裡本就睡了很久了。母后要生了，兒臣在宮裡也是睡不著。」

陳勍湊過去給母后端茶遞水，道：「就是的，我們這不是都擔心您嗎？等皇弟出生，皇兒再去上朝。」

趙真接過來喝了一口，「我這還不知道什麼時候生呢，我看你就是藉口不上早朝。都回去吧，等生了派人過去告訴你。」

左右四下沒有外人，陳勍抱住母后大腿耍賴道：「皇兒不走，皇兒要等皇弟出生再走！」

趙真「嘖」了一聲，遞給陳昭一個眼神。

陳昭走到兒子面前，踢了一腳，簡明扼要道：「鬆手，站起來，回去。」

陳勍一聽，灰溜溜的帶著秦如嫣走了。不過出了殿門後，他讓秦如嫣先回去休息，自己命太監搬來椅子小桌坐在門口守門了，反正母后不生他就不上朝。

天漸漸亮了，趙真的肚子時痛時好一直沒生，陳序被嬤嬤送過來，一進門便道：「父皇怎麼在外面坐著呢？」

趙真和陳昭這才知道他一直沒走，早朝的時辰已經過了，便叫他進來了。

陳勍一進來便鞍前馬後的伺候母后，可周到了。

有了新的受氣包替代他，陳昭沒罵他，趙真就開始各種使喚兒子。這個時候她還是心疼自己男人的，平心而論，陳昭這些日子過得連太監宮女都不如，讓他趁機休息休息吧。

於是趙真吃了就遛，遛了就吃，踹踹兒子、逗逗孫子，天色將暗的時候終於有了動靜被送進了產房。

祖孫三代在外面等著，聽著趙真痛苦的聲音響起，一個比一個著急。

陳序揪著自己的小老虎耳朵，看向自己的父皇，「父皇，小皇叔什麼時候才生出來啊？」

陳勍也看向自己的父皇，「父皇，母后什麼時候才生啊？生我的時候也這麼久嗎？」

這次趙真發話不准陳昭進去，所以他只能在外面焦急的踱步著，聞言怒斥一聲：「問我做什麼！等著！」

陳勍被父皇罵，委委屈屈縮了頭，對兒子也凶巴巴道：「等著！」

陳序被陳勍一吼，可憐巴巴的跑到皇祖父面前，「皇祖父……」

陳昭抱起孫子，瞪了兒子一眼。

陳勍：……媳婦，他們欺負我！

秦如嫣匆匆而來，進了產房，沒理陳勍。

終於，產房裡傳來了嬰啼聲，不多時被擦洗乾淨包裹好的小嬰兒讓嬤嬤抱了出來，「恭喜王爺、賀喜王爺，是位小千金。」

陳昭一聽是女兒，看都沒看就進到產房裡面去了，趙真肯定特別失望；陳勍一聽是妹妹，也怕母后想不開，趕緊進到產房裡面去了。雖然嬤嬤們覺得不合禮數，但也不敢攔住他們，就是抱著小郡主不知道該給誰看。

陳序踮了踮腳，「給我看看！給我看看！」

於是嬤嬤只得抱著小郡主蹲下身給小太子看。

陳序看著襁褓裡皺巴巴沒睜眼的小嬰兒，好奇的伸手戳了戳，小嬰兒便睜開了眼睛，黑溜溜的眼睛對上他，慵懶的打了個哈欠，而後眉心皺著打量四周，看著特別機靈。

一直怕小皇叔出生搶走他寵愛的陳序，此時好奇的哇了一聲：小皇叔雖然很醜，但是軟綿綿的很有意思啊！

趙真聽說是女兒並沒有特別失望，喝完補身的湯藥招招手，「把狗蛋抱來給我看看。」

陳昭一聽這個小名一臉無奈，出去將女兒抱了過來給她看。小傢伙剛出生還有些皺巴，但是烏溜溜的大眼睛很可愛，見了人也不害怕，只是眼珠轉著四處看。

趙真看了眼女兒，蹙眉道：「怎麼會這麼醜啊？」她記得大女兒和二兒子出生的時候都沒這麼醜。

她這種不看孩子的人哪裡會懂，陳昭道：「剛出生都這樣，過幾天長開了就好了。她是個姑娘，妳可不能再叫狗蛋了。」

趙真很瀟灑道：「沒關係，叫丫蛋。」

陳昭不能眼瞅著女兒被這麼禍害，為女兒取名叫趙曦，小名丫丫，總好過丫蛋或者蛋蛋。趙曦才真算是他們兩人愛情的結晶，趙真奶水還算足，便自己耐著性子餵這個孩子。趙曦還小，每天就吃了睡、睡了吃，看不出什麼特殊的地方，但眼瞅著是越來越白皙，越看越像陳昭了，趙真見女兒越來越漂亮自然是開心的，但是更多的是憂心，生怕女兒隨了她爹，手不能提、肩不能扛，那她才是真的生廢了，還不如讓她姓陳，當個小郡主。

因為趙真是大婚前三個多月懷上的，現下外人還不知道她已經生了，所以陳昭也不能藉口罷官，仍要繼續日日上朝替兒子處理國事，下了早朝父子倆就一塊過來看她們母女倆。

陳勍很喜歡小妹妹，小妹妹不愛哭，大眼睛總是滴溜溜的轉，睫毛長得像扇子，眨巴眨巴的瞧著就喜歡得不行，「丫丫呀，想皇兄了沒？」說著就把臉湊過去親。

「啪！」趙曦的小巴掌一把拍在湊近她的皇兄臉上，這動靜大得，正說話的趙真和陳昭都看了過來，「怎麼了？」

陳勍捂著臉，「母后，妹妹她打我！」

趙真走過去看了眼兒子的臉，上面居然多了個小紅掌印，她臉上一喜，抱起女兒親一口，樂道：「哎喲，乖寶，力氣這麼大啊？真是母后的好閨女！」女兒力氣這麼大她就放心了。

陳昭一聽也是一喜，同時也鬆了口氣，過去愛憐的親了親女兒。還好自己下的種沒讓趙真失望，趙真前幾天還說，她懷疑問題出在他身上，害她生的孩子都沒她這麼好的底子呢，女兒這不是很好嗎？

陳勍看著對打了他的妹妹又是親又是誇的父皇和母后，委屈巴巴癟起嘴：母后、父皇，我到底是不是你們親生的！

趙曦百日的前幾天皇后生了，一直盼著能多個聽話可愛的小女兒把妹妹比過去的陳勍又得了個兒子，而且這個兒子還頗隨他，是個乖巧怯懦的小寶寶，有點怕人，比他大三個月的小姑姑捏了他的臉一下，就把他嚇哭了。

於是，陳昭替他取名叫陳錚，希望他將來能有錚錚鐵骨，不要像他父皇一樣。

陳勍表示：「……」

趙曦一歲的時候抓週，桌子上擺了一堆精心挑選過的東西，從會爬以後就精力旺盛到處亂爬的趙曦，把這些東西扔的扔、踢的踢，整個桌子最後空無一物，她撒了歡似的在上面打滾。

趙真看著女兒調皮都想打她屁股了，拎起她道：「妳這個小崽子想造反啊？讓妳老實挑個東西就這麼難嗎！」

待宮女把東西重新擺好，趙真把女兒放在桌子上，「好好挑！再弄下去老娘打妳屁股！」

趙曦好像聽懂了母后的話，這次沒把東西都弄下去，爬過去轉了一圈，拿了個伏虎鎮紙在手裡玩了一會兒，還學這上面老虎張大嘴的樣子，凶巴巴的哇了一聲，接著一下子把伏虎鎮紙拍在桌子上……「啪」的一聲，伏虎鎮紙碎成了兩半。

趙真把女兒的小手拉過來看了看，見她手心好好的，伏虎鎮紙確實碎了，頓時一臉喜色，親了口她道：「乖女兒！娘的大寶貝！」

陳勍決定以後要好好對待妹妹，把妹妹當大寶貝，不然妹妹長大之後可能會手撕了他。

過了週歲，趙曦就開始學著走路了。她從會爬之後就不安分，看著別人在她面前走來走去的時候總是蠢蠢欲動，有次趙真趁著她睡著出去了一會兒的工夫，回來便見她自己從高高的床上下來了，正扶著椅子腿要站起來。

趙真把女兒抱起來看了看，她從床上下來居然沒摔傷；她進了屋，就見被子被扔在地，上面有個凹下去的小坑，頓時驚奇了。她先把被子扔下來，然後跳下去的？這小傢伙這麼聰明？

陳昭回來後，趙真把這事和他說，夫妻倆一合計，裝作出去了，把女兒一個人留在床上。他們走了沒多久，自己玩的趙曦就開始不安分了，先爬到床邊到處看了看，然後又爬了回去，熟練的把被子推過來，用力推到地上，然後自己跳到了被子上，再從被子上爬下去，滿屋子撒歡。

趙真咂咂嘴，「這小崽子厲害了，長大了絕對不好管。」

陳昭贊同的點頭，「不如我們出宮去雲遊吧，反正她斷奶了，她皇兄帶她應該可以了。」

於是夫妻倆趁著女兒還沒能邁著小腿四處跑的時候，先跑了……

陳勍越來越覺得妹妹聰明得可怕，她一歲半的時候父皇母后便四海雲遊去了，一個多月才回來一次，妹妹大部分時間便交由他來照顧，皇姐偶爾會進宮住幾日，但大多時候妹妹還是跟著他。她那時候剛會走路，特別難管，安排了足有十二個宮女和嬤嬤貼身照顧，但還是攔不住她到處亂跑，很快她就把整個皇宮都轉遍了，記住了哪個宮裡住著誰、是做什麼用的，比他還要清楚。

反觀他的小兒子陳錚，明明兩人起居都在一起，小傢伙卻總是怯生生的，他的小姑姑都到處亂跑的時候，他連站都站不穩，至今還只在中宮那一畝三分地轉著。

因為母后要照顧弟弟和小姑姑，陳序已經搬去一間宮殿住了，就在隔壁，便每日都過來看小姑姑和弟弟。比起膽小怕人的弟弟，陳序也更喜歡小姑姑，不過小姑姑似乎不怎麼喜歡他。

有一天，陳序帶著自己從小就喜歡玩的九連環給小姑姑，怕小姑姑不知道怎麼玩，便在她面前演示了一遍。

當時趙曦剛睡醒，也就她剛睡醒時才能找到人在哪裡，能老老實實的看著他弄九連環。

陳序見小姑姑迷糊的大眼睛看著他，手下更是俐落的解了九連環，炫耀給小姑姑看，「小姑姑，會了嗎？」說罷把九連環重新弄上，道：「若是不會，我再弄一遍給妳看。」

秦如嫣正在一旁照看小兒子，對大兒子道：「序兒啊，你小姑姑今年才兩歲半，還不是玩這個的年紀呢，你拿些別的給她玩。」

陳序帶來的是入門級別的，但想想好像對於才兩歲半的小姑姑還是挺難的，便打算要收回去了。誰知趙曦卻突然伸手奪了過去，皺著小眉頭，特別認真的擺弄著九連環，沒多久的工夫居然被她解開了！

她把解開的九連環扔給陳序，不屑的眼神彷彿在說；你這個渣渣！

後來陳序總帶來新的九連環給她玩，沒有陳序先演示一遍，她是需要很長時間才能解開，但最後都能奇蹟般的解開，解開了她就不會再玩第二次，有個性得很。有些難的九連環，她可能會用好幾天的時間，但也只是想起來了就拿過來玩一會兒，有時候你覺得她已經忘了，但突然有一天她就解開了，實在讓人驚奇。

後來陳序想教小姑姑下棋，但是趙曦不是個坐得住的小寶寶，她一開始覺得驚奇的時候還能看著陳序擺弄棋子，等搞明白了是什麼，就不會老實坐著了，開始到處亂跑、上竄下跳，反正就是閒不住。

唯一能讓她安靜一會兒的時候，也就是在陳勍身邊了。這個精力旺盛的小傢伙也有累的時候，累了就喜歡跑到皇兄那裡去，起初她還不認字的時候，陳勍批閱摺子與大臣議事，她就在一邊閒晃，偶爾湊過來看看他們，也不插嘴，倒是不吵人。

陳勍一直覺得小妹妹這種行為是每天替父皇例行監視他有沒有好好做事。

後來趙曦逐漸認字了，就喜歡抱著書在他旁邊看，偶爾跑來問他：「這個字唸什麼！」態度可趾高氣昂了，從來不叫他皇兄。

說起這個，陳勍就傷心，趙曦會說話的時候，第一個會叫的就是皇兄，可是她再長大一點就突然不叫他皇兄，和他說話總是直接就說是什麼事情，從來不先叫他皇兄。

——嚶嚶嚶，我的丫丫妹妹不喜歡我了……

後來，陳勍不僅覺得小妹妹不喜歡他了，而且還把他當奴隸了，吃飯的時候不讓別人餵，就讓他餵，洗澡的時候也要皇兄洗，晚上睡覺要皇兄講故事，就連起夜也要皇兄過來，他寢殿裡專門替她放了一張床……陳勍都覺得自己這一、兩年憔悴了。

今日又是皇姐進宮來看小妹妹的日子，陳勍趁皇妹跟外甥女玩的時候，頂著黑眼圈湊到皇姐面前，「皇姐，妳把皇妹接到妳府裡住幾日吧，妳看她這麼喜歡萱萱，一定是想父皇了。萱萱過些日子就嫁人了，讓皇妹多和她相處幾天吧。」

陳勍的心思哪裡瞞得過陳瑜，陳瑜打量他一番道：「帶妹妹帶累了？這麼多宮人還照顧不好她嗎？」

陳勍苦笑：「累倒不怕，妳看咱們小妹妹這麼聰明可愛，我也想生個這樣的女兒呢……」別的辛苦他是真不怕，就是因為妹妹的原因，讓他們夫妻生活都少了，真是苦不堪言啊。

陳瑜笑了一聲，點了點頭，「行行行，那我問問小傢伙，這小傢伙可有主意了。」兩人說完看向趙曦，趙曦正歪頭看著他們，不知道是不是聽到他們說話了。

陳勍臉上一僵，對著妹妹訕笑了一下。

陳瑜走過去，把小妹妹抱起來，「丫丫，到皇姐府中住幾日如何？讓萱萱陪妳玩。萱萱過些日子就出嫁了，不能經常過來看妳了。」

付凝萱一聽小姨和她回公主府自然是開心的，小姨長得隨外祖父，和她也是很像的，兩人站在一起就像親姐妹，「小姨和我回公主府吧，我帶小姨出去玩。」

趙曦眨了眨眼睛，看向陳勍，「皇兄要我去嗎？」

陳勍沒想到妹妹還徵求他的意見，有點受寵若驚，又有點慚愧，不好表現的太想讓她走，便道：「丫丫想去便去，不想去就不去。」

趙曦看了他一會兒，看得陳勍都要心虛了，結果她突地趴到皇姐的肩頭不再看他了，糯糯道：「我去。」

於是陳瑜吩咐嬤嬤替趙曦收拾日常用的東西，怕她過去住不慣，連她的小枕頭、小被子都帶上。趙曦也不說話，就把母后為自己做的小老虎抱著，看著嬤嬤們替她收拾東西。母后做給她的小老虎和姪子們的不一樣，有漂亮的小布花和寶石，是她最喜歡的玩具，她不讓別人碰。

陳勍在旁邊看著寢殿裡妹妹的東西被一個個拿走，突然有點捨不得了，妹妹自出生到現在還沒離開過他，跟皇姐去公主府不知道能不能習慣……

陳瑜見收拾得差不多了，幫妹妹繫好了披風，將她抱到懷裡，小傢伙這會兒很乖，依偎她懷裡也不亂動。她道：「那我們走了。」

陳勍點點頭送她們出去，看了眼趴在皇姐肩頭的小妹妹，愈加的捨不得，囑咐道：「丫丫要是想回宮了就回宮來。」

趙曦聞言，沒有理他，轉了下小腦袋，伸手擺弄皇姐的耳墜，好像皇姐的耳墜比皇兄要吸引人。

陳瑜抱著趙曦往殿外走，摸了摸妹妹滑嫩的臉，「丫丫若是喜歡，明日讓萱萱帶妳去打首飾，做一對比這個漂亮的好不好啊？」

趙曦清脆的「嗯」了一聲，「皇姐真好！」

陳勍聽見了，鬱悶的哼了一聲：小沒良心的，我這個皇兄對妳那麼好，都沒聽妳說一句皇兄真好！

趙曦被陳瑜抱上了轎子，自始至終沒和陳勍說一句話，就這麼毫不留戀的離開了，把他這個皇兄拋之腦後。

陳勍嘆了口氣回到殿中，妹妹這麼一走，他突然覺得殿中空落落的了。

馬車上，趙曦第一次出宮，趴在窗口往外面看，街上人來人往，有很多她沒見過的鋪子。

陳瑜摸了摸妹妹柔軟的頭髮，「丫丫是不是生皇兄的氣了？」別看著小傢伙人小，陳瑜卻覺得她很多事情都懂的。

趙曦沒有說話，過了一會兒回過頭來坐好，抱著小老虎道：「皇姐和萱萱明天帶丫丫去哪裡玩啊？」

付凝萱湊到小姨身邊，有些興奮的抱過她道：「我們不等明天，回去把妳的東西放好，萱萱便帶妳出來玩。我們先去看影子戲，然後去吃好吃的！好不好啊？」小姨還沒見過宮外的世界，她可要帶小姨好好玩玩。

趙曦不像一般的小孩子那樣一聽去玩就興奮了，老成的點點頭，「好啊，那我們能不能見到父皇和母后啊？他們不是也在宮外玩嗎？」

提起外祖父和外祖母，付凝萱就有點為難了，看來小姨是真的想爹娘了呢，和她們出宮是想見爹娘吧？

陳瑜對妹妹道：「宮外的世界很大，父皇和母后去更遠的地方了，我們遇不到他們，再過幾天他們就回來看丫丫了。」

趙曦也沒有很失望的樣子，「哦」了一聲看向付凝萱，又問：「影子戲是什麼啊？」

趙曦沒哭鬧著求他們去找外祖父和外祖母，付凝萱鬆了口氣，忙解釋影子戲是什麼。

回到公主府收拾好東西，付凝萱和付允珩兩兄妹便帶著小姨出來玩。小姨在宮裡的時候是個混世魔王，在他們面前倒是很乖，一直牽著付凝萱的手沒亂跑，走累了就讓付允珩抱著，半點不胡鬧，特別乖巧聽話，付凝萱都懷疑在宮裡看到的那個上竄下跳的小姨是個假小姨。

日頭西落的時候，付凝萱才帶著趙曦回來，小傢伙沒午睡，這會兒有點蔫了，陳瑜不放心女兒晚上照顧妹妹，便把妹妹抱到自己這邊休息了，幫她洗了澡擦乾淨抱進被子裡，小傢伙一直都很聽話，完全沒弟弟說的那麼頑劣。

陳瑜愛憐的摸摸妹妹沐浴後紅紅的臉頰，溫柔道：「丫丫是不是睡前都要聽故事啊？皇姐給妳講故事好不好？」

趙曦抱著自己的小老虎搖了搖頭，「丫丫想睡覺了，皇姐晚安。」說完就閉上眼睛了，長睫毛像小扇子似的，實在招人憐。

付淵睡在最外側，探頭看了眼比媳婦小那麼多的小姨子，小傢伙已經發出呼呼聲了，這不是很乖嘛，「丫丫哪有你們兄妹說的那麼頑皮啊，我看乖得很，說睡就睡了，不哭不鬧的，比咱們閨女老實多了。」

陳瑜幫妹妹拉了拉被子，小聲道：「你懂什麼啊，這小傢伙心思敏感著呢，她是和我們不熟，在不熟的地方就不敢胡鬧，怕我們不喜歡她。」

付淵搔了搔頭，「不會吧，她才兩歲多，哪裡懂那麼多啊？再者說妳是她親姐姐，她怎麼會怕妳不喜歡她。」

陳瑜嘆了口氣，「我畢竟見她見得少啊，這個年齡的孩子幾日不見就忘了你是誰了。」

付淵安慰的拍了拍陳瑜的肩，道：「那妳以後就把她多接過來住，咱們這裡多個孩子會更熱鬧呢。」

陳瑜點點頭，摸了摸妹妹嫩滑的小臉，她這裡已經很久沒有小孩子了，若是妹妹能常住也挺好的……

半夜的時候，陳瑜聽到了抽噎聲，推付淵起床點燈，燈亮了便見本來睡得好好的妹妹哭得鼻涕眼淚的。陳瑜心疼的把她抱進懷裡哄，摸了摸她睡覺的地方，也沒尿床，「丫丫怎麼了？

是不是做噩夢了？」

趙曦搖搖頭，哭哭啼啼道：「皇兄不要丫丫了……嗚嗚嗚……」

陳瑜聞言一愣，「怎麼會呢？皇兄最喜歡丫丫了，丫丫只是到皇姐這裡來玩幾天啊。」

趙曦嗚哇一聲道：「是皇兄不要丫丫了！皇兄不讓丫丫回去了！」

陳瑜趕忙哄她，無奈嘆了口氣，這小傢伙果然什麼都知道，跟她出來的時候她就覺得小傢伙在生氣，憋到現在憋不住了。

「皇兄真的只是讓丫丫到皇姐這裡玩幾天，過幾天就回去了。」

趙曦指了指自己的枕頭和被子，「皇兄不讓丫丫回去！」

陳瑜一愣，煞是無奈，這小傢伙就是敏感，她的東西都讓她帶出宮了，她就以為皇兄不讓她回去了，這麼小就想這麼多，真不知道是好還是壞。

付淵見小姨子哭不停，都開始抽氣了，擔憂道：「怎麼辦啊？要不把丫丫送回宮吧，這麼哭，哭壞了可怎麼辦啊？」

陳瑜哄了一會兒也沒辦法，只得道：「丫丫不哭了，皇姐帶妳回宮去問皇兄，皇兄要是敢不要丫丫了，皇姐替妳打他好不好？」

趙曦這才停了哭聲，腫著眼睛點了點頭，「皇姐打他……然後我跟皇姐回家……再也不要理他了……」

陳瑜噗哧一笑，起身幫她穿衣服，「丫丫穿好衣服，我們進宮打他去。」

原本以為送走了妹妹，自己就能過幾天清淨日子，但是習慣成了自然，陳勍半夜習慣性的起身，到妹妹床邊看她尿床了沒有，摸到空落落的床鋪才想起來妹妹被皇姐帶出宮了。

陳勍回到自己床上，嘆了口氣。

秦如嫣聞聲起身，道：「怎麼了？」

陳勍有些憂鬱道：「不知道丫丫在皇姐那裡習不習慣，要是尿床了得及時收拾，不然容易傷寒啊。」

秦如嫣聞言一笑，他對自己的兩個兒子都沒這麼上心過，對妹妹是真的無微不至。

「皇姐比你要細心，怎麼會照顧不好丫丫呢？你不要瞎擔心了。」

陳勍想了想也是，重新又躺了回去，卻有些睡不著了，自言自語道：「不知道丫丫會不會想我……」

秦如嫣翻了個身，「你若是想她，明日把她接回來吧，丫丫還那麼小，讓她貿然離開自己長大的地方，我覺得也不好。」

陳勍眸子一亮，重重「嗯」了一聲，道：「妳說得對，我明日去接她回來。」說罷又有點憂愁，「可萬一丫丫喜歡皇姐那裡，不回來了可怎麼辦啊……」

正說著，外面宮人來敲門，「陛下，長公主帶著小郡主回宮來了。」

陳勍一聽蹭的坐了起來，衣服都沒來得及穿，蹬了鞋就出去，「丫丫回來了？」

秦如嫣穿上衣服，拿了陳勍的衣服追了出去。

陳勍到了前殿，看見長姐懷裡眼睛紅紅的妹妹，霎時眼圈也跟著熱了，跑過去把妹妹抱過來，「丫丫是不是想皇兄了？皇兄也可想妳了，還想明日就去接妳回來呢。」

趙曦聽皇兄明日就要來接她，氣消了一些，但還是有些氣鼓鼓道：「那皇兄為什麼不想要

ㄚㄚ了？」

陳勍聞言一愣，忙道：「皇兄什麼時候說不要ㄚㄚ了？ㄚㄚ這麼可愛，皇兄怎麼可能不要ㄚㄚ了呢！」

趙曦伸出小手打了他一下，「你就是不要ㄚㄚ了！」

陳勍猜想今日他和皇姐說話ㄚㄚ聽見了，便主動認錯道：「皇兄真的沒有不想要ㄚㄚ，只是想讓ㄚㄚ去皇姐那裡住幾天。皇兄知道錯了，以後再也不惹ㄚㄚ生氣了，ㄚㄚ原諒皇兄好不好？ㄚㄚ要是還生氣就多打皇兄幾下。」

趙曦一聽，不客氣的伸手扯了扯皇兄的臉，又捏了捏皇兄的鼻子，啪啪打了兩下才消氣，噘著嘴訓道：「皇兄以後要聽話！」

陳勍見妹妹終於好了，鬆了口氣，親親她道：「皇兄一定聽妳的話。」

陳瑜在旁邊看著真是羨慕，皇弟小時候她帶，皇弟就和她最好，如今皇妹由皇弟帶，皇妹就和皇弟最好了，她這個姐姐都被忘到九霄雲外了。

趙曦這麼一回來，陳勍再也不敢嫌她麻煩了，繼續任勞任怨的伺候妹妹，趙曦有時候黏著他，他也樂在其中。後來陳勍上早朝，趙曦都跟著，他專門給小傢伙在下首放了一把椅子，方便她坐在那裡，要知道那裡可是攝政王才能坐的地方，這個小傢伙卻坐得理所當然。

自從趙曦陪他上朝之後，陳勍發現一個好處，以往有些大臣欺軟怕硬，知道他是個仁慈敦厚的帝王，與他辯駁的時候總喜歡扯著嗓子用氣勢壓他，這個時候趙曦就會板著小臉，用力拍她的小桌子，說道：「你嚇到我了！把你拉出去砍了！」

這些大臣們自然不能和小孩子計較，只能把聲音壓低了。

有人出言勸諫皇帝不要讓郡主一同臨朝，這小傢伙聽見了可厲害了，怒斥道：「這皇宮是你的還是皇上的！你憑什麼不讓我坐在這裡？你想當皇上嗎？」

從此以後再也沒人敢說了。

趙曦陪陳勍上朝一直陪到四歲，四歲這一年，陳昭和趙真打算把小女兒也帶上了，她到了年紀也該跟在父皇和母后身邊學點本事了。

陳勍一聽父皇和母后要把妹妹帶走，十天半個月的見不到，慟哭道：「母后您不能把妹妹帶走啊！妹妹她離不開我啊！」說罷看向妹妹，「丫丫，妳是不是也不想和皇兄分開？」

趙曦一手牽著父皇，一手牽著母后，對皇兄語重心長道：「皇兄你要乖，丫丫要和父皇母后出去歷練了，回來以後就能保護你了。你已經是大皇帝了，不能總是哭鼻子。」

陳勍……我好像有一個了不起的妹妹？

趙真覺得自己這個小女兒就是個坑娘貨，她懷孕的時候這個小崽子少葷多素，折磨了她十個月，結果她現在能自己吃飯了，簡直無肉不歡，吃的肉比她還多，跟她那吃素的爹一點也不像。本來趙真想刻意收拾她一下，不讓她吃，可這小崽子有千百種方法到處蹭吃蹭喝，差點讓她和陳昭成了喪盡天良的後爹後母。

還有就是趙真懷孕的時候柔弱了許多，嗜睡少動，可這小崽子跟著他們出來雲遊，前幾天還挺老實的，乖得像她小姪子一樣，沒幾天就原形暴露了，上竄下跳，爬樹下水哪個都少不了她，體格還好得過分，別的小孩子這個年紀最容易生病，她在泥地裡打滾都什麼事也沒有，睡醒了就折騰，有用不完的精力。

這些也就罷了，畢竟這是趙真盼了幾十年盼來的寶貝疙瘩，身強體壯天資過人，將來能繼承她的衣缽，但這小崽子把心思算計到她這個親娘身上就太過分了！

雖然趙曦是個女兒，但在趙真心裡只要能繼承她的衣缽，無論男女都無所謂，加之她和陳昭有兒有孫，就不打算再繼續生下去了，因而一直堅持用藥。誰知前幾日她又被查出有孕了，藥是陳昭給的，趙真就以為是陳昭作梗，和陳昭吵了一架，陳昭不承認，自然是去查，查完以後不得了，竟然是他們年僅五歲的小女兒換的藥！

趙真把藥瓶「匡」的放在女兒面前，質問道：「是不是妳換的？」

趙曦看著母后怒髮衝冠的臉，毫不畏懼的點了點頭，「是呀。」

——果然是這個小崽子！

趙真氣到頭髮都要豎起來，「妳哪來的銀兩換的？為什麼要換藥！」那做藥的大夫說了，這小崽子給了他不少銀子呢，她哪來的銀子！

趙曦聞言，蹬蹬蹬跑出去，然後又蹬蹬蹬跑回來，將一個繡工精緻的布袋給她。

趙真打開一看，不得了了，裡面金元寶、銀錠子，嘩啦啦一大堆，還有幾張數額不少的銀票，不知道是她從哪弄來的。趙曦人雖小，但是不需要別人照顧，自己裝包裹的箱子都是她自己收拾，所以趙真也不知道女兒都有些什麼東西，卻不想她藏了這麼多錢財。

「這都是哪來的？」陳昭也是驚奇，他知道女兒有私房錢，但不知道她有這麼多。

趙曦聞言將裡面的東西都倒出來，一個一個指著道：「皇兄給的，皇嫂給的，皇姐給的，姐夫給的，沈舅舅給的，外祖父給的，萱萱給的，允珩給的，這幾個小的是大姪子給的！這幾個丫丫就不記得了，那時候丫丫太小了，都是皇兄替丫丫存著。丫丫還有一個大箱子，在皇兄那裡呢，裡面有很多寶貝，母后要嗎？ㄚㄚ都給妳呀！」她對自己的錢財倒是一點都不吝嗇。

女兒這般慷慨的模樣，趙真神色緩和了些，沉著臉繼續問道：「那妳為什麼要把母后的藥換掉了？」

趙曦天真無邪又理所當然道：「ㄚㄚ想要弟弟妹妹呀！」

好吧，這可以理解，趙曦是個孩子王，無論他們在哪裡，這小崽子都能迅速和附近的小孩子打成一片，繼而成為大姐頭，想有個長期的小弟小妹無可厚非，只是她是怎麼知道這藥的用處的？

趙真輕咳一聲，道：「妳怎麼知道這藥是什麼用處？」

趙曦仰著頭，條理清楚的分析道：「皇兄和皇嫂每次親親的時候都會讓ㄚㄚ和小姪子們出去去玩，ㄚㄚ問過太醫，這樣會有小寶寶的，父皇和母后要ㄚㄚ出去的時候不就是要親親了？可是母后卻一直都沒有小寶寶。後來ㄚㄚ就會看到母后吃這個，ㄚㄚ想知道這是什麼就去問了大夫啊。」

趙真知道自己小女兒好奇心重，卻不知道她好奇心如此之重！什麼都要搞清楚，還會自己分析，簡直是個小神通！

趙曦見母后臉色不好，湊過去摟住母后的腰，露出一副可憐巴巴的模樣道：「而且ㄚㄚ不想父皇母后再走了，ㄚㄚ想和父皇母后在一起，大奎說他娘親懷了小寶寶就不能下地幹活了，每天都待在家裡，ㄚㄚ也想母后在家裡陪著ㄚㄚ～」說罷小臉在她掌心蹭了蹭。

趙真聞言瞥了眼陳昭：這可真是你親生女兒，這麼小就會算計人了，長大了還得了？

陳昭也是沒想到，他可不是天生就聰明，多半是後天養成，生活所迫，而女兒衣食無憂，眾人皆對她百般寵愛，她卻還能這般，只能說是天性使然了。她若是生在她皇兄之前，恐怕皇位就沒她皇兄什麼事了。

趙真摸摸女兒的小腦袋，倒是不怎麼埋怨她，畢竟她的出發點還是單純的，又誠實的對他們都說了，便不算是錯。

「丫丫，皇兄對妳不好嗎？哪次妳和父皇母后出門，妳皇兄不是對妳百般不捨的，就差抱著妳痛哭了。」

趙曦嘟嘴道：「皇兄對丫丫很好，但是丫丫更喜歡父皇和母后啊！」

喲，這小嘴倒是真甜。反正趙真現在是懷孕了，他們雖然沒想生，但也不至於有了再把孩子打了，便再生一個給丫丫做伴吧，畢竟她皇兄和皇姐都比她大太多了，有個年紀相仿的弟弟妹妹做伴，也算是件好事。

於是，趙真和陳昭也沒回宮，而是在離京城不遠的碧青縣城住了下來，這裡依山傍水，人傑地靈，是個養胎的好地方。他們在山裡買了座老宅修葺了一番，陳昭每日在院中的地裡種種菜，趙真偶爾帶著小女兒去山裡打個獵添頓野味，一家三口倒是也過得有滋有味的。

趙真懷胎七個月的時候，陳昭種的菜該有收成了，父女倆蹲在菜地裡挖蘿蔔，弄得滿手的髒汙，趙真扶著腰在旁邊看著，倒覺得此情此景格外溫馨。

「叩叩叩。」大門突地被扣響，挖蘿蔔的趙曦聽見了立刻跳了起來，手裡還拿著滿是泥的蘿蔔便蹬蹬蹬跑去開門了。

趙真在後面慢悠悠的跟著，剛走到大門口便聽到趙曦興奮的聲音道：「皇兄！」然後就是陳勍的嚎聲：「乖丫丫！皇兄可想妳了！」

陳瑜：「丫丫眼裡只有皇兄，皇姐都不理的。」

趙真過去的時候，便見小女兒正要去抱她皇姐，被她皇兄一把抱住，「皇姐！妳不要總是試圖拆散我們兄妹倆！」

哎喲，女兒和兒子一家竟然都來了，孫子、外孫、外孫女也都在呢。

「你們怎麼都過來了？」

陳瑜「咦」道：「母后不知道嗎？丫丫寫信給我們，說她和父皇種的地要結果子了，讓我們過來一起吃呢。」

喲呵，這小崽子倒真是個好妹妹，她父皇辛苦大半年種的地有了收成，還不忘叫她哥哥姐姐過來吃呢。

趙曦揮了揮手裡的蘿蔔，「你們看！這是我和父皇剛才挖出來的蘿蔔！」

年紀最小的陳錚最喜歡吃蘿蔔，聽到小姑姑說的話，鬆開哥哥的手湊上去，迷茫道：「小姑姑，這是蘿蔔嗎？為什麼黑黑的？」

趙曦像個小大人一樣道：「因為是剛剛挖出來的啊！」說罷一手牽著大姪子，一手牽著小姪子，「走，和父皇一起挖蘿蔔去！」說完三個小傢伙就跑了。

趙真看了眼兒子女兒們，「你們來得好，幫你們父皇一塊挖蘿蔔去吧，哦，還有白菜。」

付凝萱驚奇道：「原來蘿蔔是在地裡的啊！我去看看！」

於是，唯有趙真一個孕婦坐在籐椅上，欣賞陳家這些平日裡養尊處優的皇子皇孫們蹲在泥地裡挖蘿蔔，如此盛況真是百年難得一遇呢……

挖了一下午的蘿蔔，到了平日裡做飯的時候，趙真他們一家三口住在山裡沒人伺候，凡是都是親力親為，眼下趙真是個孕婦，平日裡做事的自然只有陳昭，趙曦倒是懂事，知道幫著父皇洗洗菜、洗洗衣服什麼的，現下這麼多人來了，陳昭的壓力甚重。

做兒女的不能眼瞅著陳昭一個人為他們做飯啊，於是也學過廚藝的陳瑜和秦如嫣表示要包攬過來，但她們這種身分的女子，所謂的會做也不過是站在下人旁邊動動嘴，無論是切菜還是下鍋都不用親力親為，因而動手能力連趙曦都不如，趙曦還會替父皇擇菜呢！

陳昭看著大女兒和兒媳慘不忍睹的刀工，實在是不放心讓她們做，畢竟這些菜是要給他媳婦吃的，不能讓她們毒死他媳婦啊，最終還是自己做了。

趙曦就高興了，指揮著姐姐和嫂子擇菜洗菜，然後又去指揮哥哥和姐夫還有外甥與姪子們打水洗衣服掃地，她當個輕鬆的監工頭就好了。

趙真看著小女兒在院子裡跑來跑去樂得不行，心想：這個小崽子，把她哥哥姐姐一家子都叫過來當雜役了。

陳勍和陳瑜後來也回過味來了，妹妹這是叫他們過來幫忙收地幹活的吧？

十天前——

趙真道：「你那地快收了吧？要不要請些山下的農民幫忙收？」

陳昭道：「不必了吧，地又不大，我和丫丫一起收就好了，收個七、八天也就收完了。」

在旁邊練字的趙曦聽見了，重新拿了一張白紙，寫道：敬愛的皇兄，許久不見十分想念，丫丫和父皇種的菜要豐收了，皇兄帶著嫂嫂和姪子們一起過來吃吧！丫丫會把最大的蘿蔔留給皇兄！

三個月後——

「爹爹，小弟弟怎麼還沒生出來啊？」趙曦扯了扯父皇的袖口，發現平日裡冷靜自若的父皇居然滿臉焦急，額上都冒汗了。

陳昭扯回被女兒揪著的袖子，蹙眉道：「別吵，老實待著。」

被父皇這麼一說，趙曦癟癟嘴，吧嗒吧嗒跑到門前附耳去聽，聽見娘親在裡面罵些不可形容的詞彙，她眨了眨眼睛，大聲喊道：「娘親！小弟弟這麼不聽話，娘親快點把他生出來，丫丫替妳打他屁股啊！」

罵罵咧咧的趙真聽見女兒的聲音立刻住了嘴，把精神都用在生孩子上，「你這個小崽子！再不出來老娘真的打你啊！」

穩婆也是一臉的愁容，「夫人，早就跟您說了，少吃一些，孩子太大了這才不好生的，您再加把勁，很快就能出來了，已經看到頭了。」

——妳當老娘想吃啊！這小崽子和他姐姐不一樣，愛吃葷，動不動就餓，我能怎麼辦？我都感覺自己腰肥了好幾圈！

幾經掙扎，趙真終於把老四生下來了，果真是個男孩，一秤竟有八斤重，是個圓潤圓潤的小胖子，瞧著有發展成他皇兄的趨勢。

穩婆喜氣洋洋的將收拾乾淨的孩子抱出去，「恭喜老爺，夫人生了個小少爺。」

陳昭看了眼襁褓裡還沒睜眼的小胖子，臉上並無喜色，急匆匆進了屋，趙真已經被收拾過了，不知道是睡著了還是太累了，躺在床上一動不動，臉色蒼白的有些嚇人，「趙真……」他不禁握住她的手，此時她的手竟有幾分柔弱無骨的感覺。

趙真聞聲，有氣無力的睜開眼睛，「陳昭，我若是再給你生孩子，我就跟你姓！」說完送他個白眼。

看她還有力氣翻白眼，陳昭噗哧一笑，道：「妳生得這麼辛苦，我給他取名趙熠如何？熠熠生輝的熠。」

趙真聞言挑了下眉頭，老四也姓趙嗎？她還以為他只允丫丫一個，這意外的收穫讓趙真因為生孩子的不悅都撫平了，道了聲：「那……把趙老四給我抱過來看看，我還沒看呢！」

趙老四是哇哇哭著被抱進來的，本來小傢伙是安安靜靜的，被他親姐姐掐了一下小臉弄哭了。趙曦還跑進來惡人先告狀，道：「娘親娘親！弟弟可真不乖，我說他長得醜，他居然睜眼睛瞪我，我就教訓了他一下，他就哇哇哭了！男孩子怎麼能這麼愛哭呢？」說著把手裡的弟弟抱給她看，「娘親妳看他，多醜啊，還紅彤彤的，像關公一樣！」

穩婆急忙跟進來，生怕她把剛出生的小公子摔了，「小姐，小少爺這是喜歡您，一出生的時候沒睜眼，一見您便睜眼了，哪裡是瞪您啊？而且剛出生的孩子都發紅，一會兒就好了。」

趙真看了眼兒子，真是紅彤彤的，也沒有眉毛，兩個面頰圓嘟嘟的，鼻子也癟癟的，是挺醜，「算了，還是讓他姓陳吧。」這麼醜的趙老四她不想承認。

但最後老四還是叫趙熠，他的哥哥姐姐們翌日便過來圍觀他了。許是他一睜眼小姐姐便掐了他一把，他有點怕生，睡著了還好，睡醒了看到有人圍在他四周便會哇哇大哭，但有一點是奇了，罪魁禍首趙曦抱他，他反而就會歇了哭聲。趙曦這才相信弟弟是喜歡她，才開始不嫌棄他長得醜了。

生這個孩子讓趙真吃了太多苦，跟鬼門關走了一趟一樣，身上也長了不少肉，遂她很不喜歡小兒子，便交由奶娘來餵，自己專心坐月子減肉。

趙真這個任性的娘，陳昭也早就習慣了，便自己打理小兒子的事宜。從前總待不住的丫丫每日都會到弟弟這裡坐很久，雖然人小卻靠得住，也能當個稱職的姐姐照顧弟弟。

趙熠百日的時候長開了許多，眉毛濃了，小鼻子翹了，臉頰雖然還有嘟嘟的肉，但尖尖的小下巴已經出來了，大眼睛長睫毛漂亮極了，比他三個哥哥姐姐幼時都要可愛。

趙曦對小弟弟已經喜歡得不得了，每天都要抱著睡，給弟弟換尿布，逗弟弟玩，練武都要趙真叫好幾遍才行。

陳勍想伸手摸摸弟弟肉嘟嘟的臉，被小妹一爪子打開，「皇兄手髒！不能摸弟弟！」

陳勍摸了摸被妹妹打紅的手，「丫丫，妳以前可沒這麼嫌棄皇兄。」

趙曦不理他，抱著弟弟輕拍幾下，「別把弟弟吵醒了！」

陳勍委屈的癟癟嘴，湊到母后身邊，「母后，您看弟弟和我小時候是不是很像？」畢竟他們都胖啊。

趙真還沒說話，趙曦嫌棄道：「皇兄怎麼能和弟弟比呢？才不像呢！」

陳勍覺得妹妹對他的愛一去不復返了……

番外二　【趙曦篇】丫丫想要弟弟妹妹　完

番外三

【趙臻和陳妱篇】性別轉換

八公主正值活潑好動的年紀，湊在同胞的三公主身邊嘰嘰喳喳道：「皇姐，妳說趙將軍會是什麼樣子啊？我聽說他可厲害了，敵軍聽了他的名號都不敢出來應戰呢！」說著眼中滿是期待的模樣，向外面探頭探腦的看。

三公主不屑的冷哼了一聲，「厲害又如何？不過是個四品的武將罷了，聽說大字都不識一個，又常年在西北那種貧瘠的地方，不知道要有多粗俗沒見識呢！別看了，快坐好了。」說罷瞥了眼不遠處的七公主陳炤，眼中閃過一絲快意：哼，貌美又如何，還不是要嫁給那種粗俗鄙陋的武將，將來還要隨軍去西北那種鳥不拉屎的地方，看妳到時候還有什麼可傲的！

皇姐尖刻的目光陳炤不是沒有察覺，只是懶得理會罷了，聽說此次趙臻趙將軍立功回京，父皇會將她們幾個公主之中的一個賜婚給他，陳炤不知道會是誰，但應該不會是她吧，她這種不受寵的公主如何會被父皇用來拉攏重臣呢？想到這她倒是鬆了口氣，其實她更想嫁到一個平常的人家，寧願不受父皇重視，也不願被推到風口浪尖去。

這場慶功宴的主角終於來了，趙臻身著玄色錦袍，上面繡著精緻的暗紋，將他高大挺拔的身材襯得十分顯眼；他膚色有些重，在陽光的照射下會反出蜜色的光芒；等他走到近前，眾人便能看到他鼻梁高挺，眉心不自覺的輕蹙著，眼眸黑亮而深邃，整個人散發著生人勿近的肅殺之氣。他遠不同於京中或是俊秀或是儒雅的公子哥，他身上有種屬於男人的血性，讓京中這些沒見過這種類型的小姑娘們瞧見了心頭不禁小鹿亂撞起來。

八公主湊到窗臺前去看：「皇姐皇姐！妳看，趙將軍明明很英俊嘛！哪有妳說的那般粗俗鄙陋啊？」

這些公主們事先被安排在了二樓，方便她們遠遠瞧一瞧這位近日來風頭最勁的趙將軍。趙臻耳力很好，即便隔得很遠他也聽到了，抬眸望了過去，臉上並沒有什麼惱怒的神色，反倒是勾脣笑了一下，那眉宇間的肅殺之氣便淡了很多，使得他威嚴的面容也多了幾分親和。

八公主驚呼，退到三皇姐身邊，紅著臉道：「皇姐，他好像對我笑……皇姐妳怎麼了？」八公主這才發現，她皇姐的面色似乎很不好看。

隔著飄動的輕紗幔，陳炤也看到了那個笑容，眉頭不禁微微一皺，直覺告訴她這一定是個很危險的男人，但好在，對方離她很遠，將來也不會有什麼糾葛。她收起了視線，繼續翻看手中的書冊。

但往往總是事與願違，開宴時陳炤發現自己的吃食被下了藥，她不動聲色的悄悄吐了，適時裝作藥發在宮女的攙扶下晃晃悠悠出去了，繼而暈了過去。接著她便被父皇宮中掌事的嬤嬤帶進了一間房中，嬤嬤將她的衣服除去，就剩了一件肚兜，把她塞進被子裡。她不知道她們到底想做什麼，但她知道現在不能反抗，父皇身邊的人做這些事，便說明就算她鬧起來也沒人會為她做主，她只能自己找機會逃跑。

身邊只剩兩個宮女在把守，她等了一會兒聽到有人被拖進來的動靜，繼而窸窸窣窣的不知道在做什麼，好一會兒一個帶著滿身酒氣的人被放在了她身旁，繼而所有的人都出去了。

陳炤小心翼翼睜開眼睛，便看到了一個男人的側臉，她坐起身子，這個躺在她身旁的人赫然就是趙臻，他才剛被封為大將軍，現在便被安排到了這裡，陳炤細細一理，心中陣陣發寒。

她的父皇一向是個生性多疑之人，趙臻現下軍功在身，又手握兵權，在民間的威望也如日中天，父皇重用他又忌憚他，能做的無非是在他品行上抹黑，他酒後亂性玷汙公主，足以讓他留下難以抹去的汙點，而父皇又能趁機將她這個身後沒有母家扶持的公主嫁過去，以示帝王的寬容和恩寵，簡直是一舉兩得的好事。

可這其中獨獨沒有考慮過的就是她，她這般嫁給趙臻，旁人該如何恥笑她？而趙臻又會如何看待她？他會迫於形勢娶她，但一定會厭惡她至極，絕不會視她為髮妻尊重，說不定她最後的下場就是客死異鄉。她知道反抗父皇的後果，但她不能這般把自己斷送出去。

陳炤忙找了自己的衣服穿好，想了想將趙臻的衣服斂了回來。看著床上熟睡的男人，她有些犯難，她自小到大沒替男人穿過衣服，更沒碰過男人的身子，可她瞧見他身上遍布的陳傷舊痕，卻不能棄他於不顧。他也是個無辜的人，用這一身的傷疤換來陳國的太平，用自己的血肉築建了如今的功勛，卻被自己的帝王如此算計，知道後怎麼會不心冷呢？

她深吸一口氣，將人攙扶起來。她不知道男人的身材怎麼才算好，只知道她觸手便是結實緊繃的肌肉，只是摸著便讓人有種說不出的羞赧……

趙臻也不是那麼好算計的，他早察覺出了不對，順著他們演，想看看他們到底想做什麼。令他沒想到的是，這個一同和他被算計的女子也是裝的，等人走了她便自己起來穿衣服，現在又回來替他穿，他能察覺到她手指間的顫抖和生疏，此時此刻她心裡一定很緊張吧？

趙臻突地伸手握住替他穿衣的手，這手很滑、柔若無骨，他坐了起來，捂住了少女的嘴。

陳炤被他嚇了一跳，若不是他捂住了她的嘴，她都要喊出聲了。

趙臻見她沒有反抗，便鬆開了她，這才看清少女的長相，什麼叫眉目如畫，什麼叫聖潔如雪，他現在終於有形象具體的理解，手一用力把她攬進懷裡來，壓低聲音在她耳邊問道：「叫什麼名字？」說罷在她身上嗅了嗅，清香撲鼻。

男人的氣息撲面而來，陳炤面紅耳赤，強作鎮定道：「我乃是七公主，你放開我。」

七公主？趙臻知道皇帝要把女兒賜給他的事情，事先也打探了那幾位沒出嫁的公主，據說這個七公主是樣貌最出色的，只是出身不及其他的幾位公主。

「原來是妳啊。」知道她有可能是自己未來的媳婦，趙臻伸手摸了摸她的臉，觸手細滑柔嫩，手感頗好：不錯，令人滿意。

被他如此輕浮的對待，陳炤先前對他的欽佩和尊敬蕩然無存，推開他的手站起身，有些戒備道：「你做什麼！」

趙臻玩味一笑，站起身來，將自己的衣服一一穿好，目光落在眼前這個明明怕得要命卻還強作鎮定的美人身上，心想有意思。他道：「妳我為何會在此，想必不用我多言了，我出去應付，妳好好待著，過幾日等我娶妳過門。」說完便瀟瀟灑灑往門口走去。

陳炤聽了一愣，快步跟了過去，拉住他的衣襬道：「你明知道被算計了，還要娶我？」

趙臻對她一笑，雙眸對上她那雙琉璃似的漂亮眸子，「因為我對妳很滿意啊。」說罷，看著她緊抿的紅唇有點心癢，湊上去親了一下，滿意的舔舔唇，果然又香又軟。

被意外偷香，陳炤捂住自己的嘴，有些難以置信的看著他，「你——！」

趙臻衝她眨眨眼睛，「乖乖等著我哦，公主殿下。」說罷還在她臉蛋上又摸了一把。

外面傳來紛雜的腳步聲，趙臻推門出去並關上門，將紛雜隔絕在外，她聽到他說：「喲，本將軍出來找個茅廁的工夫，都能驚起這麼大的動靜，諸位這般匆忙而來是有什麼要事啊？」

翌日，皇帝便下旨給七公主陳炤與新進的大將軍趙臻賜婚。據說趙臻在宮宴上對七公主一見鍾情，什麼賞賜都不要，只要七公主，皇帝念趙臻一片痴心，將公主下嫁於他，並未因為他成了駙馬便收了他手中的兵權，還添了不少嫁妝。世人殊不知趙臻為了娶公主，送進宮的彩禮遠要更多。

大婚當日十分熱鬧，七公主的嫁妝進了這頭，那頭卻還沒出完，算得上是十里紅妝了，嫁得十分風光。英俊高大的駙馬爺騎在馬上也是春風滿面，讓人不禁猜想這位七公主到底是有多美，才能讓人到了非卿不娶的地步。

新婚當夜，趙臻娶了美嬌娘心情好，被人多灌了幾杯有些醉醺醺的回了新房，在嬤嬤的指點下算是順順當當的完成了所有的流程，喝過了醒酒湯，房中終於只剩兩人了。

趙臻坐到新娘子身邊，她低著頭，面頰泛紅，不知道是因為胭脂還是害羞，總之比上次見著的時候還要美，還要誘人。他伸手摟住她，纖細的腰肢盈盈一握，什麼叫溫香軟玉在懷，這便是了。

「想我了嗎？」他說罷，在她面頰上輕吻了一下，還帶著幾分酒氣。

雖然已經嫁給了他，可陳炤畢竟只是第二次見他，有些抗拒的別開了臉。這些日子在宮中待嫁，平日裡不怎麼理會她的姐妹們輪番到她這裡來，和她講趙臻在西北的名聲如何殘暴、品行如何低劣，所經之處燒殺搶掠、凌虐婦女。雖然她知道她們也許只是見不得她好，說來嚇唬她的，可上次見到趙臻，他確實不像個規矩守禮的君子，所以她此時還是有些怕的。

趙臻察覺到她的抗拒，並不以為然，將人推倒在床上，強勢的吻了上去，邊吻邊道：「自從上次見過妳，我對妳可是日思夜想呢。」

趙臻有個厲害的娘，平日對他和父親管得很嚴，父親不准有妾室，他也不准，加之趙臻自己也很挑，便從未碰過女子，可他畢竟正當青年，遇上個順眼的，還娶到了手，自然是把持不住，顯得有些急色。

他一急色，陳炤更是把他歸到流氓的行列，有些畏懼的推搡他，「你別……不要……」

趙臻停下了，看著她驚恐的臉感覺有些好笑，「不要什麼？別怎樣？妳都嫁給我了，還不讓我碰妳嗎？別怕，妳乖乖的，我不會傷害妳的。」說著動作輕柔的去解她衣衫。

陳炤見他似乎能講道理，大著膽子道：「我們能不能先互相瞭解，以後再做這種事……」

趙臻聽了覺得更好笑了，「我們先做了這種事，以後再慢慢瞭解不也一樣嗎？」說著伸出一根手指擋在她欲要開口的唇瓣上，「不要考驗我的耐心，趁我現在還有耐心，妳最好乖乖的，也免得自己受苦。」

陳炤聞言覺得自己躲不過了，也沒有理由躲，哪有嫁了人卻不讓夫君碰的，遂閉上眼睛，視死如歸。

趙臻瞧著她這副模樣噗哧笑了一聲，雖然模樣挺可憐，但他卻沒辦法對自己殘忍，這麼多天的埋頭苦讀不能浪費啊！他撲上去，寸寸蠶食，雖然她像被定了身一般，一動也不動有些無趣，但仍無法阻止他摸索前進的步伐。他摸到那處神秘的地方，才聽到她緊閉的唇瓣中溢出幾聲輕吟。

趙臻一喜，道：「是這啊！」養兵千日用在一時，找準城門，一舉進攻！一攻，複攻，再而攻……突地，他就不動了，一臉菜色。

那令人難受到窒息的感覺一滯，身上的人不進也不退，陳炤有些難耐的張開眼睛，便見趙臻一臉菜色，似乎也很不好，她有些不解的皺起眉頭。

趙臻見新媳婦皺了眉，頓時更沒臉了，說什麼也要找回身為男人的尊嚴。於是新婚初夜，技藝不精的趙臻找尊嚴找了很久，後果就是翌日陳炤一句話也不和他說了，夫妻倆的關係降到了冰點……

新婚夫婦去向公婆敬茶，趙臻看媳婦走路一瘸一拐，心中愧疚不已，湊上去討好她想抱她過去，她卻置若罔聞，一臉冰霜，半根手指都不讓他碰。別看人長得嬌弱，性子卻是很硬的。

趙臻的娘親聽說兒子昨晚折騰到很晚才睡，今日一見公主兒媳的樣子，頓時給了她那沒出息的兒子一記眼刀，把公主兒媳單獨拉過來問，問她可有傷到哪裡，她兒子有沒有過分，諸如此類的事情。

陳炤恥於和婆婆說這種事情，一味的搖頭，更顯得隱忍可憐了。

送公主兒媳回去休息，趙臻的娘把兒子單獨叫過去，上來就是一巴掌，「你這個渾小子！你就是這麼對待你媳婦的？給我把人哄好了去！哄不好你就一直在她房門外跪著吧！」

伏低做小一早上的趙臻被娘一打也生氣了：我做什麼了？我不就做了每個男人新婚之夜都會做的事情嗎？娘的，嬌滴滴的娘兒們就是難哄！

他牽了馬，氣呼呼的出了府，把他在京中的下屬都叫上了，一堆人一起去了酒樓。

下屬們很納悶，將軍新婚第一天不在家陪新媳婦，叫他們一起出來喝酒做什麼啊？

等眾人落坐，別說酒了，茶都沒有，趙臻一人給了一紙一筆，拍桌子道：「寫！給老子好好寫！寫你們平日裡都是怎麼哄自個娘兒們的！」

下屬們：……我靠！

番外三　【趙臻和陳炤篇】性別轉換　完

番外四
【付凝萱篇】跪著也要自己教

「你為什麼要娶我啊？」
「父母之命，媒妁之言，何況我們一起長大，順理成章。」
「那你喜歡我嗎？」
「妳很好。」
「當我是任性吧，魏雲軒，我不能嫁給你，我要退婚。」

※◎※　※◎※　※◎※

「大膽狂徒，在本捕頭的管轄你都敢放肆！還不束手就擒，被我逮住要你好看！」
付凝萱穿著一身怒張的紅衣一路狂奔，所經之處人仰馬翻，硬是在熱鬧的街頭闖出一條道來。她抽出腰間的鞭子，「啪」的一聲打在賊人背上，繼而甩出一鞭勾住賊人的腳踝，蹭的一拉，賊人便摔倒在地，她飛身而起一腳將人踩在腳底，大笑道：「被我逮住了吧！就說了讓你束手就擒，省得挨我一鞭子呢！」
賊人哎喲哎喲的叫著：「大人，您就饒了小的吧，小的上有八十歲老母，下有嗷嗷待哺的小兒，小人也是逼不得已的！」
付凝萱揚起那張豔絕無雙的臉，粗魯的啐了一聲道：「少廢話，本捕頭逮住十個小賊九個都這麼說！起來！給我回衙門！」說罷把人一腳踹起來，俐落的用繩子一綁，掂了掂從他身上搜出偷來的荷包，好傢伙，還不少呢。
付凝萱拿著荷包突然有點懵，「這荷包是誰的來著？」

這時有個書生打扮的男子氣喘吁吁的跑到她面前，身後還跟著他的書僮，他深吸一口氣擦了擦汗，拱手儒雅道：「在下宋秋河，多謝大人出手相助，這是在下進京趕考的盤纏，若非大人出手，在下便不知該如何是好了。」

付凝萱見了來人才想起來，她是巡視的時候聽到一個書生喊抓賊啊，她才抓賊的。她打量了書生一眼，一身儒袍，倒是眉清目秀，只是弱柳扶風之姿，怪不得那麼容易被偷。

付凝萱將荷包給他，「和我去衙門走一趟，做個人證！」說罷牽著被捆的賊人往衙門走。

宋秋河和他的書僮忙跟在後面。

人走了後，就剩街上一片狼籍，沿街的小販看著自己被砸碎的東西不僅沒心疼，還歡天喜地起來，立刻撿了東西跟著一起往衙門走，隱約聽見有人道：「喲！散財童女終於又來了！」

有個外地來趕考的書生一臉不解的問身旁的友人：「這京中還有女捕頭啊？這般身手哪有男子降得住她啊，你看看，這所到之處一片狼籍。」

友人道：「你有所不知，這位捕頭來歷不凡，乃長公主之女，身分地位高又出手不凡，別瞧她模樣出眾，卻是個十足的母老虎，要不然也不會被人退婚，如今年二十了還未出嫁呢。」

書生聞言，感嘆的搖了搖頭道：「若是我，我也不敢娶啊！女子還是要知書達理，溫柔一些的好。」

突地，一道低沉的男聲插了進來：「你們這些飽讀詩書的文人就是這樣在一個女子身後，如長舌婦一般說三道四的嗎？」

兩人回身，認出來人的人驚詫道：「魏……魏大人……」

魏雲軒一向平和的面容上露出了幾分薄怒，道：「莫要讓我聽到你們說三道四，我從未退過婚，而是被退婚。」說罷人便走了。

書生驚異於此人的氣魄，道：「那是誰啊？」

「神龍衛統領，魏雲軒，就是方才那個女捕頭的前任未婚夫。」

「我的縣主大人喲，都說了多少遍，鬧市不可動武，您看看，又有多少商販被您砸了？」京兆尹看著眼前的付凝萱就頭大。

堂下跪了一排來討要賠償的小販。

付凝萱不以為然的昂著頭，「我賠錢就是了，逮到賊人要緊嘛！難道我還眼睜睜的看著他跑了不成？」賊人都猴精著呢，淨往人多的地方跑，她能不追嗎？

京兆尹連聲嘆氣，自從京中多了這個縣主女捕頭，他這裡就永無寧日了，三天兩頭有小販上門討要賠償，全是這位縣主懲惡揚善時禍害的，起初怨聲載道，後來大家都得了這位縣主的賠償，開始日日盼著她到處「懲惡揚善」了，背地裡給她取了個外號「散財童女」，就算長公主和明夏侯多有錢，照縣主這樣下去，也會有彈盡糧絕的一天！

師爺將這次算出的賠償金額拿給京兆尹看，京兆尹嘆了口氣：「縣主，您這次毀壞百姓的財物超額，停職七日，回去休息七日吧。」

付凝萱一聽，拿過紙來看了一眼，「這不才二百兩嗎？這就停我的職，我又不是不賠！也不用衙門賠！」

才二百兩？這位縣主當捕頭，一年的俸祿才多少啊？這外號沒取錯，就是個散財童女。

「縣主，這是規矩，告到陛下那裡也是要這般處置的，您就回去歇息幾天吧。」

付凝萱才不敢去皇舅舅那裡理論呢，這捕頭的位置就是她死皮賴臉求來的，若是她還敢去鬧，那就不是停職七日了。

付凝萱將令牌拍在桌上，「回去就回去！哼！」說罷踢了一腳自己抓來的賊人，大步流星出去了。

付凝萱走出衙門正想上馬，後面宋秋河匆匆跟了上來，一臉愧疚道：「縣主留步，縣主因在下受罰，在下愧疚不已……」

付凝萱沒聽完，皺皺眉頭揮手道：「干你什麼事？就算被偷的不是你，我也會去追的。下次小心些不要再被偷了！」說罷翻身上馬，揚長而去。

書僮走到宋秋河身旁道：「公子，這位縣主也真是個奇人，放著好好的千金大小姐不做，偏要做女捕頭，你沒聽那些人的閒言碎語，說得多難聽。」

宋秋河聞言收回了目光，看向書僮訓斥道：「既然你都說是閒言碎語，便不要學別人。誰說縣主就不可以做捕頭了？若非碰到縣主這般正義之士，你我就要露宿街頭了！不要盲聽他人言論，孰好孰壞你自己心裡要有一桿稱。」

付凝萱回了公主府便躲進了自己的院子，自打她上任以來賠了家中不少銀兩了，父親母親連帶她兄長不知道數落她多少次了，這次鐵定又少不了一頓罵。

果然，長公主知道自己女兒又闖禍了，立刻到她這裡來了，「萱萱。」

付凝萱跪到母親面前，「女兒知錯了。」

長公主見女兒主動認錯，嘆了口氣，勸道：「萱萱，同樣是捕頭，妳要謙虛一些，多和前輩學學，總這般東打西砸，怎麼是個辦法？」

付凝萱乖巧的「嗯」了一聲，「女兒會改的，明日就到劉捕頭那裡去請教。」

長公主又嘆了口氣，這銀兩她並不心疼，而是擔心自己的女兒，自從退了魏家的婚事後，她的性情就變了很多，以前嬌氣得很，現在卻像個女霸王，到處橫衝直撞，受了傷也無所謂，還自己求了一份女捕頭的職位，一副不打算嫁人的模樣。她也不是養不了女兒一輩子，而是女兒心裡這道檻過不去，她無法放心；女兒雖然退了魏家的婚事，可卻沒對魏雲軒死心，長此以往下去怎麼得了呢？

「算了吧，妳好好在家反思幾日吧，別的事等妳官復原職再說。」

付凝萱「嗯」了一聲，但是轉頭就打算去劉捕頭家做客了，只是她還沒出門，就有人到公主府來拜訪了，正是昨日的宋秋河。

這宋秋河是來登門道謝，買了不少禮品，自然不好趕人走，趕巧付淵休沐在家，代女兒接了謝禮，聊了幾句。這一聊不得了，宋秋河來自臨城宋家，這宋家是有名的書香門第，祖上還出過大儒，和付家竟還沾親帶故，於是付淵就把人留下了，他在京備考這幾日暫住公主府。

「你跟我說實話，你到現在還不訂親到底什麼意思啊？是還想著我妹妹嗎？」話音落下，付允珩緊盯著對面魏雲軒的臉，不想錯過他一絲一毫的表情變化。

魏雲軒平日裡木訥的臉，此時有片刻的迷惘，想了許久才道：「沒有想娶的人啊……」

付允珩聞言挑挑眉頭，「那你當初同意和我妹訂親是想娶我妹？」

魏雲軒點點頭，理所當然道：「我們自小一起長大，知根知底，門當戶對，我為什麼不想娶她啊？」

付允珩聞言皺起眉頭，「那我妹為何說你不想娶她？說你不喜歡她？你知道你退親的時候我妹有多難過嗎？」

本來訂親的時候，她妹妹高興得不行，私下見了魏雲軒一面，回來就哭慘了，魏家隔天就派人過來退親，他妹氣到離家出走，還好他們發現及時攔住了，但都不敢問到底怎麼了。付允珩因此還和魏雲軒鬧掰了，這些日子因為公事上的往來，關係才緩和了些。

魏雲軒的神情更是迷惘了，「我從來沒說過不想娶她、不喜歡她，是她不想嫁給我，要退親的，我不想讓她為難，就主動退了親事。」他很難得的嘆了口氣，「其實我也明白，我這般無趣的人，萱萱她一直是不喜歡的，小的時候她便最不喜歡我，她反悔我也能理解……」

「等等！」付允珩打斷他的自說自話，「誰跟你說我妹妹不喜歡你的？她從小到大就喜歡你一個！你居然說她不喜歡你？」

魏雲軒有些愣然，滿臉不解道：「她就是不喜歡我啊，不然為何退婚？」

付允珩拍案而起，「我還想問你呢！我妹見你那天，你和她說了什麼？」

婚姻畢竟是人生大事，平日裡不怎麼喜歡記武學以外的事情的魏雲軒還記得當日的對話，於是向付允珩複述了一遍。

付允珩聽完實在是恨鐵不成鋼，完全搞不懂自己的妹妹為什麼就這麼喜歡魏雲軒這個榆木疙瘩，這天底下會討人歡心的男人那麼多，她怎麼偏偏就喜歡魏雲軒這個死腦筋呢？

「我跟你說，我妹從小到大就喜歡你一個人，你沒發現我妹對你的態度一直很特殊嗎？」

魏雲軒點點頭，「可她那是不喜歡我啊……明明小的時候她和誰都聊得來，但就是不和我說話，分東西的時候也從來不給我，我離她近些她便躲得遠遠的，雖然長大以後親近了不少，但她對我和對旁人也沒什麼不一樣啊？」

付允珩聽完也不知道該怎麼說了，這兩人，一個少根筋，一個死要面子，天生相剋。

他妹那是從小集萬千寵愛於一身的小縣主，誰都捧著她、哄著她。魏雲軒自小就木訥，也不會哄姑娘，對他妹的態度不像別的臭小子那樣慇勤，於是就成功引起了他妹的注意。

他記得起初他妹是很討厭魏雲軒的，但後來不知怎的，就對魏雲軒越來越關心，總打聽魏雲軒，還託他送東西給魏雲軒。當然，以他妹那種傲嬌的性格，是不會把這種事情表現得太明顯，一般送東西也是朋友們全都送，唯獨給魏雲軒的不一樣，他看明白了也沒說破，任由他們兩個發展。

眼瞅著，魏雲軒親近的姑娘只有他妹一個，而他妹十幾年來沒有變心，兩人應該是好事成了，卻不想剛訂了親就一拍兩散了，到現在他都不敢問他妹到底怎麼回事，要不也不至於他妹耽誤了一年多的時間。

「魏雲軒，你這樣的人有人喜歡也是奇了！我妹不喜歡你？你看看你的荷包是誰送的，你的玉珮是誰送的，還有你劍上的劍穗是誰給的！你和我妹都一拍兩散了，你還帶著我妹送的東西你什麼意思啊？！」

魏雲軒聞言低頭看看，果然如此，他發現自己的玉帶好像也是付凝萱送的，原來他有這麼多她送的東西啊……

「我……我沒什麼意思……」

付允珩氣衝衝坐下，不和他囉嗦了，直接問道：「你說！你願不願意娶我妹妹！」

魏雲軒聞言有些疑慮，「可萱萱她……」

「別管我妹怎麼說，你就說你，如果你爹娘逼著你現在就娶個媳婦回家，你是不是只想娶我妹！」

魏雲軒假設了一下，真要馬上娶的話，他似乎只和付凝萱熟悉，於是點了點頭。

「那你娶了我妹以後對不對她好？」

魏雲軒理所當然道：「這是自然，我不會虧待自己的妻子。」

「那你有了小妾呢？會不會寵妾滅妻！」

魏雲軒皺起眉頭，「我不會納妾的。」他爹說後宅之中太過殷實，只能使人勞神傷身，百害無一利，他有一個舉案齊眉的妻子就足夠了。

「那我妹和你娘掉水裡，你救誰？」

付允珩問完這個問題以為他會想一會兒呢，誰知魏雲軒想也沒想就道：「萱萱。」

喲呵？開竅了？付允珩眯起眼睛，繼續問道：「為何？」

魏雲軒條理分明，「我母親會水，可能她們掉水裡還用不著我救，我母親就會救萱萱。」

付允珩聽完氣得都不想說話了。

「魏雲軒，我給你一次機會，要是這次不成，咱們兩家就永遠別往來了！」

魏雲軒的朋友不是很多，付允珩曾經是和他最好的一個，自從他和付凝萱的婚事吹了，他們已經許久沒往來了，他是很想回到從前的時光，「什麼機會？」

付允珩向他勾勾手指頭，「我家來了個書生你知道嗎？」

魏雲軒點點頭，前幾天付凝萱幫一個書生找回錢袋的事情他看了個滿眼，隔天他就聽母親說那個書生住到付家去了，讓他不要掉以輕心來著，雖然他不知道他為何不要掉以輕心……

付允珩繼續道：「我爹十分欣賞這個書生，這個書生也特別喜歡我妹，這幾天我妹不是停職在家嗎？他就每日以寫書為由和我妹親近乎，纏在我妹身邊。」

——啊，怪不得這幾日都看不到萱萱出門了。

自打他和付凝萱的婚事吹了之後，本來常常能見到的付家兄妹便都看不到了，他有時會刻意去尋，遠遠看一眼，也不過去打擾。他也不知道自己這麼做是為什麼，但已經成了習慣。

——所以萱萱是要訂親了嗎？

「那……挺好的。」

付允珩氣得直接給他一掌，「好個屁啊！我妹不喜歡他，但是你也知道，我妹年紀已經不小了，我爹也著急了，那書生也是猴急，跟我爹說，只要他科舉進了三鼎甲，便向我妹求親，我爹已經答應了！你想我妹被逼著嫁給她不願意嫁的人嗎？」

魏雲軒蹙眉道：「侯爺此舉確實不妥，雖然婚姻大事從父母之命、媒妁之言，但也不能罔顧萱萱的心意啊……」

付允珩也是服了他，打斷他道：「你別管我爹，我是問你，你能眼睜睜的看著我妹嫁得不如意嗎？」

魏雲軒想了想，搖了搖頭，「那我要怎麼做？我能幫上什麼忙？」

付允珩翻了個白眼，「當然是把我妹搶過來啊！」

這就讓魏雲軒很為難了，「這……怎麼搶？我不會啊……」

付允珩是真不想魏雲軒這種缺根筋的人當他的妹夫，但礙不住他妹喜歡。不管以後怎樣，先讓這兩人把婚結了，成了夫妻感情還不好磨合嗎？

「附耳過來。」

付凝萱終於官復原職了，回去第一日，上面便交代了一個大活下來，命她去翁和縣，擒拿一個叫「草上飛」的飛賊，據線人說草上飛現下就在翁和縣藏身。

一大早付凝萱便收拾好了細軟到城門前等候，上面還派了個人下來，要和她一同前去。

「萱萱，這個是我昨日求來的護身符，妳帶在身上，萬事小心。」宋秋河將手中的護身符送上。

付凝萱倒是沒客氣的接了過來，道：「你等著吧，我回來之後你又有新東西可以寫了。」

其實付凝萱多多少少也知道宋秋河的心思，但宋秋河並不是個莽撞的人，追求人的方式也比較細水長流，足夠關心又恰到好處，並不讓她反感。她已經等了魏雲軒一年多了，可那個木頭除了身上仍然戴著她送的東西、時常偷偷看她以外，並沒有什麼進展，她也許該給自己一個機會了……

「噠噠噠。」

一匹馬停在他們面前，魏雲軒從馬上下來，一襲玄色勁裝，挺拔又瀟灑。

付凝萱看到他，瞪大眼睛，「怎麼是你？」

魏雲軒走到他們近前，回道：「是我，讓妳久等了。」說罷將一袋點心遞給她，「這是妳喜歡吃的。」

付凝萱看了看魏雲軒木然的臉，又看了看他手中的點心，覺得不可思議，一時不知道該做何反應。

倒是宋秋河上前，「原來是魏大人，小生早有耳聞，今日一見果然不同凡響。魏大人可能有所不知，萱萱近日來有些上火，少食甜食為妙。」說罷囑咐付凝萱：「萱萱，路上遇到茶攤，記得多喝菊花茶，可以瀉火。」

付凝萱這才回了神，她並沒有接過魏雲軒給她的點心，對著宋秋河「哦」了一聲，翻身上馬，「我走了，也不知道何時回來，提前祝你科舉高中吧。」

宋秋河聞言，溫和的點點頭，「借萱萱吉言，我自然能高中。」說罷，他看向魏雲軒，「魏大人，小生有一個不情之請，萱萱畢竟是女子，出門在外還需魏大人多照拂，小生感激不盡。」

這話說得十分客氣，可話裡話外卻是他和付凝萱更為親近，這讓魏雲軒心裡有點不舒服。他才是和付凝萱自小一起長大的，而這人不過到付家幾日，怎麼就比他和萱萱更親近了？

「我與萱萱青梅竹馬，自小一起長大，照顧她是應該的，告辭。」說罷他翻身上馬，騎到了付凝萱身旁。

付凝萱看了眼魏雲軒，覺得他今天有點奇怪。

付凝萱不是第一次和魏雲軒結伴出行了，但只有他們兩人倒是第一次。魏雲軒是個很冷情的人，對武學以外的事情都是漠不關心的，若是結伴出行想讓他做什麼事情，一定要吩咐他才可以，不然他是不會想到主動去做的，而這次他卻顯得積極了很多。

這一路上，驛站換馬和狩獵取水，魏雲軒都表現得很積極，對她頗為照顧，像是變了一個人，付凝萱都有點懷疑這是不是她哥易了容之後的魏雲軒。

但這次她才不會輕易心動了呢，就冷著他。

到了翁和縣，兩人分頭尋找草上飛的行蹤，夜幕降臨之時終於尋到蹤跡，兩人對視一眼一同攻上，默契非常。說起來，付凝萱和魏雲軒還是師兄妹，曾和同一個師父學過武，雖然後來去了不同的分支，但套路卻有相似之處，對對方的招式也瞭若指掌，配合起來自是功力倍增。

草上飛被他們逼到了一處偏僻的客棧，「想不到還是兩個厲害的後生，如此，老夫就不和你們客氣了！喝！」

草上飛蒙著面，看不見臉，聽聲音有四十歲左右，但中氣十足，本來漸生敗勢，突地招式凌厲起來，竟讓他們有些招架不住了。原來他之前一直保留實力，功夫高深莫測到了這地步，他們恐怕要糟啊……

草上飛是盜賊，沒什麼江湖道義，見付凝萱是女子，自然是先從付凝萱下手。

魏雲軒見付凝萱已經有些吃力，擋上前道：「萱萱，妳走！去衙門搬救兵！」

付凝萱此刻也知道她和魏雲軒都不是草上飛的對手，若是留魏雲軒一個人，照他那種死磕到底的性子豈不是凶多吉少？再者說，衙門那些草包就算來了又有什麼用？

「我不走！」她深吸一口氣，抽出腰間的鞭子纏鬥上去。

付凝萱想近身將草上飛束縛起來，就算她死，也能給魏雲軒一線生機。

「喲，小美人，妳來得正好。」草上飛與魏雲軒纏鬥之時，仍輕而易舉的抓住了她的鞭子，將她拉了過去。

魏雲軒見此，劈劍擋上，擋在付凝萱身前，草上飛手中的刀便在他胳膊上劃了一道。

「萱萱，聽我的，妳快走！」說罷他咬牙推了她一把。

付凝萱瞧見魏雲軒手臂上的鮮血，瞳孔一震，咬緊了牙關，「你管我做什麼？你走！我不用你幫我！」她又重新揮劍攻上。

「走什麼走？老夫讓你們黃泉路上做一對鴛鴦鬼！」

一時間刀光劍影，三人纏鬥在一起。

「錚！」付凝萱的劍被打了出去，眼見草上飛的刀要捅在她身上，魏雲軒拿劍迅速擋到了她面前，誰知這個時候他的劍被劈成了兩半！

「魏雲軒！」

危機萬分之時，一道人影衝了過來，「噹啷」一聲打飛了草上飛的劍。

「大半夜的還讓不讓人睡覺了？」

付凝萱聽到熟悉的聲音，驚喜的望過去，「外祖母！」

趙真如天神一般從天而降，手持大刀，游刃有餘的抵擋草上飛的招式，「傻愣著做什麼？還不帶他去治傷！」

付凝萱一聽，趕忙扶起魏雲軒，看到了不遠處的外祖父，立刻帶著人跑了過去。

趙真將草上飛壓去衙門，由當地的衙役先行押送入京。陳昭替魏雲軒上了藥，他身上的傷看著驚險，實際上都不深，更沒有傷到要害，休養幾日便無妨了。

但付凝萱見他流了這麼多血，還是眼睛都紅了，「你傻啊！你武功比我高，你還不先跑！我要你救我嗎！你不是不喜歡我嗎？你救我做什麼！」

魏雲軒捂著隱隱作痛的傷口，道：「我沒有不喜歡妳，更不能棄妳於不顧。」

付凝萱紅著眼道：「就算你死了，也要這樣嗎？我值得你這麼做嗎？」

魏雲軒點點頭，「妳值得，我們自小一起長大，如親兄妹一般，我無論如何也不會棄妳於不顧的。」

付凝萱一聽，氣呼呼站起身，「誰和你是兄妹啊！你以後不要做這種蠢事了，你又不是我什麼人，憑什麼為我去死？想讓我自責一輩子嗎？你休想！我以後再也不想見到你了！」

趙真和陳昭站在一旁面面相覷：咦，這招好像不管用啊？虧得我們兩把老骨頭還陪著他們胡鬧。

回到京中，付凝萱真的不見魏雲軒了，她也不知道自己為何如此倔強，明明魏雲軒除了愛她，什麼都能給她，可她卻不願就這麼嫁給他，彷彿在堅守自己最後的倔強。

而科舉也結束了，宋秋河似乎考得不錯，就等著放榜殿試了。

付凝萱辭去了捕頭一職，這些日子都在帶著宋秋河遊山玩水，似乎真的想和他好好培養感情了。而宋秋河也很好，甚至能滿足她對戀人所有的幻想，可他再好，他若是稍稍親近一些，她還是忍不住想躲，腦中揮散不去的是魏雲軒……

付凝萱坐在池邊，將手邊的石頭一個個扔下去，驚得水中的魚亂竄。

她知道，父親對宋秋河很滿意，明日放榜，宋秋河若是中了三鼎甲，父親便會將她許配給他，或許她把親事定下來就能忘了魏雲軒吧？

「萱萱。」

付凝萱聞聲轉頭，母親坐到了她身旁，「母親。」

陳瑜握過女兒的手，道：「萱萱，女人其實是一本書，要男人去翻去學，誰也不是一上來便能融會貫通的。妳父親當年也是個耿直木訥的人，有時候我暗示他，他都不懂我什麼意思，把我氣得不行，可那能怎麼辦呢？我就是喜歡他的耿直和木訥，明知他不會是個溫柔又體貼的意中人，仍然選擇了嫁給他，妳看他現在不也不錯嗎？」

在付凝萱的記憶裡，父親一直是個唯母親是從的丈夫，她覺得這是因為父親對母親用情至深，她也想要這樣的愛情，「可是母親……」

陳瑜打斷她：「萱萱，妳皇舅舅說宋秋河的文采不錯，說不定能當上狀元。其實母親也覺得他不錯，身世清白，為人謙遜，對妳也很好，但母親更希望妳能快樂。萱萱，妳好好的想一想，妳想要的到底是什麼？」說罷，她起身款款離去。

付凝萱望著波瀾不斷的水面，有些茫然的出神。

她要的是什麼？宋秋河要當狀元了？

想到自己可能就要這麼嫁給宋秋河了，她蹭的站了起來，跑出了公主府。她知道魏雲軒這個時候會在哪裡當值，逕自找了過去。

魏雲軒看到許久未見的她有點意外，「萱萱？」

付凝萱走到他面前，「魏雲軒，你告訴我，你是不是喜歡我小表姨那樣的女子！」魏雲軒唯一刮目相看過的便是她的外祖母，她能感受到魏雲軒對她外祖母不一樣的情愫，所以她很努力的想變成外祖母那樣的女子，不嬌氣，不畏懼。

魏雲軒忙擺手道：「沒有的事，我只是很欣賞趙助教的功夫，絕無半點非分之想。」

付凝萱目光炯炯的看著他，「那你喜歡什麼樣的女子？你明明白白告訴我！」

這個問題太讓人為難了，魏雲軒沉默了半晌才道：「我不知道，我沒想過。」

付凝萱凝起眉頭，「沒想過？那你就不打算娶妻了嗎？娶什麼樣的妻子你都沒主意嗎！」

魏雲軒正經八百道：「婚姻大事，父母之命，媒妁之言……」

付凝萱打斷他：「好，很好。」

她還是死心了，轉頭就走。

今日她可以嫁，翌日他爹娘說她不好，讓他休了再娶，他是不是也要聽從？她不想賭。

魏雲軒卻突地拉住她，「但也要我自己想娶才行。」他低頭，看著她的眼睛道：「我……是個並不完美的人，不太明白男女之間要如何相處，或許很多地方都讓妳不滿意，但妳若是嫁給我，我是絕不會辜負妳的，也會努力像妳喜歡我這樣喜歡妳的。」

付凝萱一聽，漲紅臉道：「誰喜歡你啊！臉大！不對，是不要臉！」

三個月後，付凝萱還是嫁進了魏家，洞房花燭夜之際——

「喂，你睡著了？」

「沒有。」

「我們……是不是要做點什麼？」

「什麼？交杯酒喝了。」

「不是啦！是……那個……」

「哪個？」

「就是那個……你是不是傻！」

「明明是妳話沒說清楚，不說清楚我怎能明白？我們不是說好了嗎？以後有話直說……」

「魏雲軒！你這個大傻子！」

然後她很勇猛的撲倒了他——

自己選的男人，跪著也要自己教！

番外四　【付凝萱篇】跪著也要自己教　完

【趙真和陳昭篇】靈魂倒換
番外五

母后生小弟弟生得艱難，月子養了很久，陳勍滿心以為父皇母后會在京中多留幾日調養身子，卻不想這夫妻倆沒多久又遠行了，把不滿週歲的小弟弟又留給了他，還走得偷偷摸摸。

陳昭和趙真其實也不想這麼早走，小兒子聰慧，小小年紀便處驚不亂，雖然還不會說話，一雙眼睛卻很機靈，彷彿什麼都懂，比不夠穩重的小女兒好管教多了，若是他們夫妻倆好好教導，假以時日必成大器，只因……

前些日子趙真和陳昭上山拜佛。陳國的皇室一向有拜佛的傳統，這很正常；不正常的是，他們又遇上了青天白日裡的驚雷，這一道雷下來，兩人便不知今夕了，等再醒過來的時候，人沒變，靈魂卻互換了——趙真霸占了陳昭的身體，而陳昭變成了她……

兩人商議一番，沒有驚動兒女，留書後便離開了。

今天是趙真變成陳昭的第三日，她基本上已經習慣了變成一個男人的生活，只是和陳昭之間忽然就變得微妙了……講真的，她面對著自己的臉真是提不起半點興趣，怪不得陳昭當年不願意從了她呢，她自己都不願意啊！

兩人在山腳下買了間小茅屋暫且安置，趙真走到正收拾屋子的陳昭身邊，他似乎也已經習慣了她的身子，身著男裝卻還是遮掩不住她現在越加玲瓏的身段，但整個人的氣質卻和從前的她不一樣了，讓人覺得……很溫婉？

趙真摸摸鼻子，道：「我到山裡打獵去，順便拾點柴火回來。」

陳昭停下手中的活計，看了眼外面的天色，再過一個多時辰天色就該黑了，「我陪妳一起去吧，這裡人生地不熟，妳一個人進山不安全。」

趙真大刀闊斧道：「有什麼不安全的？我以前又不是沒這麼幹過。」

陳昭聞言轉過身來，那張屬於她的臉被他用著，肅著臉的樣子有點唬人。他道：「以前是以前，現在是現在。」說罷手在她胸膛上敲了兩下，像是在提醒她。

趙真一低頭，這才想起自己用的是他的身子。陳昭這弱身子，也就比她長得高了些，中看不中用，拉個弓都費勁。她惱道：「算了算了，不去了，我去打水！你這身子總不能連桶水都拎不動吧？」說罷拿扁擔挑了兩個木桶出去了。

陳昭知道她閒不住，便也沒攔著，反正水井離得並不遠，他還要趕緊把屋子收拾乾淨，不然晚上連睡覺都成問題。趙真這身子的好處就是幹什麼都方便，彷彿有用不完的力氣，確實比他自己的身子要好。比起趙真，他倒是滿意得很。

趙真扛著空桶到了兩里地遠的水井邊便有點輕喘了，完全沒想到自己男人的身子這麼弱，她擼了袖子打量著自己男人嫩白的胳膊，雖然不瘦弱，但還是遠不如她自己的力氣大，「反正現在是我的了，我便好好替你練練，將來能變回去更好，變不回去，也不能整日都是這副弱不禁風的樣子啊！」

她自言自語了一會兒，便開始打水了。以前做起來輕而易舉的事，現在卻顯得有些吃力，將裝滿水的木桶搖上來要費不少力氣，對曾經天生怪力的趙真而言自然是苦不堪言了。

「小哥，要幫忙不？」

趙真聞言轉過頭，是個長得黑壯的姑娘，姑娘瞧見她的臉驚豔道：「小哥長得真俊，新搬來的嗎？以前沒見過你啊。」

趙真這才想起自己現在用的是自家男人的臉，道了句：「嗯，新搬來的。不麻煩姑娘了，我自己能行。」說罷吭哧吭哧把水桶搖上來，裝進自己的木桶裡，只是動作有些急，差點把水桶沖倒。

姑娘幫她扶住了，笑呵呵道：「小哥是城裡來的吧？長得比我們村裡的姑娘都水靈哩。」

趙真呵呵笑了一聲，沒說話，把另一桶水灌滿便扛起扁擔往回走，卻不料比她想像中的費力，差點將水都灑了。

姑娘湊上來，殷勤道：「一看你就知道沒做過粗活，我幫你吧？」

趙真搖搖頭，「不勞煩姑娘了。」說罷咬著牙往前走。

——陳昭！你瞧瞧你自己這個小身板，除了拈花惹草，還能幹點什麼？？？

走到半路上，陳昭來接她，他如今走起路來真是步步生風、身輕如燕，輕鬆自如的接過她扛著的水桶，「我來吧。」

趙真瞪著用她身體用得輕鬆自如的陳昭，突然有點生氣。

回到茅草屋，陳昭將水倒進大缸，又出去挑幾趟水將大缸灌滿，替她燒了桶洗澡水，「妳先去洗個澡吧，等妳洗完就能吃飯了。」

趙真沒好氣道：「怎麼？怕我把你的身體用臭嗎？」

陳昭看了她一眼，知道她這些日子用他的身體用得不習慣，在鬧脾氣，「妳不願意洗就算了。」也沒和她計較，他逕自出去洗菜做飯去了。

自從互換了身體，趙真還沒洗過澡，畢竟是自己男人的身子，嘴上說幾句，但哪能真的用臭了，便去裡間洗澡去了。

趙真坐在水桶裡，打量自己男人的身體，她還真沒從這個角度看過，真真是腿長腰細，膚如凝脂，完美無瑕，身上多多少少也有些肌肉，並不是真的柔弱無骨，還有那處……竟然有些微微抬頭之勢。趙真臉上一紅，做男人就是這點不好，但凡有點動情，這裡就會有反應，想藏都藏不住。

「妳換洗的衣服都沒拿進來，不要泡太久，小心著涼了。」

陳昭說話的聲音傳來，趙真才發現他走了進來，正將衣物放在浴桶旁的小桌上。

趙真一個心虛，捂住了下身，氣道：「你進來也不說一聲！」他這破身子，耳力都不好。

畢竟是自己的身體，陳昭一看她的動作便知道怎麼回事了，想到她方才在看他的身體，臉上微微發熱起來，但嘴上無所謂道：「老夫老妻了，還要避諱不成？」說罷晃晃蕩蕩出去了，就是腳步有點急。

聽見陳昭真走了，她繼續打量自己男人的身子，摸來摸去，愛不釋手，雖然成了她的，但是不能用了！想到這裡她心如死灰……

飯桌上，趙真看著自己的身子賢慧的擺放著碗碟，再體貼的把筷子遞給她，渾身不得勁。

她托腮道：「這麼看著我自己真是不習慣。」

陳昭扶了下椅子坐下，儀態優雅，舉止端莊，趙真有種雞皮疙瘩爬起來的感覺。

他輕巧道：「久了就習慣了。」

趙真咬著筷子皺皺眉頭道：「不如咱們再去山上被雷劈一下吧？」

陳昭抬眸看她，「那萬一這次咱們變老了，或是乾脆魂飛魄散了呢？」

這倒是說不準的事情，趙真也不敢輕易嘗試，癟了癟嘴埋頭吃飯。

吃過晚飯，陳昭也去沐浴了一番，回來之後坐在梳妝臺前往身上塗什麼東西。

趙真躺在床上，晃蕩著腳丫子問他道：「你抹什麼呢？娘們唧唧的。」
陳昭從鏡中瞥她一眼，道：「玉肌膏，現下妳的身子是我在用，自然要愛惜著些，平日裡妳自己不上心，我自然要替妳上心些。」重生一次好不容易變嫩的肌膚，被趙真這些年糟蹋的又開始變粗變黑了，作為女子她是半點也不講究。
趙真不以為然道：「一具皮囊而已，有什麼好講究的？無聊。」說罷翻了個身，扯過被子蓋上，似是要睡覺，但沒過多久她又爬了起來，坐到陳昭對面，把臉湊過去，「給你自己也抹點，我喜歡你白白嫩嫩的模樣。」
陳昭看著自己此刻有些俏皮的臉，搖了搖頭，「我就算了吧，男人沒這個必要。」
趙真又把臉往他湊了湊，「不行，我喜歡，給我抹！」說著又湊近些，都快貼上去了。
陳昭拿她沒辦法，只得也幫他自己的身子抹上了。抹完了，趙真還在鏡子前美滋滋的照了一番，嘬了嘬嘴親了口鏡中的他，而後沮喪道：「可惜我親不著了。」
她喜歡他的皮囊，他自是歡喜的，笑了笑站起身親了下她的面頰，「我替妳親。」
被自己的身體親了一口，趙真嚇了一跳，反射性的推了陳昭一把，「這能一樣嗎？我睡覺去了。」說罷三步兩步蹦到床上，把自己嚴嚴實實裹進被子裡，不知道在躲什麼。
陳昭看著她，皺了皺眉頭，他一向敏感，早就察覺到換了身體之後，趙真很不喜歡和他親近了。他吹了燈走過去，躺在她身邊，試探著攬上她的腰。
趙真身子突地一抖，把他推開，「別鬧，我睡覺了。」說罷還離遠了一些。
陳昭皺皺眉頭，不依不撓湊上去，吻在她的頸側。趙真被他弄毛了，坐起身道：「禽獸！你對你自己居然還提得起興致！」

陳昭義正詞嚴道：「外在不過是具皮囊，我愛的是皮囊下的妳，這如何算得上是禽獸？」

哎喲，情情愛愛的也不嫌酸！

暗夜中，趙真看著自己昏暗的臉，雖然現下裡面是陳昭，但是她一想到要和自己的身體親熱，就一身的雞皮疙瘩起來了，「不行，我沒你這麼高的境界，我睡了，你別碰我了！」

屋中靜了一會兒，陳昭再一次湊了上來，一把握住她的「把柄」——他自己的身體，他自然知道要如何掌控。

趙真氣得想伸手推開他，結果發現自己爭不過自己的身體，只能被他壓著上下其手，前所未有的屈辱啊，「陳昭！我都說了你別摸我！」

陳昭厚臉皮道：「我沒有摸妳，我在摸我自己，而且……妳不是很喜歡嗎？」

做男人就是沒隱私，動沒動情，一摸就知道了。反正陳昭是在她背後，她看不見臉，又是頭一遭體驗這種全然不同的感覺，沒多久就沉浸進去，放飛了自我。

完事後，趙真既滿足又有種空虛感，轉身看向擦手的陳昭，「你說咱們還能變回去嗎？」

陳昭不怎麼上心道：「誰知道呢？這樣也挺好的，變得回去還是變不回去，都無所謂。」

趙真癟癟嘴，「我有所謂！」

陳昭瞥她一眼，「反正還是妳和我，誰是妳，誰是我，有什麼重要的？」

趙真瞪著眼睛，說了句很粗俗的話：「不，很重要，因為我想幹你，不是幹我自己！」

陳昭：「……」

趙真現下最重要的事情便是如何讓她男人的身體變得強健有力，趕上自己的身體，於是每天都拉著陳昭晨練，結果發現曾經對她來說輕而易舉的事情都變難了，而陳昭在一旁，沒幾天就輕車熟路了，讓她氣得頭頂冒煙。

「我去打獵了。」陳昭背著長弓走到她面前，著一身輕便的男裝，雖然說能看出來是女兒身，卻有一股她所沒有的出塵氣質，像個高高在上的女俠客。

之前趙真還和陳昭一起去打獵的，後來發現自己只能在一旁玩彈弓，而陳昭卻能彎弓射大鵰，就不願意和陳昭去了。現在他又來炫耀了，她從鼻子裡哼了一聲道：「去就去，和我說做什麼？走走走！」

陳昭皺皺眉頭，自從他們換了身子，趙真對他的態度就越來越惡劣了，跟仇敵似的。他雖然享受趙真的身體所帶來的便捷，卻不想夫妻之間的感情因此漸行漸遠，到底如何才能換回去啊……真愁人。

陳昭走了後，趙真也沒什麼事情做，便拿了這些天攢的獸皮隨村裡要去鎮上的男人們一道去賣。離他們這裡最近的小鎮叫杏花鎮，並不是個富裕的鎮，有錢人不多，很少有人買得起獸皮，問了好幾家大戶才賣出去一塊。反正他們也不缺錢，趙真便把剩下的獸皮去換了些糧食和布匹，一不小心就換多了。

趙真看著這麼一大堆東西，皺起眉頭：娘的，扛不動！

她對自己男人身體的嫌棄已經上升到了一定的高度，真是中看不中用，最後租用了一輛牛車把東西拉回去。

此時已是日頭西斜，牛車行得慢，等到了家約莫都要天黑了，趙真晃蕩著腳丫子和拉車的老漢聊天，小涼風吹著，倒是愜意。

走著走著，前面本就不寬闊的土路上停著一輛馬車，這馬車在這種小地方可不多見，一般都是招惹不起的有錢人才有的。

趕牛車的老漢啐了一口，道：「不長眼的，堵這了。」說完又看向他道：「小哥啊，下來推一把。」說罷跳下牛車，拉住牛打算從一旁的小溝過去。

趙真倒是沒什麼脾氣，下來幫他一起推車。

兩人正費力推著，趙真突地聽到有女子呼救的聲音，她聞聲看過去，站在馬車旁的大漢瞪了她一眼，凶神惡煞道：「看什麼看！」而後有兩個男子壓著一個女子塞進了馬車裡，那女子明顯在掙扎。

這幾人一看便不是什麼好東西，她正想上前，老漢低聲對她道：「小哥，別多管閒事，咱們惹不起。」

笑話！還有誰是她趙真惹不起的？她正要上前，腳下一絆，突地想起來自己的身體現在是陳昭的，這可怎麼辦？

眼見馬車要走，聽著馬車裡掙扎的聲音，趙真咬了咬牙，折了根棍子擋上去，她就不信她練了這麼多天沒有成果！

馬車旁的大漢有三個，各個肩寬腰粗，一看就是練家子，自小天不怕地不怕的趙真居然也有一天怕自己打不過了，但退縮那是不可能的，便使了平日裡得力的招式攻上去。

這不打不知道，原來她男人的身子現下和一般人相比並不算弱！瞧那大漢被她幾招就擊倒在地，她暫時信心大增，賣力的使著招數對付三人。

有一人被她擊倒，她正得意著，後面有人喊道：「小心！」

她回過頭，竟有人在背後偷襲她，只是她剛轉過身來，那人便被打倒了，繼而陳昭出現在了她的眼前。

「你怎麼來了？」

陳昭有些慌忙的走到她面前，見她毫髮無損才道：「我見妳許久不回來自然要去找了，村裡的人說妳進城了，我便過來看看能不能遇上妳。妳可真是半刻都不消停，我若是不來，妳出了事怎麼辦？」

這話趙真不愛聽了，嗤道：「我又不是你，就算是你這弱身子我用著，對付他們三人也綽綽有餘。」說罷傲嬌的揚了揚下巴。

陳昭沒反駁她，掏出帕子擦了擦她臉上的髒汗，「沒事就好。當家的，現在怎麼辦啊？」趙真沒發現他方才在暗中幫她，他就放心了。

被自己男人捧著，趙真更傲嬌了，道：「送衙門去！」說罷去看馬車裡的姑娘怎麼樣了。

這一看嚇一跳，裡面有三個姑娘、四個孩子，這三人是人販子，他們將人送到衙門，得了一大筆的賞銀，趙真倒不是因為這銀子多高興，而是自己時隔多年又當了次大英雄而高興了。

陳昭建議去酒樓吃一頓好的，趙真一高興同意了，兩人去酒樓大吃大喝了一頓，趙真被陳昭灌了好幾杯酒下肚，不一會兒就醉醺醺了。

陳昭扶著她道：「三更半夜了，我們在這裡睡一宿再回去吧。」

趙真趴在他肩上，暈乎乎的點了點頭。

兩人進了客房，陳昭拿熱水幫她擦身，如今她醉醺醺的，意志力是最薄弱的時候，他不過逗弄了幾下，她的反應便很明顯了，抱著他哼哼了幾聲。

陳昭摸上她醉得迷糊的臉，「趙真，妳還喜歡我嗎？」

趙真皺眉頭，「廢話！」說罷一翻身把他壓在下面親，她現在也不知道自己到底是誰了。

陳昭笑了，格外的配合她，畢竟趙真是頭一遭當男人，還不懂當男人的樂趣，等她懂了，以後夫妻生活和諧了，夫妻感情自然會恢復成從前的樣子，能不能變回去便無所謂了。

這一夜，趙真又恢復了往日的威武霸道，到處興風作浪，浪到很晚才睡。

一早起來，她覺得自己全身痠痛不已，迷迷糊糊睜開眼睛，身上的痛感就更強烈了，她猛地瞪大眼睛：她昨晚好像……把自己給睡了！

她蹭的轉頭看向一旁，出乎她意料的是，她眼前是陳昭的臉！他們變回來了！

趙真蹭的坐起身，「變回來了！」

陳昭被她吵醒，迷迷糊糊坐起來，臉上還有倦容，等看清眼前人的臉，怔怔道：「真的變回來了……」

趙真喜孜孜道：「早知道睡一覺就能變回去，我早就把自己睡了！」

陳昭：「……」

番外五　【趙真和陳昭篇】靈魂倒換　完

《回春冤家》全套三集完結，全國各大書店、租書店、網路書店，強力熱賣中！

飛小說系列168

回春冤家03（完）

舊愛新歡只有你

出版者■典藏閣
作　者■焓淇　繪　者■梓攸
封面設計■Aloya
總編輯■歐綾纖
製作團隊■不思議工作室

郵撥帳號■50017206 采舍國際有限公司（郵撥購買，請另付一成郵資）
台灣出版中心■新北市中和區中山路2段366巷10號10樓
電　話■(02)2248-7896　傳　真■(02)2248-7758
物流中心■新北市中和區中山路2段366巷10號3樓
電　話■(02)8245-8786　傳　真■(02)8245-8718
ISBN■978-986-271-794-3
出版日期■2017年11月

全球華文國際市場總代理／采舍國際
地　址■新北市中和區中山路2段366巷10號3樓
電　話■(02)8245-8786　傳　真■(02)8245-8718

新絲路網路書店
地　址■新北市中和區中山路2段366巷10號10樓
網　址■www.silkbook.com
電　話■(02)8245-9896
傳　真■(02)8245-8819

☞您在什麼地方購買本書？☜

1. 便利商店（ ________市／縣）：☐7-11 ☐全家 ☐萊爾富 ☐其他________

2. 網路書店：☐新絲路 ☐博客來 ☐金石堂 ☐其他________

3. 書店（ ________市／縣）：☐金石堂 ☐蛙蛙書店 ☐安利美特animate ☐其他____

姓名：________ 地址：________________

聯絡電話：________ 電子郵箱：________________

您的性別：☐男 ☐女 您的生日：西元________年________月________日

（請務必填妥基本資料，以利贈品寄送）

您的職業：☐上班族 ☐學生 ☐服務業 ☐軍警公教 ☐資訊業 ☐娛樂相關產業

☐自由業 ☐其他________

您的學歷：☐高中（含高中以下） ☐專科、大學 ☐研究所以上

☞購買前☜

您從何處得知本書：☐逛書店 ☐網路廣告（網站：________） ☐親友介紹

（可複選） ☐出版書訊 ☐銷售人員推薦 ☐其他________

本書吸引您的原因：☐書名很好 ☐封面精美 ☐書腰文字 ☐封底文字 ☐欣賞作家

（可複選） ☐喜歡畫家 ☐價格合理 ☐題材有趣 ☐廣告印象深刻

☐其他________

☞購買後☜

您滿意的部份：☐書名 ☐封面 ☐故事內容 ☐版面編排 ☐價格 ☐贈品

（可複選） ☐其他

不滿意的部份：☐書名 ☐封面 ☐故事內容 ☐版面編排 ☐價格 ☐贈品

（可複選） ☐其他

您對本書以及典藏閣的建議________________

____

____

✌未來您是否願意收到相關書訊？☐是 ☐否

✍感謝您寶貴的意見✍

印刷品

$3.5
請貼
3.5元
郵票
不思議信局
FUSIGI POST

235 新北市中和區中山路二段366巷10號10樓

華文網出版集團　收

（典藏閣－不思議工作室）